STEPHAN TOBOLT

(K)ein Krimi für Weicheier,
Warmduscher oder Vollpfosten

EINE FALLE FÜR DEN GOLDKETTENMANN

Ex-Psychiatriepatient Dollinger ermittelt

*Bibliografische Information der Deutschen Nationalbibliothek:
Die Deutsche Nationalbibliothek verzeichnet diese Publikation in der
Deutschen Nationalbibliografie; detaillierte bibliografische Daten
sind im Internet über http://dnb.dnb.de abrufbar.*

*Alle Rechte der Verbreitung, auch durch Film, Funk und Fernsehen,
fotomechanische Wiedergabe, Tonträger, elektronische Datenträger
und auszugsweisen Nachdruck, sind vorbehalten.*

© 2014 Stephan Tobolt

Herstellung und Verlag: BoD – Books on Demand, Norderstedt

ISBN 978-3-735-77828-4

1. KAPITEL

Versteckte Botschaft im Einkaufswagen

Jahre später ...
Einfach einmal die täglichen Zimtschnecken gegen einen Windbeutel eintauschen. Die Alltäglichkeiten radikal ändern. Erst um acht Uhr zwanzig aufstehen, statt um sieben Uhr fünfundzwanzig aus dem Bett zu rollen. Oder den Wecker einfach klingeln lassen. Auf der Suche nach den Abzweigungen auf der persönlichen Lebensstraße. Auf der Suche nach dem ganz persönlichen Windbeutel. Es ist also erlaubt und nachvollziehbar, ab und an mit dem Gedanken zu spielen, das eigene Leben ändern zu wollen.

In den Gesprächsrunden in der Gerichtlichen Psychiatrie bin ich auf Lebensänderungen bestens vorbereitet worden. In dieser Beziehung kann mich kein Schlag, ganz gleich ob von rechts oder von unten geführt, erschüttern. Ich stehe wie ein Baum. Fast übermächtig. Und zu verdanken habe ich diese urgewaltige Stärke einer Frau. Frau Dr. Wünsche. Psycho-Wünsche, wie sie hinter dem Rücken und hinter vorgehaltener Hand von Kulle und den anderen Patienten frivol und etwas keck genannt wurde.

Natürlich ist es ihr in den wenigen Jahren, die ich unter dem Dach der Gerichtlichen verbringen durfte, nicht gelungen, meine vegetative Schwäche, die sich unter anderem in plötzlichen Zitter- und Krampfattacken äußert, ganz in den Griff zu bekommen.

Was meinen zweiten wunden Punkt betrifft, meine relativ schwach ausgeprägte Entscheidungsfähigkeit im sozialen Alltag, so waren gewisse positive Ansatzpunkte, sozusagen ein Licht am Ende des überaus langen und dunklen Tunnels, wenn auch nicht sichtbar, so zumindest jedoch zu erahnen. So oder ähnlich äußerte sich der Chefarzt der Gerichtlichen im Oktober des Jahres, als sich in Deutschland (Ost) so ziemlich alles änderte und die meisten der Therapiebedürftigen, bindungs- und entscheidungsschwachen Psychiatriepatienten von einem Tag auf den anderen in die bundesdeutsche Freiheit entlassen wurden.

Als der Chefarzt diesen Gedanken vor der versammelten Belegschaft und den zum Abschlussrapport angetretenen Patienten formulierte, hatte er mit Sicherheit meine kotherapeutischen Fähigkeiten im Hinterkopf, die ich dank der Souveränität des sozialistischen Gesundheitswesens während meines staatlich verfügten Aufenthalts sammeln konnte.

Mir wurde warm ums Herz, und gerührt über so viel kollegiale Zuwendung und Offenheit zog ich mich schluchzend und am ganzen Körper bebend ein letztes Mal auf mein Zimmerchen zurück, um mich zu übergeben. Ich hatte an diesem Tag im Oktober noch keinen Happen zu mir genommen, und so war Kulle mit dem Aufwischen meines kärglichen Mageninhalts in wenigen, kaum erwähnenswerten Augenblicken fertig.

Wenig später schob mich Lotte aus dem Gebäude der Gerichtlichen. Kulle stand hinter einem der vergitterten Fenster und winkte mir nach. Nehme ich zumindest an. Denn zurückgeschaut habe ich an diesem Tag nicht.

Um es auf den Punkt zu bringen: Frau Dr. Wünsche hätte zur Behandlung meiner vegetativen Schwäche und zur Stärkung meiner Entscheidungsfähigkeit mindestens noch zwei weitere Therapiejahre benötigt. Wenn nicht gar drei. So sicher bin ich da nicht. Aber man ließ ihr diese Zeit nicht. Und ich, Dollinger, musste, halb austherapiert, mein persönliches Glück in dem Großstadtmoloch Berlin suchen. Ich musste mich behaupten, vom ersten Tag an, meinen Weg suchen und ihn gehen.

Und ich ging diesen Weg. Und wie. Allerdings war der Weg ein staubiger, nichts anderes hatte ich erwartet. Und ein steiniger. Stolpergranit an Stolpergranit. Tag für Tag ging es ums Überleben. Nicht immer für mich, ich fand eigentlich sehr rasch meine Balance in meinem neuen Dasein. Nein, ich denke da vor allem an die beiden Asiaten, zwei Kämpfer vor dem Herrn, wenn ich das einmal so salopp formulieren darf. Irgendwann haben sie die zumutbaren Grenzen des Sozialwesens überschritten, wurden für Wochen im Polizeipräsidium festgehalten, wo man sich ihrer kämpferischen Fähigkeiten bediente und sie sozusagen unentgeltlich ausnutzte. Als sie wieder in ihre Mietwohnung in unserem Haus einzogen, waren sie nicht mehr die Alten. Weiß Gott nicht.

Und ich denke in diesem Moment an meine Nachbarn, die beiden anabolen Bodybuilder, die die letzten Bodybuilderzonenmeisterschaften unkonzentriert angingen und – fast erwartungsgemäß und von mir befürchtet – ein katastrophales Ergebnis einfuhren.

Und wenn ich mich an den Geschäftsmann John Krocket erinnere, dann sträuben sich bei dem Gedanken an ihn noch heute die Nackenhärchen unter meinem Shirt. Ein Geschäftsmann, der die Versicherung betrügen wollte und nicht davor zurückschreckte, sich der osteuropäischen Mafia anzudingen.

Zum Glück hatten alle gerade Erwähnten mich, Dollinger, zwar nur halb austherapiert, so doch mit nicht hoch genug zu schätzenden psychiatrischen Therapieerfahrungen ausgestattet, an ihrer Seite.

Wenn ich heute zurückblicke, so komme ich nicht umhin, einerseits meine fast professionellen Bemühungen zum Wohl meiner Nachbarn, Freunde und Geschäftspartner zu erwähnen, andererseits die Entscheidung des Rechtssystems zu kritisieren, mir in Person von Rüdiger den wohl inkompetentesten gesetzlichen Betreuer zuzuteilen, den es in Berlin zu dieser Zeit wohl gab.

Natürlich war Rüdiger mit seinen hochhackigen Schuhen, seinem angeberischen Goldring und der gesplissenen Zunge durchaus hilfreich, zum Beispiel wenn es darum ging, für mich unbequeme oder zeitraubende Behördenwege zu erledigen. Auch für den wöchentlichen Einkauf schien er wie geschaffen.

Aber darüber hinaus fällt mir nicht viel Positives ein, mit dem ich Rüdiger hätte adeln können.

Nach einer überschaubaren Anzahl von Jahren wurde die Betreuung natürlich aufgehoben. Eine überfällige gerichtliche Entscheidung. *Extremst* überfällig, möchte ich anmerken.

Wenn man jedoch die Mühlen der Bürokratie in Deutschland kennt, die bekanntlich sehr, sehr langsam und zudem quietschend mahlen, so muss ich zufrieden sein, dass mich Rüdiger nicht bis in mein Rentendasein begleitet. Gesetzlich legitimiert.

Allerdings ist es so, dass Rüdiger, wie aus alter Gewohnheit, auch heute noch wöchentlich bei mir auftaucht. Ambulante Betreuung nennt er seine offenkundig pathologische Bindung an mich, an einen seiner ehemals gesetzlich bestimmten Schützlinge, ohne auch nur im Geringsten zu begreifen, dass es auch für seine persönliche Entwicklung von Vorteil wäre, loszulassen.

Ich habe es allerdings aufgegeben, Rüdiger verhaltenstherapeutisch zu behandeln. Es fiel mir schwer, sozusagen das therapeutische Handtuch zu werfen. Aber irgendwann muss Schluss sein. Ich kann meine psychiatrischen Erfahrungen und Kenntnisse nicht an eine so therapieresistente Person, wie Rüdiger es anscheinend nun mal ist, verschwenden. Also toleriere ich seine temporäre Anwesenheit so gut, wie ich kann. Ab und an schicke ich ihn weiter zum Einkauf, lasse ihn den einen oder anderen Brief schreiben und von Zeit zu Zeit meine Wohnung, die allerdings nur aus einem Zimmer, Toilette und Kochnische besteht, aufräumen. Viel zu tun hat er da nicht. Wahrlich nicht. Und ob diese quasi Hilfstätigkeiten dazu geeignet sind, ihn in seiner Persönlichkeitsentwicklung weiterzubringen, wage ich aufs Äußerste zu bezweifeln. Von einer möglichen beruflichen Entwicklung ganz zu schweigen. Da hat er vor geraumer Zeit den Krebsgang eingelegt. Eigentlich schade um den Mann. Aber nur zu gut ist doch allgemein bekannt, dass so manche Karriere hoffnungsvoll beginnt, dann, aus welchen Gründen auch immer, rasant an Fahrt verliert und unter Umständen sogar in Richtung menschliche Tragödie zusteuert. Leider ohne Publikum für Rüdiger.

Natürlich habe ich mit ihm so konkret noch nicht über seinen bevorstehenden persönlichen, aber auch gesellschaftlichen Absturz gesprochen. Ich bin ihm nichts, aber auch gar nichts schuldig. Wahrlich nicht. Andererseits bin ich aber auch kein Mensch, der nur und ausschließlich an sich denkt. Ganz im Gegenteil! Falls sich also die Situation einmal so biegen sollte, dass ich den Eindruck habe, er befindet sich in einer psychisch ausreichend stabilen Verfassung, also ein Griff nach Morphium, Alkohol oder einer zufällig zur Verfügung stehenden Machete nach meinen vorsichtig vorgetragenen Anmerkungen nahezu ausgeschlossen erscheint, ja dann würde ich ihn durchaus mit der Nase auf seine nicht vorhandene Zukunft stupsen. Würde ich machen.

Im Augenblick allerdings lasse ich Rüdiger, der sich also neuerdings ambulanter Betreuer nennt, über seine Zukunft im Unklaren. Soll er sich an seinen sozusagen die grobmotorischen Fähigkeiten beanspruchenden Tätigkeiten noch eine Weile erfreuen und Spaß dran haben. Die dunkle Zeit kommt früh genug für ihn. Das war klar.

Rüdiger war ja nicht einmal in der Lage, meine erste und bisher einzige Vernissage zur Eröffnung zu besuchen. Vergessen hat er den Termin, und seine Entschuldigung klang wenig überzeugend und schien mir auch nur halbherzig auf mein Drängen hin formuliert.

Es war zwar nicht so, dass ich Rüdiger, seine Freunde und Bekannten für den Erfolg meiner Vernissage benötigt hätte, das auf keinen Fall, einige Besucher mehr hätten der Ausstellung jedoch recht gutgetan. Zumindest in der Außendarstellung. So beschränkte sich die Pressemitteilung auf den Hinweis, dass die Nachtaufnahmen zu dem Film „Gefallene Helden" termingerecht abgeschlossen werden konnten. Nicht ein einziges Wort über mein Kunstobjekt, ganz zu schweigen über den Inhaber und Kunstmäzen Dollinger, der das Kunstobjekt, eine Aldităte, eigenhändig signiert und damit unverwechselbar für die Allgemeinheit und vor allem für die Kunstszene in Berlin zur Verfügung gestellt hatte.

Ich hatte mir als Erkenntnis aus meinen nicht ausreichend gewürdigten Bemühungen, die Berliner Kunstszene wieder an die Spitze in Deutschland und Europa zu bringen, einen Pressboykott über die Dauer von zwei Jahren auferlegt.

Mochten sie kommen, sich entschuldigen, vor mir zu Kreuze kriechen, ich würde sie genauso ignorieren, wie sie das im Fall meiner Vernissage getan hatten. Da war es ohne Belang, dass sie zeitversetzt ihre reumütigen, lobhudelnden Artikel so auffällig platzieren würden, dass sie kein Leser übersehen konnte. Nein, ich würde hart, titanhart bleiben.

Zwei Jahre brachte kein Journalist ein Wort aus mir heraus. Ich hatte sie sogar so sehr mit einer von mir frei formulierten Protestnote eingeschüchtert, dass in diesen zwei Jahren des selbstauferlegten Presseboykotts sich absolut keiner, nicht ein einziger Journalist auch nur in die Nähe meiner Adresse traute. Ich bin ab und an schon im Schutze der einbrechenden Dämmerung um den Block geschlichen. Gut getarnt natürlich. Nicht einen einzigen Journalisten konnte ich entdecken.

In der damaligen Situation tat es gut, dass wenigstens einige der anabolen Trainingskameraden meiner bodybuildenden Nachbarn gegen Abend vorbeischauten, um sich die Sensation in der Berliner Kunstszene nicht entgehen zu lassen. Allerdings waren die meisten dieser Muskelpakete wohl eher aus Dankbarkeit für meine erfolgreiche Behandlung ihres Kollegen Hubert Nüsschen, der sich über Tage in einem Zustand der völligen Agonie befand, erschienen.

Nüsschen, wie ihn sein Freund und Partner Heribert Fallbeil nennt, war akut psychisch beim Anblick einer sich bewegenden Leiche in meinem Zimmer erkrankt, und ich musste in der Behandlung des Bodybuilders die Hilfe von Frau Dr. Wünsche in Anspruch nehmen.

Jedenfalls schien sich ihr Kunstinteresse in Grenzen zu halten. Übrigens war weder der Chefarzt der Gerichtlichen Psychiatrie in Berlin-Buch noch der Chefarzt der Bonhoeffer-Klinik, noch der Polizeipräsident von Berlin zur Eröffnung der

Vernissage erschienen. Und das trotz persönlicher Einladung von mir.

Das sagt eigentlich viel, wenn nicht sogar alles. Darüber brauche ich keine weiteren Worte zu verlieren.

Meine Bemühungen in der Kunstszene legte ich dann erst einmal auf Eis. Sollten sich doch andere abstrampeln, das sichtbar sinkende Schiff aufzutakeln, um es wieder reisefähig zu machen. Da hatten sie zu tun. Über Jahre hinweg, wenn nicht gar über Jahrzehnte. Ohne Dollingers Hilfe, ohne seine künstlerischen Visionen und ohne seine kreativen Bemühungen hatten sie – selbst verschuldet – auf Sand gebaut. Um es noch eine Spur drastischer zu formulieren: Sie hatten auf Treibsand gebaut.

Die Galerie meines Kollegen Andy Ann, der sich mit dem von einem Anschlag gesundheitlich wieder genesenen Agenten, an dessen Gesundung ich nicht ganz unbeteiligt war, um nicht zu sagen, dass er ohne mein Handeln keine Überlebenschance gehabt hätte, aus dem Staub gemacht hat, führte ich noch einige Monate lang in Vertretung, ehe ich diese Aufgabe Rüdiger anvertraute. Es verstand sich von selbst, dass ich Rüdiger jederzeit mit meinen Erfahrungen, die ich in der Kunstszene gesammelt hatte, bei auftauchenden Problemen zur Seite stehen würde. Und erst dieser Hinweis bewegte Rüdiger dazu, diese Aufgabe zu übernehmen. Natürlich wusste er um seine Defizite, was die Kenntnisse der Kunstszene in Berlin betraf. In diesem Punkt konnte er sich ziemlich realistisch einschätzen. Ihm fehlten auch die Connections, um an neue Kunstobjekte heranzukommen. Vor allem jedoch fehlte ihm jene künstlerisch kreative Ader, die man eigentlich bei ihm, der sich täglich überaus imposant, an manchen Tagen richtig adrett kleidete, vermuten sollte. Ich nahm also diese mir bekannten Defizite Rüdigers in Kauf, zumal sich mir keine Alternativen auftaten.

Wollte ich nämlich auf meinem neuen Betätigungsfeld, dem Immobilienmarkt, erfolgreich sein, konnte ich mich nicht noch zusätzlich um die Berliner Kunstszene kümmern. Die Entscheidung fiel mir nicht leicht, bedeutete für mich zahlreiche abdominelle Unpässlichkeiten, schlussendlich rang ich mich durch und legte die Geschicke der Galerie von Andy Ann in die Hände mit den insektenfühlerähnlichen Fingern von Rüdiger.

Im Hinterkopf hatte ich allerdings immer die Hoffnung, dass Andy Ann und der Geheimagent jederzeit und recht bald wieder auftauchen und die Galerie wieder übernehmen würden. In diesem Punkt sollte ich mich jedoch irren.

Andy Ann und der Geheimagent tauchten nicht mehr auf. Zumindest nicht in Berlin.

Nach meiner ersten und bisher einzigen Vernissage versuchte ich zwei lange Jahre, dem Geschäftsmann John Krocket die Geheimnisse des freien Marktes zu erläutern, seinen, wie ich heute unverblümt feststellen muss, unterentwickelten Instinkt für neue Geschäftsideen zu schärfen. John Krocket zeigte sich jedoch beratungsresistent und wenig, wenn nicht sogar überhaupt nicht aufgeschlossen, sich die notwendigen modernen Marktstrategien zu eigen zu machen. So kam es, wie es kommen musste. Nach einer von mir initiierten Sonderverkaufsaktion, während der jeder Kunde den halben Preis für ein Fachbuch seiner Wahl zahlte und obendrein ein zweites Buch kostenlos erhielt, meldete er Konkurs an. Die Verkaufsaktion war nach meiner Einschätzung ein voller Erfolg, unsere Regale so gut wie leergefegt. John Krocket hätte in dieser Situation nur einen längeren Atem haben müssen. Wir hatten ja mit unserem sozusagen avantgardistischen Vorgehen, das sich wohltuend von den etablierten, verkrusteten Verkaufsstrategien der Konkurrenz abhob, einen riesigen Kundenstamm rekrutiert. Dieser notwendige Atem fehlte ihm.

Kurzatmig wie ein überfütterter Mops rannte er zum Amt und schob laut greinend seine Verkaufslizenz über den Tisch, verbunden mit der Bitte, das Geschäft schließen zu dürfen.

Wenn er schon nicht an sich und seine Familie in diesem Moment gedacht hat, so hätte er zumindest an seinen Wegbegleiter und Geschäftspartner Dollinger denken können, wenn nicht sogar denken müssen.

Jedenfalls wurde ich als Folge der Unzulänglichkeiten John Krockets von einem Tag auf den anderen arbeitslos. Das blieb ich auch für die nächsten Jahre, wenngleich das Arbeitsamt in Berlin-Mitte nichts unversucht ließ, mich in dieser Zeit einer Beschäftigung zuzuführen und mich bei guter Laune zu halten. Bei meinen unregelmäßigen Besuchen stellte ich ein um das andere Mal fest, wie leid es den Mitarbeitern des Amtes tat, dass solche ausgeprägten intellektuellen, künstlerischen, ja auch humanistischen und vor allem praxisrelevanten Ressourcen, wie sie Dollinger nun einmal unstrittig in sich trug, brachliegen mussten.

Insgesamt einundzwanzig Weiter- und Fortbildungen besuchte ich, einige von ihnen wurden ganz und gar auf meine bisherige Biografie zugeschnitten, sodass ich ab etwa dem fünften Weiterbildungszyklus dem Kursleiter zur Seite stehen und ihn im Rahmen seiner Dozententätigkeit entlasten konnte. Diese Dankbarkeit in den Augen der völlig überlasteten Pädagogen war mir Lohn und Anerkennung genug.

Anfang des Jahres teilte mir die Büroleiterin des Amtes freudestrahlend mit, dass sie einen neuen Job für mich gefunden hat. Von Natur aus bin ich skeptisch. Ich las das mir vor die Nase gehaltene Dokument und fing plötzlich, wie aus dem Nichts, zu zittern an. Die Welt um mich herum begann sich in zinnoberfarbenen Schattierungen zu drehen, bis ich das Gleichgewicht nicht mehr halten konnte und mit dem Oberkörper auf den Schreibtisch der Büroleiterin knallte. Zum Glück hatte sie die erste Tasse Kaffee an diesem frühen Morgen gegen halb zehn bereits ausgenippt, anderenfalls wäre die Bescherung ziemlich groß gewesen. So jedenfalls hielt sich der Schaden, den die Leiterin mit ihrer plumpen Art, mich zu erschrecken, in Kauf genommen hat, in Grenzen. Eine zweite Tasse hatte sie bestimmt im perlmuttbesetzen Schränkchen, das unter dem zum Glück geschlossenen Fenster stand. Darüber wollte ich mir auch keine weiteren Gedanken machen.

In den zwei Wochen, in denen ich dann im Supermarkt die Einkaufswagen von vorn und nach hinten und umgekehrt im Schweiße meines Angesichts schieben musste, reifte in mir der

Plan, mich auf dem Immobilienmarkt umzusehen und, nicht nur das, mich auch und vor allem in dieser zukunftsträchtigen Branche zu etablieren.

Die Idee, in Immobilien zu machen, wie die Insider es nennen, hatte ich seit dem Tag, als Andy Ann und der Geheimagent mir ihre Galerie anvertrauten und mein damaliger Immobilienpool um sage und schreibe hundert Prozent angewachsen war. Sozusagen über Nacht. Bereits zum damaligen Zeitpunkt hatte ich mein Händchen für Immobilien erkannt.

Jetzt nun war der Zeitpunkt gekommen, diese Idee in die Tat umzusetzen. Wie so häufig, bedarf es für den ersten Schritt einen Schubs, wie es so schön anschaulich im Volksmund heißt, um die Sache ins Rollen zu bringen.

Ich hatte bereits nach zwei lächerlichen Arbeitstagen erkannt, dass ich in meinem neuen Job als Einkaufswagenschieber aber so was von unterfordert war. Im ersten Moment war ich wütend. Erzürnt darüber, dass ein Staat es sich leisten konnte, auf die Erfahrungen und die Kompetenzen eines Dollinger zu verzichten. Andererseits schlussfolgerte ich, nach reiflichen Überlegungen, durchwachten Nächten und unzähligen Bechern mit Buttermilch, die ich mir gönnte, dass es überhaupt nicht verwunderte, dass eine Vielzahl von Bürgern auf diesen Staat sauer war. Anstatt an den gesellschaftlichen oder wirtschaftlichen Brennpunkten des Landes Hand anlegen zu können, wurden sie gleich millionenfach auf die staubigen Couchen in die verqualmten Wohnzimmer der Mietskasernen verbannt. Dass in einem solchen Milieu Trunksucht, Nikotinabhängigkeit und Pornografie Hochkonjunktur haben, dieser Umstand muss wohl unter dem Aspekt der staatlichen Ignoranz nicht weiter beleuchtet werden.

Es war also die Zeit für eine grundlegende Veränderung in meinem Leben gekommen. Der Stein rollte. Wie es dann in solchen Momenten der beginnenden Veränderung häufig passiert, spielte mir der Zufall das entscheidende Dokument für die Legitimation meiner Überlegungen, die ich gewillt war, in die Tat umzusetzen, in die Hand.

Am Tag der Beendigung meines Engagements als Einkaufswagenschieber ließ ein völlig überforderter Familienvater die gerade gekaufte Immobilienzeitung „Bellen" in dem gedankenlos neben dem Fahrzeug abgestellten Einkaufswagen liegen. Inwieweit es sich tatsächlich um reine Schussligkeit des Familienvaters oder doch um eine gezielte Informationsaktion der Immobilienbranche gehandelt hat, bleibt letztlich ungeklärt. Träfe letztere Annahme allerdings zu, so hat die Aktion voll ins Schwarze getroffen.

In dem aufwendig aufgemachten Dokument teilte mir der Chefredakteur mit, dass in den Immobilienmarkt wieder Bewegung kommt. Und es kam noch besser: Seit Wochen mehren sich die Stimmen unter Experten, die von wachsendem Kaufinteresse sprechen. Während auf dem Aktienmarkt ein Börsencrash erwartet wird, sollte der Bürger sein Geld besser und vor allem sicherer in Immobilien investieren.

Hätte ich irgendwelche Zweifel an meiner angestrebten Lebensveränderung gehabt, spätestens durch die klug formulierten Aussagen des Chefredakteurs der Zeitschrift „Bellen" wären diese weggewischt worden. Ich hatte jedoch keine Zweifel. Ich fühlte mich, wieder einmal, in meinen Plänen und Ideen bestätigt.

Unsicher war ich allerdings bei dem Gedanken, wie viele Exemplare der Zeitschrift unter die Leute und vor allem unter die dynamischen, vor innerem Tatendrang nur so sprühenden Arbeitslosen und Unterforderten, zu denen ich mich zählte, gebracht worden waren.

Sollte die Auflage mehrere Tausend Exemplare zählen, würde spätestens übermorgen ein Run auf jede freie Büroräumlichkeit beginnen. Sollte jedoch, und diese Möglichkeit schien mir wahrscheinlicher, nur ein ausgewählter Kreis von sich bereits in der Vergangenheit bewährten Interessenten angesprochen werden, so sollte sich die Zahl der Neumakler durchaus in Grenzen halten.

Trotzdem, ein Hauch von Unsicherheit verfolgte mich auch dann noch, als ich bereits auf meiner Matratze lag und auf die hereinbrechende Nacht wartete. Nichts ist schlimmer als eine geschulterte Unsicherheit, die sich mit spitzen Zähnen in deine Nackenmuskulatur verbeißt. Ich spürte körperlich, wie sich die Muskelstränge meines Nackens wie zwei stramm geflochtene Taue von meinen Schultern hoch zum Schädel zogen. Meinen Kopf konnte ich über Stunden nur noch mit Mühe und eingeschränkt bewegen, als mir der erlösende Gedanke kam:

Natürlich würden sich die Neumakler auf den inländischen Immobilienmarkt stürzen. Wie Geier auf das nächstgelegene Aas. Sie würden geblendet sein von den Möglichkeiten, die sich ihnen eröffneten, und sich schon recht bald mit Hauen und Stechen die Schlange stehenden Immobilienkäufer abjagen. Bankrott und Insolvenz waren da nur eine Frage der Zeit.

Da galt es, früh genug und am besten schon zu Beginn der Neumaklerkarriere gegenzusteuern.

Ich war sichtlich erleichtert, dass mich mein Scharfsinn auch in dieser Situation nicht im Stich gelassen hatte, schlief in dieser mondlosen Nacht traumlos und muskulär entspannt bis zum nächsten Morgen.

Meine Entscheidung war gefallen. Meine Zukunft als Neuimmobilienmakler lag ganz sicher nicht in Deutschland.

2. KAPITEL

Die zwei Ex-Bodybuilder sind außen vor

Spanien an sich ist ein schönes Land. Wenn da nicht die sprachlichen Barrieren wären, die es für mich als Neuimmobilienmakler zu überwinden galt. Ich hatte mich für Spanien als Land für meine Neumaklertätigkeit nach einigen reiflichen Überlegungen entschieden.

Folgende Punkte sprachen für diese Entscheidung: 1. Die die spanischen Ferienimmobilien auflistende Seitenzahl in der „Bellen" lag weit über der der anderen aufgeführten europäischen Länder. 2. Eine Tätigkeit außereuropäisch kam nicht infrage. 3. Da der Zeitschrift zu entnehmen war, dass eine nicht unbeträchtliche Anzahl deutscher Bürger in Spanien ein Feriendomizil bereits erworben hat und weitere Kaufinteressenten sich auf den Weg nach Spanien machen würden, beschloss ich, mich zuallererst, sozusagen als Einstieg, mit dieser deutschen Klientel zu beschäftigen. 4. Meine türkischen, französischen oder auch italienischen Sprachkenntnisse hielten sich derart in Grenzen, um nicht zu sagen, sie tendierten gegen null, dass ich beschloss, meinen bereits vorhandenen spanischen Wortschatz auszubauen.

Kulle, Zimmerkollege aus der Psychiatriezeit, hatte ich es zu verdanken, dass ich diesbezüglich nicht gänzlich unbeleckt zu Beginn meiner Geschäftsgründung dastand.

Wenn Kulle einmal gut drauf war, dann gab er damit an, dass er in den siebziger Jahren im Rahmen eines Kulturaustausches in Spanien gewesen war. An diesen Tagen begrüßte er mich mit einem *Hola*, das so viel bedeutet wie *Grüß dich*, oder er bat um Verzeihung – *Perdone*. Mehrfach am Tag bedankte er sich bei mir – *Muchas gracias!*

Ausgestattet mit einem solchen sprachlichen Rüstzeug sollte ich zu Beginn meiner Geschäftstätigkeit keine größeren sprachlichen Hindernisse zu befürchten haben. Wahrscheinlicher war es da schon, dass ich den deutschen Immobilieninteressenten die ersten Brocken Spanisch in meinem zweiten Mutterland beibringen musste. Das wollte ich gern tun, sozusagen als kostenlose Beigabe zu ihrem Immobilienerwerb.

Am Morgen meiner Abreise Richtung Spanien standen meine beiden bodybuildenden Nachbarn Hubert Nüsschen und Heribert Fallbeil bereits vor der Tür, als ich nach einem kurz währenden Anflug von Sentimentalität, in dem ich ein letztes Mal meine Stube betrat, mich umschaute und den für Rüdiger gedachten Brief in die Mitte des Tisches rückte, meine Wohnung in Berlin-Mitte verließ.

„Na, du alter Spanier", scherzte Beilchen und schnappte sich den bastgeflochtenen Koffer mit meinen Habseligkeiten drin. Ich war in den zurechtgeschnittenen Anzug des Geheimagenten, den ich in den vergangenen Jahren unter dem Bettgestell verwahrt hatte, geschlüpft. Die Kuhkopfschnalle meines Gürtels blinkte über dem weißen Nylonhemd, das ich zum leicht angestoßenen Kragen hin geöffnet ließ. Eine Spur legerer wollte ich meine neue Wahlheimat betreten, das Vorurteil, wir Deutschen könnten uns nicht anpassen, von Anfang an im Keim ersticken.

„Wie aus dem Ei gepellt", stellte Nüsschen dann auch auffällig zufrieden fest.

„Vielleicht hättest du allerdings ein Paar Socken anziehen sollen. Nur für die Fahrt." Heribert Fallbeil deutete mit dem freien Arm auf meine Füße.

Ich schüttelte entschieden den Kopf. „Weißt du eigentlich, welche Temperaturen wir in Spanien zu dieser Jahreszeit haben?"

Ich blieb stehen und stemmte meine Hände in die Hüften.

Sich ihrer Unwissenheit durchaus bewusst, senkten die beiden anabolen Bodybuilder den Blick. Auch an ihnen waren die vergangenen Jahre, in denen sie sich dem alltäglichen Gelderwerb in Form von gemeiner Arbeit widmen mussten, nicht spurlos vorübergegangen. Sie hatten relativ wenig Zeit, ihr Hanteltraining regelmäßig durchzuführen, und als Folge schrumpften sie immer mehr in sich zusammen. Besonders deutlich zeigte sich das fehlende Training jedoch in den überdeutlichen, hängenden Brüsten, die sie entwickelten, zumal nicht nur das umfangreiche Hanteltraining fehlte, auch das Geld für die anabolen Medikamente fehlte an allen Ecken und Enden.

„Dreißig, vierzig Grad?", schätzte Nüsschen vorsichtig.

„Davon kannst du ausgehen. Es soll sogar Gegenden geben, in denen fünfzig Grad keine Seltenheit sind."

„Da benötigt man dann tatsächlich keine Socken", gab mir Beilchen Recht.

„Hast du eigentlich Rüdi von deinen Plänen erzählt? Der ist doch bestimmt in Ohmacht gefallen, als er gehört hat, dass du deine Geschäfte nach Spanien verlegen willst."

„Was hat Rüdiger mit meinen beruflichen Plänen zu tun? Hatte er nicht Zeit genug, mir eine neue berufliche Perspektive zu geben? Hatte er nicht diese Zeit?"

Zum zweiten Mal stellte ich mich den beiden Bodybuildern von der jämmerlichen Gestalt in den Weg. Beilchen und Nüsschen lächelten verlegen.

„Ich dachte ja nur", brummte Beilchen.

„Das war noch nie deine Stärke. Überleg doch mal, wofür Rüdiger eigentlich bezahlt wird. Vielleicht dafür, dass er bei mir sauber macht, oder dafür, dass er mal einkaufen geht? Nein, er ist für die gesellschaftliche Reintegration von Bürgern, die, aus welchem Grund auch immer, eine Zeit lang in ihrer sozialen Kompetenz eingeschränkt sind, verantwortlich. Versteht ihr?!"

Beide nickten und machten ein höchst bedeutsames Gesicht. Und doch hatte ich das Gefühl, erneut an ihre intellektuellen Grenzen gestoßen zu sein. Wie in kaum einer anderen Situation wurde mir in diesem Moment so deutlich vor Augen geführt, dass es Verlierer und Gewinner dieser neuen deutschen Zeit gab.

Die beiden Ex- Bodybuilder, so muss ich es wohl korrekt formulieren, gehörten zweifelsohne nicht zu den Gewinnern dieses Aufbruchs.

„Rüdiger wird es auch ohne mich schaffen", bemühte ich mich dann doch, die beiden aufzumuntern.

„Ganz dumm ist er ja nicht, der bekommt seinen Arsch an die Wand", versuchte ich zu scherzen. Doch auch dieser Versuch, gewürzt mit einem Hauch Vertrautheit, ging ins Leere.

„Wenn ich mich geschäftlich etabliert habe, werde ich mit Gewissheit einige anpackende Verkaufsassistenten in meinem Maklerteam benötigen. Dann werde ich an euch denken."

„Versprochen?" Mit strahlenden Augen schnappte sich Nüsschen meinen Koffer von Heribert Fallbeil und warf ihn ein paarmal in die Höhe. „Soll das heißen, du holst uns nach Spanien nach?"

„Das ist nicht ausgeschlossen", antwortete ich betont locker und ohne mich festzulegen.

„Ich werde auf jeden Fall erst einmal den Markt sondieren und dann loslegen. Was dann kommt, weiß der Geier. Es wäre jedenfalls nicht schlecht, wenn ihr in der Zwischenzeit ein paar Brocken Spanisch lernen würdet. Bei der Auswahl meiner Assistenten könnte das euer entscheidender Vorteil sein", verkündete ich feierlich.

Wenig später hatten wir den hauptstädtischen Bahnhof erreicht, von dem heute noch, in knapp fünf Stunden, der Zug nach Narbonne in Frankreich abfahren sollte. Die Fahrkarte bis Narbonne hatte ich mir bereits vor einigen Tagen gekauft und dafür einen Großteil meiner Ersparnisse hinblättern müssen. Zweihundertfünfzig DM blieben mir noch für die Strecke von Narbonne bis Benicarlo in Spanien und für eine erste Unterkunft in meiner neuen Heimat. Das schien mir mehr als üppig. Meine Absicht in Spanien war es ja nicht, Geld auszugeben, ich wollte Geld verdienen, vor allem jedoch ging es mir um eine neue Herausforderung, die mir Deutschland schon lange nicht mehr bieten konnte. Allerdings kam auch ich nicht um die Anfangsinvestitionen, die für eine Geschäftsgründung notwendig sind, herum.

Nachdem mich die beiden Ex-Bodybuilder fast überschwänglich verabschiedet hatten, suchte ich mir einen Ort, an dem ich meinen Koffer sicher für die verbleibende Wartezeit abstellen konnte. Dabei fiel mir auf, wie unübersichtlich die Architektur eines Bahnhofs wie die des hauptstädtischen Bahnhofs war. Überall reihte sich Verkaufsstand an Verkaufsstand, vor denen sich Menschentrauben hungriger, durstiger, genussgieriger Menschen gebildet hatten und mir so die Übersicht über die Abläufe auf dem Bahnhof erschwerten. Nicht leichter, die Übersicht zu behalten, machten es die zu beiden Seiten der Haupthalle peitschenförmig abgehenden Gässchen, die einerseits zu den Gleisen hinaufführten, andererseits sich jedoch in Richtung zahlreicher Ausgänge verliefen, die außer den Nikotinjunkies und Besitzern von blasenschwachen Hunden kein Mensch benötigte.

Mir fiel es jedenfalls schwer, einen geeigneten und vor allem sicheren Platz für meinen Koffer zu finden, und ich benötigte einige Minuten, um das Schild der Bahnhofsmission in der großen Halle zu entdecken.

Als ich die Tür zur Mission öffnete, verstummte das Gemurmel, das von zwei Personen herrührte, die an einem hölzernen Tisch saßen, der mindestens zehn Meter in der Länge maß und um den herum insgesamt sechzehn Stühle aufgestellt waren. Die beiden langhaarigen und hungrig dreinschauenden Männer stierten mich mit einer Intensität und Eindringlichkeit an, dass ich nicht umhinkam, in der Tür stehen zu bleiben.

„Hola", grüßte ich höflich in meiner zweiten Muttersprache und verbeugte mich, wobei ich mit dem rechten Arm einen angedeuteten Halbkreis vor meinem Körper zeichnete.

Als meine Begrüßung unbeantwortet blieb, setzte ich einen Schritt in den angenehm temperierten Raum und ließ die knarzende Tür hinter mir ins Schloss fallen.

„Hola", wiederholte ich meine Begrüßung und lächelte in die Richtung der beiden Männer, in deren Gesicht nicht die Spur einer inneren Regung zu entdecken war. Statt einer Erwiderung meines Grußes senkten die beiden, wie in geheimer Absprache vereinbart, zeitgleich die Köpfe und schlurften von den vor ihnen stehenden dampfenden Tellern.

Ich nahm den beiden Bedürftigen, um solche musste es sich bei den beiden Reisenden handeln, die hier die Unterstützung der karitativen Einrichtung in Anspruch nahmen, die kleine Unhöflichkeit nicht übel. Wahrscheinlich verstanden sie kein Spanisch, ein Umstand, den ich auf einem Berliner Bahnhof durchaus in Erwägung ziehen musste. Anderseits war es möglich, dass meinem Spanisch ein solcher Akzent anhaftete, dass es recht schwer verständlich war.

In diesem Moment öffnete sich links von dem Tisch, unterhalb eines blauen Plakates, auf dem ein rotes Kreuz auf die Hilfe der Bahnhofsmission aufmerksam machte, eine Tür. In graublauer Uniform, die dünnen weißen Haare streng gescheitelt und eine runde Hornbrille auf der schnabelförmigen Nase, lief mit weit ausgebreiteten Armen eine zierliche, unterernährt wirkende Frau auf mich zu.

„Dorothee, Dorothee, ein Gestrandeter!", frohlockte sie mit leuchtenden Augen, wobei sie den Kopf leicht zur Seite neigte, um mich besser taxieren zu können.

Bevor ich auch nur ein einziges Wort herausbringen konnte, hatte sie mich in die Arme genommen und drückte mich an ihre Uniform, die aus grobfasrigem, kratzendem Stoff genäht worden war und nach Mottenkugeln roch.

„Oh, Dorothee, oh, Dorothee, sieh nur, wen wir hier haben!"

Während Dorothee die ausgelassene Freude der schnabelnasigen Frau nicht zu teilen schien und sich Zeit ließ, zu meiner Begrüßung zu erscheinen, überlegte ich, woher mich die begeisterte Mitarbeiterin der Bahnhofsmission kannte. Selten hat mich jemand mit einer so flammenden, liebevollen Vertrautheit begrüßt. Auch mir wurde ganz warm ums Herz, und einige Tränen der Rührung kullerten auf die Uniform der Frau, die ich, nachdem ich den Koffer zwischen meine Beine geschoben hatte, mit ebenso intensiver Herzlichkeit an mich drückte.

„Dorothee, Dorothee!", stöhnte die Frau in meinen Armen.
In meinem Kopf spielten sich in diesem Moment fast surrealistische Szenen ab. Woher kannte mich diese Frau? Hatte sie auf mich gewartet? Wie konnte ich ihr helfen? Was erwartete sie von mir?

Fragen über Fragen purzelten durch meine Gedankenwelt und ergaben ein buntes Durcheinander ohne sichtbare Ordnung.

Sicher war es möglich, dass die uniformierte Frau in der Fachpresse der Berliner Polizei über Dollinger, der so gut wie allein Anfang der 1990er Jahre den Antiquitätenfall gelöst hatte, informiert worden war.

Ich war mir auf einmal gar nicht mehr sicher, ob in dieser Zeit von meiner Person verdeckt Fotos geschossen worden waren, die dann in der polizeilichen Fachpresse ihre Runde machten.

Möglich wäre es auch, dass in den zwei Jahren meines selbst auferlegten Presseboykotts die Journaille in Berlin regelmäßig mein Foto auf die Kulturseite gestellt hatte, um an den Pionier der Kunstszene zu erinnern. Andererseits sah diese Frau nicht danach aus, als würde sie sich für die schönen Künste interessieren. Vielmehr verstand sie es wohl, handfest zuzupacken und messerscharf zu agieren.

Ausgeschlossen war es auch nicht, dass sie auf der einen oder anderen Weiterbildungsveranstaltung für das psychiatrische Fachpersonal auf mich aufmerksam geworden war. Während dieser Veranstaltungen wurde mir in der Regel die Aufgabe zuteil, Kaffee und Tee in den Weiterbildungspausen an das durstige und von den wissenschaftlichen Vorträgen erschöpfte Medizinervolk auszuschenken, was mich nicht davon abhielt, mich aktiv in die Diskussionen einzumischen. Ab und an war es sogar so, dass erst ich mit meinen wie nebenbei eingestreuten Bemerkungen die Diskussion so richtig in Gang brachte. Ich erinnere mich in diesem Zusammenhang an eine wissenschaftliche Tagung im großen Konferenzraum im Klinikum Berlin-Buch, die zu dem Thema „Alkoholismus – Reichen unsere Bemühungen aus?" abgehalten wurde.

Einer mir unbekannten, von auswärts angereisten Tagungsteilnehmerin, einer Frau Schimmelstrauch, wie ich auf dem Kunststoffschildchen am Revers ihres großkarierten Sakkos lesen konnte, steckte ich, dass auch in der Gerichtlichen Psychiatrie das eine oder andere alkoholische Tröpfchen zu sich genommen wird. Nach meiner Ansicht wurden mit diesem Verhalten bereits die Weichen in Richtung Alkoholismus gestellt. Ich vertraute ihr an, dass ich in großer Sorge war, als Patient in naher Zukunft einer alkoholkranken Ärzteschaft gegenüberzustehen. Im Schwesterbereich stellte sich die Sache noch eine Spur dramatischer dar.

Als die Kollegin Dr. Schimmelstrauch sich nach der Pause zu Wort meldete, um das Trinkverhalten des ärztlichen und pflegerischen Personals zu hinterfragen und dabei noch angab, über zuverlässige Quellen zu verfügen, die sich in Sorge um die Gesundheit des psychiatrischen Personals und den Fortbestand der Gerichtlichen Psychiatrie an sie gewandt hatten, kam eine Dynamik in die Tagung, mit der zuvor die wenigsten, am allerwenigsten ich, gerechnet hatten.

Manchmal bedarf es eines kleinen Lüftchens, um das Feuer am Lodern zu halten.

Vielleicht war die zierliche Frau mit der Schnabelnase aber auch nur eine meiner zahlreichen Kundinnen während meiner Geschäftstätigkeit im Buchhandel auf der Friedrichstraße. Ich konnte mir beim besten Willen nicht jedes Gesicht merken. Ich erinnere mich allerdings an eine Frau, die mich über die Dauer von mindestens sechs Monaten fast wöchentlich aufsuchte, um ein medizinisches Fachbuch zum Thema „Organspende – Grenzen und Möglichkeiten" zu kaufen. Das Buch war nicht mehr auf dem Markt, einerseits, weil es in einer absolut geringen Auflage von fünfzig Exemplaren gedruckt worden war, andererseits, weil, wie ich damals hinter vorgehaltener Hand erfuhr, der Großteil der Exemplare von der Katholischen Kirche aufgekauft worden war.

Diese Frau ließ nicht locker und nervte mich eine Zeit lang mit ihrem nicht erfüllbaren Wunsch.

Wenngleich die Kundin, von der ich berichtete, in meiner Erinnerung rothaarig, mindestens zehn Zentimeter größer und ohne Schnabelnase auftauchte, durchfuhr mich in diesem Moment ein Schreck, ähnlich intensiv wie das sekundenschnell wirkende Gift der Schwarzen Mamba. Allerdings nicht tödlich.

Ich stand wie gelähmt im Saal der Bahnhofmission, unfähig mich zu rühren. Die Frau, die ich in den Armen hielt, deren blank gewienerte Schnürstiefel knöchelhoch über dem Boden pendelten und deren Gesicht sich einschmeichelnd an meine Schulter schmiegte, brachte keinen Ton mehr heraus.

Dann fiel es mir wie Schuppen von den Augen: Haare konnte man färben, die Körperlänge durch antrainiertes Verhalten mindestens um zehn Zentimeter, wenn nicht gar um fünfzehn, verändern. Und eine Nasenoperation gehörte zum Alltag jeder gut gehenden Chirurgiepraxis, zumindest in Berlin.

In meinem Kopf führten auf einmal alle losen Gedankenstränge in eine einzige Richtung: In meinen Armen hielt ich, Dollinger, an meinem Abreisetag Richtung Spanien eine der meistgesuchten Frauen in Europa, eine Frau, die den Ton angab in dem schmutzigen Geschäft des internationalen Organhandels.

Langsam wich die Lähmung aus meinem Körper. Vorsichtig stellte ich die uniformierte Organhändlerin vor mich auf den, wie mir erst jetzt auffiel, weiß gefliesten Boden. Sie hatten an alles gedacht, überaus praktisch. Wäre ich nicht unvermutet vor wenigen Minuten in der Mission aufgetaucht, würden die zwei jämmerlichen Gestalten drüben am Tisch nicht mehr am Leben sein. Jetzt war mir auch klar, weshalb der Tisch, auf dem die Suppenteller standen, so groß sein musste. Der Tisch wurde nicht nur für die Mahlzeiten benötigt, nein, vor allem eignete er sich sehr gut zum Sezieren von Menschen. Wenn man nur ein wenig die Augen aufmachte und eins und eins zusammenzählte, so fügte sich ein Puzzleteil an das andere. An den Seitenwänden waren jeweils vier Waschbecken angebracht. An einem der Wasserhähne steckte noch ein tonfarbener Schlauch, mit dessen Hilfe bequem und praktisch das Blut und die feineren Körperreste von den Bodenfliesen gespritzt werden konnte. Von der getäfelten Decke hingen in zwei parallel zueinander verlaufenden Schienen silbrige Pendelspots, die je nach Bedarf fokussieren konnten. Sie hatten an alles gedacht, nur nicht daran, dass Dollinger heute und hier auftauchen würde.

Die Organhändlerin in der täuschend echt wirkenden Uniform der Bahnhofsmission sank in die flugs ausgebreiteten Arme von Dorothee. Nach einem winzigen Moment der Ohnmacht kam sie wieder, asthmatisch keuchend, zu sich.

„Du hast aber kräftige Arme, Bruder! Du hast mich fast erdrückt!"

Die Frau hatte sich, wie nicht anders zu erwarten von einem Profi, sekundenschnell wieder im Griff.

„Wo kommst du her, wo willst du hin?"

Sie täuschte nicht an, machte keine Umwege, kam gleich auf den Punkt. Ich musste im Interesse der beiden Bedürftigen am Tisch, die nicht ein einziges Mal von ihren Tellern aufgesehen hatten und monoton ihre Suppe schlürften, ein strategisches Konzept entwerfen. Klar war, dass ich die Organhändlerin allein aufgrund meiner gedanklichen Analysen nicht mit dem Ergebnis dieser Überlegungen konfrontieren konnte. Sie hätte alles abgestritten. Genauso unmöglich war es, die Mission sofort zu verlassen und meine Partner im Polizeipräsidium zu informieren. Persönliche Ressentiments, ich denke an das ignorante Verhalten des Polizeipräsidenten, der meine Vernissage nicht besuchte, durften in einem solchen Fall keine Rolle spielen. Auch konnte ich die beiden Hungerleider am Tisch nicht allein lassen. Sie waren auf mich angewiesen, auch wenn sie das in diesem Moment noch nicht verinnerlicht hatten. Es blieb mir nichts anderes übrig, als mich der Situation zu stellen. Ohne Beweise konnte ich den Kopf des internationalen Organhandels nicht überführen.

„Perdone", murmelte ich, während ich meinen Koffer schnappte und mich zu einem der Stühle mit dem abwaschbaren grau marmorierten Kunstleder begab, um mich an die Seite der beiden potenziellen Opfer zu setzen.

„Perdone", wiederholte ich und behielt den Kopf des Organhandelringes im Auge.

„Siehst du, Dorothee, ein spanischer Bürger in unseren heiligen Hallen", verstellte sich die Frau, die die ein wenig widerspenstige Dorothee anwies, mir eine ordentliche Portion der selbst zubereiteten Suppe aufzutun.

Selbst gekochte Suppe, meine inneren Alarmglocken läuteten. Natürlich würden diese beiden Frauen nichts unversucht lassen, mich so rasch als möglich beiseitezuschaffen. Und zwar so unauffällig wie möglich.

Die zierliche Frau, die mich sofort nach dem Betreten der Mission erkannt hatte und die Gefahr, die von mir ausging, ahnte, ja instinktiv witterte, rückte sich einen Stuhl an meiner Seite so zurecht, dass sie mich von hinten im Blick hatte. Ich wollte es ihr jedoch nicht zu einfach machen. Mit einem entschlossenen Ruck schob ich meinen Stuhl einen halben Meter in die Tiefe des Raumes, sodass ich meinerseits jetzt hinter ihr saß. Dieses psychologische Spielchen konnten wir beliebig fortführen. An mir sollte es nicht liegen. Dumm war nur, dass ich in einer solchen Situation keinen Kontakt mit den potenziellen Opfern aufnehmen konnte, der jedoch dringend notwendig war. Sie galt es zuallererst aus der Gefahrenzone rauszubringen.

„Du brauchst keine Angst zu haben. Ich bin die Leiterin der Mission. Du kannst dich mit allen Problemen an mich wenden. Wir werden gemeinsam einen Weg finden."

Während ich den Kopf schüttelte und wieder näher an den Tisch rückte, fragte ich mich, wie ich in die hinter der Plakattür gelegenen Kühlräume gelangen konnte. Die Wahrscheinlichkeit, dass in den diversen Kühltruhen die menschlichen Einzelteile für den Abtransport nach Tokio und Washington bereitlagen, schien mir sehr groß. Ich konnte ja nicht einfach aufstehen, durch die Tür spazieren, eine Truhe öffnen und sagen: Na, was haben wir hier? Wem gehört dieses niedliche Herz? Nein, das war unmöglich und würde zu einem vorhersehbaren Blutbad führen.

Ich schob den Suppenteller auf dem Tisch von mir, lehnte mich zurück und stupste den schlürfenden Mann an meiner Seite an.

„Muchas gracias", sagte ich und kniff dabei das rechte Auge verschwörerisch zusammen.

Der Mann in dem zerschlissenen, gräulich wattierten Mantel, dessen ausgefranste Ärmel bis zu den Ellenbogen hochgezogen waren und einen Blick auf die tätowierten Unterarme zuließen, reagierte nicht.

Vielleicht war es besser und für mich und für die brenzlige Situation von Vorteil, wenn ich mich weiterhin als spanischer Handlungsreisender ausgab, bei dem sie davon ausgehen konnten, dass er der deutschen Sprache alles andere als mächtig war.

Die zierliche Missionarin hatte mich zwar erkannt, dürfte sich jedoch bei dem Gedankenspiel, aus welchem Grund ein medizinischer Buchhändler, der auf einmal Spanisch spricht und als Handlungsreisender unterwegs ist und in der Bahnhofsmission auftaucht, erst einmal die Zähne ausbeißen.

Von Vorteil für mich musste auch der Umstand gewertet werden, dass die überaus vorsichtig agierende illegale Organhändlerin eine offene Konfrontation vor ihrer Komplizin und den beiden potenziellen Opfern scheuen musste.

Zuallererst war es meine Aufgabe, die beiden Männer zu meiner rechten Seite gesundheitlich unbeschadet aus der Höhle der Organhändler zu schaffen.

Die beiden ahnten nichts, rein gar nichts. Fühlten sich sozusagen sauwohl und wussten nicht, dass ihr irdisches Dasein in dieser Stunde einzig und allein in den Händen von Dollinger lag.

Der in dem zerschlissenen Mantel, mit den stillos tätowierten Unterarmen, schaute mich an und rülpste laut.

„Gut war das, Mann, richtig gut. Du solltest die Suppe nicht kalt werden lassen, die ist voll mit Hühnchenfleisch."

Wenn er sich da mal nicht täuschte. Ich kannte mich zwar nicht mit Hühnerfleisch aus, die zwei orangefarbenen Fleischstücke in meiner Suppe mussten dann jedoch von einem urzeitlichen Federvieh stammen, so groß waren die.

„Hola", räusperte ich mich und tauschte seinen leeren gegen meinen vollen Teller. Ehe ich mich's versah, löffelte der Mann neben mir wieder die immer noch dampfende Suppe.

„Ah, ihr habt euch bereits angefreundet, das ist gut so, wir sind alle Brüder und Schwestern", hauchte die scheinheilig lächelnde Bandenchefin mir ins Ohr.

Die hinter ihr stehende Dorothee brummte zustimmend.

„Aber auch du solltest eine Kleinigkeit zu dir nehmen. Reisen macht nicht nur klug, Reisen macht auch hungrig."

Ich schüttelte entschieden den Kopf und winkte ab.

Die beiden Frauen lächelten sich an und machten sich auf den Weg in Richtung Kühlraum. Das war meine Chance. Jetzt galt es zu handeln. Ich musste vor den beiden Bedürftigen meine Tarnung fallen lassen und sie unversehrt aus diesem Seziersaal der Organhändler bringen.

Dem schlürfenden Mann neben mir riss ich den halb vollen Teller aus der Hand, sodass ein nicht unbeträchtlicher Teil der Suppe über den Tellerrand schwappte, und zog ihn zu mir.

„Wir haben nur einige Sekunden, wahrscheinlich nur diese einzige Chance. Kapiert ihr das!?"

Das Bulldoggengesicht neben dem Tätowierten, der auf dem Stuhl eingenickt war, fuhr erschrocken hoch.

„Es geht um Leben und Tod. Wenn ihr nicht macht, was ich euch sage, landet ihr hier und jetzt auf diesem Seziertisch. Und ich sage euch, das ist kein Vergnügen, wenn man euch bei lebendigem Leib den Brustkorb öffnet, die Nieren rausschneidet, dann die Leber und zuallerletzt euer Herz. Das ist überhaupt nicht lustig. Und das natürlich alles bei vollem Bewusstsein. Das müsst ihr euch mal überlegen."

Beide starrten mich ungläubig und fassungslos mit weit aufgerissenen Augen an. Natürlich mussten sie erst einmal den Schock verdauen, dass der spanische Handlungsreisende so gut Deutsch sprach. Dann sollten sie auch noch seinen Worten, die ein Horrorszenario beschrieben, Glauben schenken. Ein bisschen viel für so einfache Gemüter, das musste ich berücksichtigen.

Ich merkte also rasch, dass ich mit Worten bei den beiden nicht sehr weit kam. Entschlossen stellte ich mich hinter sie, zog sie von den Stühlen und schleifte die Männer, die entgegen meiner Erwartung so gut wie keinen Widerstand leisteten, in Richtung Ausgangstür. In dem Moment, in dem ich die vor der Schlächterin zu rettenden Männer durch die Tür der Mission in die belebte Bahnhofshalle stieß, tauchte hinter mir die namenlose Missionarin auf. Ich konnte gerade noch die von innen gepolsterte Tür zur Mission zuziehen, als die drahtige Frau sich vor mir aufbaute.

„Sind Kümmelwolke und Aufbaugeorge gegangen?"

Ich stellte mich mit leicht gespreizten Beinen und mit dem Rücken vor die Tür, deren Polster so dick gestopft worden war, dass die von außen auf sie einprasselnden Schläge der beiden Geretteten so gut wie vollständig geschluckt wurden, und nickte.

Die beiden Geretteten in der Bahnhofshalle hatten allerdings nichts Besseres zu tun, als mit aller Vehemenz und Nachdrücklichkeit, vielleicht auch aus Mangel an Alternativen, in den menschlichen Schlachthof zurückkehren zu wollen.

Ich versuchte, die brenzlige Situation mit dem dumpfen, melodiösen Trommelwirbel, den die beiden draußen vor der Tür veranstalteten, zu überspielen und rief der Schlächterin von Berlin ein infernalisches „Adios, adios!" entgegen.

Nach circa einer Minute konnte ich meine Hand hinter dem Rücken von der Türklinke nehmen und so tun, als wäre ich überaus interessiert an der Einrichtung dieser Bahnhofsmission.

Ich schritt durch den Saal, den Koffer unter meinen rechten Arm geklemmt, schaute unter den meterlangen Seziertisch, klopfte an mehreren Stellen das Eichenholz ab, lauschte mit aufgelegtem Ohr der Resonanz des Holzes. Die einzelnen Stühle unterzog ich einer Sitzprobe, stellte mich zudem das ein beziehungsweise andere Mal auf einen von ihnen, um auch hier die vertikale Schwingungsfähigkeit zu prüfen, bevor ich mich, vorbei an den Waschbecken, deren keramische Flexibilität ich mit einigen gezielten Stößen meines Ellenbogens kontrollierte, bis an die Tür, die zum Kühlraum führen musste, herangepirscht hatte.

Die Bandenchefin indes sah mir eine Weile zu, rief dann kopfschüttelnd Dorothee, um mit ihr in einer seitlich vom Eingang befindlichen Garderobe zu verschwinden.

Natürlich ahnte ich ihre Hinterhältigkeit. Ich sollte mich in Sicherheit wähnen, da sie aus meinem Blickfeld verschwunden war. Aber auf einen so einfachen Trick fällt Dollinger, dem die Presse in den nächsten Tagen über Gebühr mit Schlagzeilen wie „Dollinger auferstanden", „Kunstgenie Dollinger entpuppt sich als Superkriminalist" oder „Organhändlerring ausgehoben – Dollinger schwebte in Lebensgefahr" huldigen würde, nicht rein. Irgendwo hinten in der Garderobe würde sie, getarnt und mit allen modernen Überwachungsgeräten ausgestattet, jeden Schritt, den ich setzte, beobachten.

Ich musste sie, so schwierig das an einem so überschaubaren Ort wie diesem auch war, überlisten. Auf jeden Fall galt es, ein Beweisstück aus einer der Kühltruhen zu holen, um es der Polizei präsentieren zu können. Hatte der Polizeipathologe erst einmal die notwendige Histologie des Organs durchgeführt und zweifelsfrei attestiert, dass es sich bei dem vorgelegten Präparat um menschliches Gewebe handelte, dann würden sich die Aktivitäten der Polizei überschlagen. Doch bis zu diesem Punkt war es noch ein weiter und für mich gefährlicher Weg.

Nachdem ich das letzte Waschbecken seitlich von der Tür, die in den Kühlraum führte, überprüft hatte, machte ich kehrt und eilte mit entschlossenen Schritten in Richtung Garderobe. Meinen Koffer, mein einziger Besitz, den ich allerdings bereit war, gegen das Leben von Hunderten bedauernswerter potenzieller Opfer herzugeben, schob ich über den hüfthohen Tresen. Ich hatte die Hoffnung, dass die führende Organhändlerin Europas ihre Neugierde nicht würde zähmen können und nach einem Augenblick des Hin-und-her-Gerissenseins sich entschließen würde, den Koffer beziehungsweise seinen Inhalt genauer unter die Lupe zu nehmen.

Diesen Augenblick der Unaufmerksamkeit wollte ich nutzen, um meinen Plan durchzuführen.

Gespielt überrascht nahm die Frau, die nicht mit Namen angesprochen werden wollte, so weit hatte ich das Verhalten von Dorothee bereits verstanden, meinen geflochtenen Koffer entgegen.

„Soll ich den Koffer für dich verwahren, mein Bruder? Birgt er deinen Lebensschatz in sich?"

„Si, si." Ich nickte und spürte in der Stimme der Bandenchefin eine für den Ungeschulten kaum wahrnehmbare Vibration.

Ich hatte diese Frau völlig richtig eingeschätzt. Kühl, berechnend, eiskalt im Handeln, andererseits jedoch auch ausgestattet mit der weiblichsten aller Schwächen, der Neugierde.

Ich wartete ab, bis sich die Frau umdrehte und überzogen theatralisch seufzte bei der Entscheidung, in welches Fach sie den Koffer schieben sollte. Natürlich entschloss sie sich für das unterste Garderobenfach, das Fach, in das man auch aus einiger Entfernung vom Tresen keinen Einblick mehr hatte.

Mir war klar, dass ich nur einen Versuch und höchstens vierzig Sekunden zur Verfügung hatte, meinen Plan durchzuziehen und den gesamten Organhändlerring auffliegen zu lassen. Sollte ich es in dieser Zeit nicht schaffen, an die Organe heranzukommen, musste ich mich mit der mehr als unangenehmen Vorstellung vertraut machen, dass meine noch fast taufrischen Organe wie Leber, Herz und Nieren in wenigen Tagen in den greisen Körpern japanischer oder amerikanischer Multimillionäre ihre Arbeit taten und das Konto der taffen Bandenchefin um einige hunderttausend DM angewachsen war.

Der Gedanke an die Möglichkeit, als Nächster auf dem Seziertisch der Bahnhofsmission zu liegen, trieb mich an und beflügelte mich in meinem Handeln.

Blitzschnell zog ich die Pendeltür zum Kühlraum auf, darauf bedacht, kein unnötiges Geräusch zu verursachen, und stürmte in den Raum, der wie eine gewöhnliche Küche getarnt war.

Dem aufmerksamen Betrachter fiel jedoch sofort auf, dass hier nicht nur der Fußboden gefliest war, nein, auch an den Wänden zogen sich die Fliesen hoch bis unter die Decke. Ein Fenster suchte ich vergeblich, dafür hing ein überdimensionaler Abzug über einem Herd mit sechs Kochfeldern, der sich mitten im Raum befand. Auf einem der Kochfelder brodelte in einem Fünflitertopf die Suppe, an der sich die beiden bedürftigen und durch Dollinger vor dem Seziertod geretteten Männer satt gegessen hatten. Angeblich mit Hühnerfleisch versetzt ...

Neben den Herdplatten, auf einer eigens für das Sezierbesteck angefertigten Ablage, entdeckte ich neben einer Vielzahl von Löffeln und Gabeln auch eine nicht unbeträchtliche Anzahl unterschiedlich langer und breiter Messer, die unzweifelhaft für die jeweilige Gewebebeschaffenheit der Opfer vorgesehen waren.

Es schien mir einleuchtend, dass das Fleisch eines zwanzigjährigen jungen Mannes eine andere Konsistenz hatte als das eines sechzigjährigen Rentners oder das eines Fünfzigjährigen, der Jahrzehnte auf der Straße gelebt hatte. Für die Entnahme der empfindlichen inneren Organe lagen Extramesser mit einer millimeterdünnen Schneide bereit.

Die gerade angesprochenen Details nahm ich im Vorbeigehen wahr, während ich angespannt und konzentriert nach den Kühltruhen Ausschau hielt. Ich konnte, mit einem Anflug von Verzweiflung in meinem Körper, die sich in einem anhaltenden Magenkrampf äußerte, auch nach dem zweiten visuellen Rundgang durch die Organküche keine einzige Truhe entdecken.

Irgendwo mussten diese verdammten Dinger doch sein. Die Sekunden jagten dahin, wie einst der legendäre, jedoch medikamentenstimulierte Sprinter Ben Johnson über die Einhundert Meter.

Vielleicht blieben mir noch zwanzig Sekunden. Carl Lewis hätte in dieser Zeit zweihundert Meter zurückgelegt. In seinen besten Jahren.

Wo befanden sich die Truhen?

In diesem Moment blieb mein Blick an einem völlig unscheinbaren bronzefarbenen Türknauf hängen. Na also.

Erleichtert eilte ich zu der Stelle, an der sich der Knauf an einer in der gleichen Art wie die Küche gefliesten Tür befand, und öffnete diese.

Die Kühltruhe stand gleich links in dem winzigen Raum, der neben der Lagerung der tiefgekühlten Organe vor allem zur Tarnung als Küchenkammer diente. Ich entdeckte mehrere Brote, Tüten mit Zucker und Mehl, Paletten mit Honig und Marmelade und ein Fässchen mit Spreewälder Gurken.

Einerseits war ich enttäuscht, dass die Organhändler nur eine Truhe zum Aufbewahren der Organe hier stehen hatten, andererseits dachte ich mir, dass dieses vorsichtige Agieren ganz und gar in das Bild der Bandenchefin passte, das ich in meinem Kopf entworfen hatte. Ich hatte es mit einer Frau zu tun, die vorsichtig und mit Weitblick handelte, sozusagen Hölzchen für Hölzchen sammelte, und der durchaus bewusst war, dass die Gier einer Organhändlerin ihr frühzeitiger Fall sein konnte.

Nachdem ich die Kühltruhe, die nur zu einem Viertel gefüllt war, geöffnet hatte, entschied ich mich, ein mit Reif überzogenes Kunststofftütchen mitzunehmen. An diesem Tütchen, das in meiner geöffneten Hand Platz hatte und nach meiner Schätzung etwa hundertfünfzig Gramm wog, war an einem Gummiring ein Schildchen befestigt, auf dem ich eine Ziffernfolge lesen konnten: 120898.

Dieser bedauernswerte Mensch, dem dieses Organ einmal gehört hatte, hatte also am 12. August des Jahres 1998 sein Leben lassen müssen. In den Räumen einer Bahnhofsmission, in denen er Schutz, Geborgenheit und Trost gesucht hatte. Für einen alten Amerikaner, Japaner oder Lappen, die in den vergangenen Jahren mit ihren Rentierherden übermäßig Gewinn eingefahren hatten, wie ich aus einem Gespräch zweier gut informierter Jungaktionäre, die sich an einem Nebentisch der Mensa, die ich auch nach Ende meiner Tätigkeit im Buchladen von John Krocket aufsuchte, unterhielten, erfahren hatte.

Vielleicht war der 12. August 1998 ein verregneter Sommertag. Ich wusste es nicht. Der Reisende befand sich auf dem Weg zu seiner Familie. Eine Frau, die das Lieblingsessen ihres geliebten Ehemannes auf dem Herd warm hielt, drei gemeinsame Kinder, von denen das Jüngste noch gewindelt werden musste. Die beiden Älteren, ein rothaariger Junge mit Sommersprossen im Gesicht und ein strohblondes Mädchen mit einem Pferdeschwanz, der bei jedem Schritt lustig wippte, schauten ein um das andere Mal aus dem Fenster mit der gesprungenen Scheibe, in der Hoffnung, dass ihr Vater bald auftauchen würde. Zwei lange Monate hatte er die beiden nicht auf den Arm nehmen können, da er weit weg von zuhause im aufblühenden Polen sein Geld verdienen musste. Da er in Berlin den Anschlusszug verpasst hatte, seit mehr als zwei Tagen auf den harten Bänken der Regionalzüge unterwegs war, an Essen und Trinken gespart hatte, um mit dem sauer und im Schweiße seines Angesichts verdienten Geld die Schulden für das Haus und die fünf gebrauchten Fahrräder begleichen zu können, fühlte er sich schwach und auch ein wenig einsam und verloren auf diesem großen, weitläufigen, unübersichtlichen hauptstädtischen Bahnhof. Vielleicht konnte er in der Bahnhofmission einen Happen zu sich nehmen, war sein Gedanke, als er die Tür zur Mission öffnete und seinen Mördern geradewegs ins Messer lief.

Seine drei Kinder sollten ihren Vater niemals wiedersehen. Ihnen blieb nur das Foto auf der Vitrine von der vor Jahren verstorbenen Großmutter, auf dem der Vater stolz den ersten Barsch der vorjährigen Saison präsentierte und auf dem der Vater niemals älter wurde.

Ein kalter Schauer lief mir über den Rücken und stürzte sich mit brennenden Flammen in meinen krampfenden Magen, und gleichzeitig stieg die Wut in mir hoch bei dem Gedanken, wie skrupellos diese Bande vorgegangen ist.

Ich stopfte das Päckchen unter mein Nylonhemd, wo es kurz über dem Kuhkopfschnallengürtel seinen Platz in Höhe meines Appendix fand. Die schmerzende Kälte des fremden Organs hielt mich nicht davon ab, mit wilder Entschlossenheit die Pendeltür zum Missionssaal aufzustoßen und mit einem Affenzahn in Richtung Garderobe zu rennen, allein von dem

Gedanken getragen, meinen Koffer zu schnappen und so rasch als möglich die nächste Polizeistation zu kontaktieren.

Doch es sollte alles ganz anders kommen.

Dorothee, die vorgab, auf meinem Weg zur Garderobe den Boden zu wischen, zog in dem Moment, in dem ich an ihr vorbeiflitzen wollte, den Mopp aus dem feuchten Wischwasser und stellte ihn in voller Absicht quer zu meiner Laufrichtung. Ich hatte für den Bruchteil einer Sekunde die Orientierung verloren und hakte, beim Versuch, den zur mörderischen Waffe umfunktionierten Stiel zu überspringen, mit der linken großen Zehe hinter den Mopp.

Woher kam Dorothee?, war mein letzter Gedanke, bevor ich mit der Stirn auf den Fliesen aufschlug und die beiden Mörderfrauen sich über mich hermachten.

3. Kapitel

Skrupellose Organhändler und ihre Helfershelfer

Zu meiner Verwunderung war ich nicht ans Bett gefesselt, als ich aus einer tiefen Ohnmacht erwachte. Wie lange ich hier in diesem blütenweißen, nach Vanille duftenden Bettzeug schon lag, konnte ich nicht sagen. Waren es Minuten, Tage oder Wochen? Mir fehlte das Gefühl für die Zeit.

Wo waren die Mörderfrauen? Warum war ich nicht tot? Und was hatten sie mit mir vor?

Diese Grundsatzfragen hämmerten hinter meiner Stirn auf der Suche nach einer befriedigenden Antwort. Die jedoch fand ich nicht. Noch nicht.

Ich prüfte die Vollzähligkeit meiner Glieder und fuhr mir mit der flachen Hand über Bauch und Brust, innerlich bereit, die fürchterliche Narbe dafür zu akzeptieren, dass sie mich am Leben gelassen hatten. Ich fand nichts. Nicht die kleinste Narbe konnte ich an meinem Körper tasten. Einzig und allein das grobporige, sich an den geschnittenen Enden lösende Pflaster mitten auf meiner feuchten Stirn, das, wie ich beim Berühren mit meinen Fingern feststellen konnte, nach Jod roch, war ein unzweifelhafter Beweis meiner Auseinandersetzung mit der skrupellos agierenden Gangsterbande.

Wie passte es dann jedoch ins Bild, dass sie mich am Leben gelassen hatten? Zumindest bis zum jetzigen Augenblick.

Neben meinem Bett, über dem ein martialisch anmutendes Holzkreuz hing, stand ein mickriges, metallenes Beistelltischchen, auf dessen gewienerter Oberfläche ein am Rand angeschlagenes Glas mit Wasser und eine viertelvolle, bauchige Flasche mit der Aufschrift „Selters" standen.

Ich selbst steckte in einem knappen kupferfarbenen Hemdchen, das zu meiner Erleichterung auf dem Rücken geschlossen war. Meine Unterhose hatten sie mir gelassen. Wenigstens etwas. Selbst skrupellose Organhändler besaßen anscheinend noch eine Spur von Anstand. Sicherlich war es für die Organhändler auch nicht leicht, ihre moralische Flexibilität Tag für Tag zu leben. Einerseits suchten sie sich eiskalt und unter dem Aspekt des Gewinns bedürftige Menschen aus, um diese dann zu schlachten, andererseits mussten sie sich in der überwiegenden Zeit, um ihre äußere Fassade aufrechtzuhalten, um eine Vielzahl von Bedürftigen kümmern.

Aus tiefenpsychologischer Sicht betrachtet war das eine überaus interessante Konstellation.

Allerdings hatte ich zum jetzigen Zeitpunkt andere Sorgen, als mich in einem Anflug von professionellem Verständnis um das Seelenheil der Menschenschlächter vom hauptstädtischen Bahnhof zu kümmern. Nichts anderes waren sie!

Ich setzte mich auf. Die viel zu weiche Matratze unter mir stöhnte und zog mich mit meinem Hinterteil bis knapp über den smaragdgrünen Kunststoffboden nach unten. Es bereitete mir einige Mühe, aus dieser verflixten Embryonalstellung wieder herauszukommen, zumal die schlappe Matratze dafür sorgte, dass meine Knie bereits das Gesicht berührten.

Endlich gelang es mir aufzustehen. Zuallererst musste ich nach den versteckten Kameras suchen, mit deren Hilfe sie mich beobachteten. Entweder hatte die Bandenchefin die winzigen Dinger so gekonnt platziert, dass ich sie nicht finden konnte, oder die wabernde Kopfschmerzwolke, die sich hinter meiner Stirn aufgemacht hatte, in weitere Regionen meines Schädels zu ziehen, vernebelte meine Aufmerksamkeit. Jedenfalls konnte ich nicht eine einzige Kameralinse entdecken, auch keine dieser winzigen Abhörwanzen. Auf der Suche nach diesen Wanzen hatte ich auch das Uralttelefon neben der unsauber weiß lackierten Zimmertür auseinandergenommen. Aber ich fand nichts. Sicherheitshalber baute ich das Telefon nicht wieder zusammen und ließ den Hörer an der Schnur unterhalb der Gabel frei baumeln.

Es fehlte der Schrank in diesem Krankenzimmer. Meinen Anzug, das Nylonhemd und auch den Kuhkopfschnallengürtel hatten sie konfisziert, mit dem Gedanken im Hinterkopf, dass ich ohne diese Sachen, nur bekleidet mit meinen Unterhosen und dem schissfarbenen Leibchen, niemals freiwillig aus diesem Gebäude fliehen würde. Da brauchten sie nicht einmal die Zimmertür abzusperren. Ich prüfte, ob sie die Tür dennoch verschlossen hatten. Nein, ich hatte recht! Die Tür war unverschlossen. So sicher fühlten sich die Organgangster, die mir natürlich auch das Beweisstück, ohne das ich sie nicht überführen konnte, und meine Fahrkarte abgenommen hatten. Dass sie meinen Ausweis gefunden hatten, war mehr als unwahrscheinlich. Das wichtigste Dokument eines Bürgers, ohne das man heimatlos und vogelfrei war, hatte ich gut versteckt zwischen Zeitungsartikeln, die ich in einem zentimeterbreiten Hefter gesammelt hatte und die sich ausschließlich mit dem Immobilienmarkt in Spanien beschäftigten.

Es war nachvollziehbar und einleuchtend, dass die meisten Menschen, die sich in einer ähnlichen Situation wie ich im Augenblick befanden, spätestens zu diesem Zeitpunkt kapituliert hätten. Keine Frage! Sich so spärlich bekleidet aus dem Staub zu machen und gezwungenermaßen mit der Gesellschaft da draußen, die, wie wir alle wissen, mehr Wert auf fragile Äußerlichkeiten als auf konsequente Inhalte legt, Kontakt aufzunehmen, kam für sie überhaupt nicht infrage. Es war für jedes dieser bedauernswerten Opfer vorhersehbar, dass in einem solchen Fall die Titelseiten der regionalen und überregionalen Blätter sie in Hemdchen und Höschen abbilden würden und sie so zum Gespött der Familie, der Nachbarn und Arbeitskollegen, ja der ganzen Nation gemacht wurden. Und nicht ausgeschlossen, dass die Farbfotos sogar im Ausland erscheinen würden. Bis nach Neuseeland würde es sich rumsprechen, dass das Familienmitglied, der Verwandte, Bekannte oder Arbeitskollege undressed die deutschen Titelseiten ziert.

An einen Urlaub in diesem Land war in absehbarer Zeit nicht zu denken.

Nein, dann schon lieber sterben. Und wenn in dieser ausweglosen Situation ein oder zwei eigene Organe einem kranken Waisenkind zugutekamen, das gerade verunfallt war und schleunigst eine neue Niere oder eine neue Leber benötigte, dann hatte die Qual auf dem Seziertisch einer Berliner Bahnhofmission zumindest noch einen Sinn.

Es war mir gleich, welche äußerlichen Zwänge sie mir aufzuerlegen gedachten, um mich hier festzuhalten.

Hatten sie jedoch damit spekuliert, dass Dollinger wie jedes x-beliebige Opfer reagieren würde, so hatten sie sich getäuscht, und zwar gewaltig.

Ich beabsichtigte gerade, aus dem Zimmer zu schleichen, um mich der Bahnhofspolizei anzuvertrauen, von der ich hoffte, dass sie nicht auch in den internationalen Organhandel involviert war, als ich zwei gedämpfte Stimmen wahrnahm, die sich unzweifelhaft meinem Zimmer näherten. Eine der beiden Stimmen machte ich als die der skrupellosen Bandenchefin aus, die andere Stimme gehörte einem Mann.

Ich beeilte mich, ins Krankenbett zu schlüpfen, warf mich auf den Bauch, das Gesicht im duftenden Daunenkissen verborgen. Die Gangster mussten sich schon etwas einfallen lassen, aus mir etwas herauszuholen. Vielleicht wollten sie auch nur meinen aktuellen Gesundheitszustand überprüfen, um sicherzugehen, dass nur gesundheitlich einwandfreie Organe die Bahnhofmission in Richtung Tokio oder Washington verließen.

Die bestrichene Sperrholztür wurde vorsichtig geöffnet. Ich hörte, wie die Bandenchefin zu dem Mann sagte, dass hier in diesem Zimmer, etwas abseits von den anderen, ihr Sorgenkind liegen würde.

„Ich mache mir solche Vorwürfe, Doktor!"

Also doch der obligatorische Gesundheitscheck vor der Organentnahme. Ich hatte es mir beinahe gedacht.

„Dorothee ist so unglücklich, dass der junge Spanier gerade über ihren Mopp so schwer gestürzt ist, dass ich sie heute von allen Putzarbeiten befreien musste. Sie will sich ausschließlich um unseren verunfallten Bruder kümmern."

Der Mann, den die Bandenchefin als Doktor angesprochen hatte und von dem ich gern die Approbation sehen würde, schritt zielstrebig auf das Bett zu, in dem ich aus Mangel an Sauerstoff leicht zu keuchen begann.

Er setzte sich auf den Rand des quietschenden Bettgestells und sprach zu mir: „Verstehen Sie unsere Sprache?"

Ich reagierte nicht.

„Vielleicht möchten Sie, dass wir uns auf Englisch unterhalten. Mein Spanisch ist, müssen Sie wissen, ein wenig eingerostet."

Jetzt sollte ich auch noch Verständnis für einen Helfershelfer der Organhändler haben, der nicht mal in der Lage war, sich ordentlich mit mir in meiner zweiten Muttersprache zu unterhalten.

Die Bandenchefin stand ganz in meiner Nähe und beugte sich zu mir runter, wie ich an ihrem Himbeeratem bemerkte, der sich mit dem Vanilleduft des Bettzeugs vermengte. Für einen Moment hielt ich die Luft an, um den angenehm süßen und fruchtigen Atem der Bandenchefin intensiv in mich aufzunehmen. Wahrscheinlich hatten die beiden, bevor sie sich auf den Weg zu ihrem Opfer gemacht hatten, ausgiebig gefrühstückt. Oder war es bereits Nachmittag?

„Er hat Aussetzer der Atmung, haben Sie das bemerkt?"

Die Bandenchefin, an die die Frage gerichtet war, antwortete nicht. Stattdessen versuchte sie, mich umzudrehen. Mit einem Arm fuhr sie unter meinen Körper und hob mich einige Zentimeter an, mit dem anderen Arm zog sie mich kräftig an der linken Flanke in ihre Richtung, sodass ich befürchten musste, dass die Organchefin am heutigen Tag beschlossen hatte, bei der Organentnahme ganz auf Instrumente zu verzichten. Vielleicht wollten sie mir meine linke Niere mit einem indischen Taschenspielertrick unblutig und ohne Hilfe von Instrumenten entreißen. In diesem Moment traute ich der Bande alles zu.

„Warten Sie, ich helfe Ihnen", biederte sich der Mann, der sich als Doktor ansprechen ließ, an. „Zusammen sollten wir es schaffen."

Wenn sie sich da mal nicht geirrt hatten. Mit aller Kraft, die ich nach dem Anschlag auf mich noch in der Lage war aufzubieten, klammerte ich mich mit Händen und Füßen an das kalte und an einigen Stellen bereits rostige Metallgestänge des Bettes. Unter den Bemühungen der beiden Gangster, mich umzudrehen, gerieten auch diese ins Keuchen, bevor sie ihren Versuch aufgaben, zumindest jedoch erst einmal unterbrachen.

„Das ist ein schwieriger Fall. Ich weiß nicht, ob ich Ihnen dabei helfen kann. Äußere Verletzungen hat er anscheinend ja nicht davongetragen."

„Bis auf die kleine Wunde auf der Stirn", raunte die Bandenchefin dem sich als Arzt ausgebenden Mann zu.

„Wahrscheinlich ist seine Verweigerungshaltung auf die Folgen des Sturzes im Sinne einer psychotischen Episode zurückzuführen, aber ich bin kein Psychiater."

„Ja, da können wir jetzt wohl gar nichts machen und müssen abwarten."

Die Enttäuschung in der Feststellung der Bandenchefin war unüberhörbar.

„Er benötigt Ruhe und Zeit. Ich denke, dass Sie schon morgen mit ihm etwas anfangen können. Heute wird das sicherlich nichts mehr."

Die Worte des Hochstaplers klangen wie eine Entschuldigung, nur verständlich, wenn man davon ausgeht, dass er sich ganz und gar dieser Bande ausgeliefert hatte und auf das Wohlwollen der Chefin angewiesen war.

Heute also würden sie mich noch in Ruhe lassen, durften meine Organe noch in meinem Körper ihren Dienst versehen. Morgen würde die Sache schon ganz anders aussehen. Da wäre ich dran!

„Und wenn Sie ihm eine Spritze geben?"

Mit diesem Schachzug der Organhändlerin Nummer eins hatte ich, um ehrlich zu sein, nicht gerechnet. Ich erstarrte wie ein vereister Rebenstock im Dezember und hielt die Luft an.

„Das ist mir zu unsicher. Sie sehen ja selbst, wie häufig er diese Atemstolperer hat. Nein, eine Injektion kommt heute nicht infrage. Auf gar keinen Fall."

In diesem Moment empfand ich so etwas wie den Anflug von Sympathie für diesen Mann, den sicherlich die soziale Not in die Arme der Organhändler getrieben hatte.

Nach dem Ende des längsten, schwersten und härtesten Studiums, das die Wissenschaft zu bieten hat, konnte er mit der Einnahme der Amphetamine, die ihn in zahllosen Nächten, in denen er büffelnd über den Büchern der Histologie, Anatomie, Immunologie, Biochemie und denen der Krankheitslehre hockte, wach gehalten hatten, nicht mehr aufhören.

Während seiner ersten Anstellung in der Notaufnahme eines Unfallkrankenhauses im Osten Berlins veränderte sich seine Persönlichkeit immer mehr. Er wurde, wenngleich hochintelligent, immer mürrischer, nahm keine gut gemeinten Hinweise seiner älteren und erfahrenen Kollegen an, zeigte sich launisch und empfindsam.

In der Nacht, in der es auf der A 1 zur Massenkarambolage kam, hatte er Dienst. Kurz bevor die ersten Unfallopfer mit Schädelprellungen, inneren Verletzungen und multiplen Frakturen eingeliefert wurden, das war genau um drei Uhr in der Nacht der Fall, warf er noch einmal eine Hand der rosaroten Pillen ein. Zu viel des Guten!

Wie ein euphorisiertes Erdhörnchen sprang er zwischen den Verunfallten, den Krankenwagenfahrern, Rettungssanitätern, Schwestern und Pflegern und den ersten Angehörigen, die herbeigeeilt waren, herum, schickte diejenigen mit den inneren Verletzungen auf die Hautstation, die Knochenbrüche verwies er des Hauses mit der Begründung, dass wohl jeder von ihnen einen Erste-Hilfe-Kurs absolviert hat und sie sich nicht so anstellen sollten. Verbrennungsopfern empfahl er, es unbedingt mit frischem Quark zu probieren. Jedenfalls verursachte der amphetaminabhängige junge Arzt ein solches Durcheinander, dass es an ein Wunder grenzte, dass in dieser Situation nicht einige der Verunfallten aufgrund der Folgen seines Fehlverhaltens ihr Leben lassen mussten. Nach einer Stunde machte der

Chefarzt der Einrichtung, der von einer bildhübschen, aufmerksamen Schwesternschülerin gerufen wurde, mit Hilfe von zwei Polizeibeamten dem Spuk ein Ende.

Der junge Arzt verbrachte vier lange Monate in einer Burgklinik für Drogenkranke, wurde nach etlichen Belastungsurlauben als clean entlassen und verlor in der Folge der juristischen Auseinandersetzungen seine Approbation.

Da war es kein allzu großes Wunder, dass er in die Arme der Organhändler stolperte, die händeringend nach einem ausgebildeten Mediziner Ausschau hielten. Ob mit oder ohne Approbation, das war für ihre Zwecke nebensächlich.

Natürlich ist das eine Biografie, die an die Nieren geht, um sprachlich am Ort der aktuellen Tragödie zu bleiben.

Und ich muss an dieser Stelle durchaus die Frage aufwerfen, inwieweit die soziale Reintegration unserer entwöhnten Drogenabhängigen den Anforderungen einer sozialen Wertegemeinschaft entspricht, die für sich in Anspruch nimmt, eins der modernsten Gesundheitssysteme der Welt zu haben.

Ich hatte also einen Aufschub von einem Tag erhalten. Den würde ich nach Lage der Dinge für meine Zwecke nicht benötigen.

Weder der beruflich gestrauchelte Arzt noch die Bandenchefin bemerkte beim Verlassen des Krankenzimmers, dass an dem Telefon manipuliert worden war. Zu beschäftigt waren sie mit ihrer heuchlerischen Führsorge, die einzig und allein das Ziel kannte, die greisen Interessenten aus Tokio und Washington mit einwandfreier Ware zu beliefern. Da kam es das ein oder das andere Mal auch nicht auf einen Tag an. Zum Glück für mich und einige Hundert unbekannte potenzielle Opfer. Das Telefon allerdings, ein Umstand, auf den ich eigentlich nicht hinzuweisen brauche, konnte ich für meine Zwecke natürlich nicht benutzen. Dass jedes von diesem Apparat abgehende Gespräch mitgehört und mitgeschnitten wurde, versteht sich so gut wie von selbst.

Ich war gerade aus dem Bett gesprungen, um meine Flucht in die Tat umzusetzen, als ich vor der Tür erneut Stimmen hörte. Sollten die beiden Schlächter des Todes es sich anders überlegt haben und nach einem Blick auf ihre aktuellen Kontoauszüge zu dem Entschluss gekommen sein, dass heute der bessere Tag für die Organentnahme sei? Und das trotz der immer noch bestehenden gesundheitlichen Risiken, die die Organentnahme aus einem verunfallten, fast zu Tode gestürzten Opfer, die insbesondere in der Anhäufung von Adrenalin in so kaum überschaubarem Ausmaß bestanden, in sich barg. Sie würden mir also meine Organe entnehmen, wenngleich es absehbar war, dass diese noch in der blutigen Sezierschale aufgrund der Adrenalinmenge tanzen würden.

Ich war fassungslos. Verlässlichkeit und Moral spielten in diesem Geschäft keine Rolle!

Als die Tür zum zweiten Mal innerhalb weniger Minuten geöffnet wurde, lag ich bereits unter dem Scheißkrankenhausbett.

Die beiden bedürftigen Männer, denen ich gestern oder vorgestern, vor einer Woche? – ich wusste es nicht – das Leben gerettet hatte und die von der Bandenchefin Kümmelwolke und Aufbaugeorge genannt wurden, mussten sich erheblich anstrengen, um mich aus meiner Deckung hervorzuholen. Leicht habe ich es ihnen nicht gemacht.

Ich hätte allerdings auch nicht gedacht, dass die beiden mit der Organbande gemeinsame Sache machen, dass sie sich, nur weil sie über kein regelmäßiges Einkommen verfügten und vom Sozialamt abhängig waren, kaufen ließen.

Bei diesem Gedanken wurde mir speiübel. In meinem Magen rumorte es und das Kratzen im Hals wurde immer intensiver. Da half auch kein Schluck Mineralwasser, den der mit dem Bulldoggengesicht in mich hineinzukippen beabsichtigte. Das machte die Sache nur noch schlimmer.

Der Mann mit dem angeschlagenen Wasserglas an meinen Lippen und den zu einem glänzenden Pferdeschwanz zusammengebundenen Strohhaaren stierte mich aus zwei pastellfarbenen Äuglein, die hinter dem wulstigen Wangenfleisch erst beim zweiten Hinblicken zu entdecken waren, an. Auch die Konturen seiner Wangenknochen und das Kinn verschwanden in einer Ansammlung von menschlichem Fleisch, spärlich behaart, an einigen Stellen seborrhoisch geschuppt und mit tiefen Furchen gepflügt, die jeder Abfahrtspiste zum Ende der Saison zur Ehre gereicht hätten. Die wie lässig hingeworfen wirkenden Lippen zeigten eine ungesunde bläuliche Verfärbung, und wenn er etwas nuschelnd sprach, fanden unzählige Speicheltröpfchen ihren Weg durch die auffällige Zahnlücke im Oberkiefer bis auf seine Hand, in der er das Glas hielt und die zu meiner Verwunderung überhaupt nicht zitterte. Ich hoffte sehr, dass er nicht unter Tuberkulose litt oder an einer Hepatitis erkrankt war. Sollte das allerdings der Fall sein, hätten die alten Männer in Tokio oder in Washington nicht viel Freude an ihren neuen organischen Ersatzteilen. Andererseits, sollte es mir gelingen, aus der Höhle der Organhändler doch noch fliehen zu können, musste ich mich wohl oder übel damit abfinden, die kommenden Monate irgendwo in einem abgelegenen Krankenhaus in Quarantäne zu verbringen.

Der Pullover dieses Mannes war an mehreren Stellen, und damit meine ich nicht nur die üblichen und bekannten Schwachstellen wie Ellenbogen und Haaransatz, geflickt. Die Originalfarbe der Wolle war heute nicht mehr auszumachen, die Farbtönung muss zwischen einem Schiefergrau und einem dem Umbra nicht unähnlichen Farbton beschrieben werden. Seine knöchelhohe Hose wurde durch eine an den Enden ausgefranste Kordel zusammengehalten, die Hosentaschen waren ausgebeult und an den Stößen eingerissen. Die Schuhe, die er anhatte, ähnelten zwei Musterkartons für die Verpackung von Spielzeug-U-Booten, nur dass sie zu den Enden nicht gar so spitz zuliefen. Die Farbe des abgewetzten Kunstleders konnte ich beim besten Willen nicht mehr erahnen.

„Stell dich nicht so an", nuschelte das Bulldoggengesicht, und ich hatte nicht wenig Lust, ihm in die Hand zu beißen.

„Lass ihn doch. Gib mir mal."

Der Mann im zerschlissenen Mantel und den hochgeschobenen Ärmeln drängte sich nach vorn an mein Krankenlager und ließ sich ohne Rücksicht auf Verluste auf das verdächtig knarrende Bettgestell fallen. Das Wasserglas hatte er dem Bulldoggengesicht entrissen und dabei in grobmotorischer Art und Weise einen nicht unbeträchtlichen Teil des Inhalts verschüttet, für mich ein untrügliches Zeichen für einen nicht unbeträchtlichen Alkoholkonsum.

Wie er mir das nicht mehr ganz gefüllte Glas hinhielt und dabei ein Gesicht wie ein verirrtes Kind machte, im Bemühen freundlich zu sein, hatte ich Muße, seine Tätowierungen auf den Unterarmen zu betrachten, die mir bereits am Tag meiner Ankunft in der Mission aufgefallen waren.

Auf dem rechten Arm hatte er sich als überzeugter Tierfreund unterhalb des lädierten Ellenbogens einen riesigen Pantherkopf einspritzen lassen. Die rostbraunen Härchen auf der rissigen, unsauberen Haut schienen den markanten Pantherkopf zu streicheln und bildeten einen gelungenen Kontrast zu den zwei Armeepistolen, seinen ewigen Begleitern, deren Läufe zum Handgelenk ausgerichtet waren. Aus den Pistolenläufen wurden Schüsse abgefeuert, wie ich unschwer an den jeweils drei mehr ovalen als runden blauschwarzen Farbklecksen erkennen konnte. Knapp über dem knochigen Handgelenk reckte sich, wie vom raschen Sprung ins Jenseits beseelt, ein Frauenkopf mit einer für die heutige Zeit unmodernen Frisur (toupierter Haarschopf!), jedoch mit weit aufgerissenem Kussmund den herabtropfenden Pistolenkugeln entgegen.

Wirklich interessant!

Noch interessanter war jedoch der linke Unterarm des stupsnasigen Mannes, der wie das Bulldoggengesicht seine langen farblosen Haare zu einem Pferdeschwanz gebunden hatte und dessen wässrige Augäpfel herauszuquellen drohten, ein untrügliches Zeichen einer Störung der Schilddrüse.

An diesen beiden Männern hätte die medizinische Wissenschaft ihre helle Freude gehabt. Es war bestimmt nicht leicht, zwei Kreaturen zu finden, die eine Vielzahl der eindrucksvollsten und interessantesten Krankheiten, die es weltweit gab, auf sich vereinten. Nach meiner ersten Blickdiagnose konnten die Medizinstudenten des dritten und vierten Studienjahres an den beiden Helfershelfern der Organhändler ihre theoretischen Kenntnisse der Krankheitsbilder Hepatitis, wahrscheinlich Tuberkulose, auf jeden Fall Alkoholismus, in der Regel einhergehend mit auffälligen Nervenschädigungen der Beine, Linksherzinsuffizienz, Hautekzem und ihr Wissen über die Basedowkrankheit (Schilddrüse) in der Praxis überprüfen. Vielleicht sollte ich den beiden nach dem abgeschlossenen Gerichtsverfahren, im Rahmen der Resozialisierung sozusagen, die Anschrift der Humboldt-Universität, Bereich Medizin, zukommen lassen. Allerdings war zu befürchten, dass das eine oder andere Krankheitsbild während der mehrjährigen Haftstrafe erfolgreich behandelt werden würde. Und lebende Beispiele mit einem, auch mit zwei Krankheitsbildern liefen jedoch millionenfach in diesem Land herum. Das war nichts Besonderes!

Auf dem linken Unterarm, auf dem von links oben, unterhalb des Ellenbogengelenks, bis in Höhe des Handrückens eine zentimeterbreite euterfarbene Narbe verlief, musste ich als interessierter und kunstverständiger Betrachter der tätowierten Bildfragmente meine Fantasie bemühen.

Ein durch die Euternarbe geteilter Januskopf schien auf den Dreizack des Teufels aufgespießt, der aus einer Flasche oder aus einem Wasserrohr schlüpfte, genau konnte ich das nicht erkennen, wenngleich ich den Arm des Mannes zum besseren Betrachten etwas näher an mich zog.

Mein Interesse an den tätowierten Kunstwerken auf seiner Haut schien der Mann, dessen linkes Augenlid übrigens etwas hing, wahrscheinlich als Folge einer Fazialislähmung – ein weiteres Krankheitsbild! –, misszuverstehen.

Er griente das Bulldoggengesicht siegessicher an, während er den verbliebenen Rest Wasser aus dem Glas über mein Gesicht und das Leibchen schüttete.

„Ich weiß nicht, was mit dem los ist", verteidigte er sich, als ihn die knopfigen Pastellaugen seines Kumpanen aufreizend spöttisch fixierten.

„Kannst du überhaupt kein Wort Spanisch? Denk doch mal nach."

„Ich kann weder Spanisch noch Russisch. Mein Englisch ist unterirdisch", antwortete der Mann mit den tätowierten Unterarmen und schob das tropfende Glas auf das wackelnde Tischchen neben dem Bett.

„Es muss doch eine Möglichkeit geben, wie wir mit ihm ins Gespräch kommen. Gestern hat er doch auch einige Brocken Deutsch gesprochen", jammerte das Bulldoggengesicht.

Ich fragte mich, welchem Zweck ein Gespräch zwischen den Helfershelfern der Organhändlerbande und Dollinger dienen sollte. Es war allerdings nicht völlig auszuschließen, dass ich noch bestimmte, unverzichtbare Frachtpapiere, die die Organe im grenzüberschreitenden Verkehr begleiten, unterzeichnen musste. Die Vorschriften waren da ziemlich streng, und das nicht zu Unrecht!

Auf der anderen Seite konnte ich die Möglichkeit nicht außer Acht lassen, dass die beiden sich mir anvertrauen wollten. Nachdem ich sie also gestern aus der Mission geworfen hatte und dabei verkannte, dass sie Täter und nicht Opfer waren, ist ihnen ein Licht aufgegangen. Sie stellten sich, bei mehreren Flaschen Aldibier unter dem schützenden Dach einer bunt besprayten Bushaltestelle, ein um das andere Mal die Frage, wie sie nur in die Fänge dieser Bande geraten konnten. Kleinere Diebstähle, ab und an ein nächtlicher Einbruch in einen Getränkemarkt, entwendete Geldbörsen im Supermarkt, das waren die Verbrechen, die ihr Leben vor dem ersten Kontakt mit der Bandenchefin bestimmten, damit konnten sie leben. Organe zu handeln, Menschen anzulocken, sie in die Fänge der Schlächterin zu treiben, das nagte seit Monaten an ihrer Seele, soweit sie eine solche noch besaßen. Das war eine andere Liga.

Als Dollinger, den sie für einen furchtlosen spanischen Torero hielten, auftauchte und sich für sie sozusagen opferte, da wussten sie, was zu tun war. Einzig und allein ein Plan fehlte ihnen. Der fiel ihnen trotz angestrengten Nachdenkens und des Genusses weiterer Warmbiere auch nicht ein. Also beschlossen sie, es drauf ankommen zu lassen. Sie suchten am heutigen Tag die Bandenchefin auf, boten sich an, nachdem sie in Erfahrung gebracht hatten, dass der tapfere Torero tatsächlich noch lebte und aus ihm kein Wort rauszuholen war, mit ihm zu sprechen.

Ärgerlich war nur der Umstand, dass die Bandenchefin den beiden genauso wenig vertraute wie dem Polizeipräsidenten höchstpersönlich. Das war auch der Grund, weshalb Dorothee mitgeschickt wurde, die, mit dem Rücken zur Wand gelehnt, die Bemühungen der beiden Überläufer genau beobachtete und den Weg aus dem Zimmer versperrte.

Plötzlich geschah etwas völlig Unerwartetes. Die Bandenchefin betrat das Krankenzimmer. Mit meinem Koffer vor der Brust, auf dem mein Anzug mit dem Kuhkopfschnallengürtel lag. In der linken Hand hielt sie, wie ich unzweifelhaft erkennen konnte, meine Fahrkarte.

Dorothee machte den Weg frei, und Kümmelwolke und Aufbaugeorge, von denen ich immer noch nicht wusste, wer von beiden wer war, sprangen beflissen und mir eine Spur zu eifrig für zwei Aktivisten, die beschlossen hatten, Dollinger sozusagen bei der Flucht aus der Höhle der Löwin zu helfen, der Organhändlerin zur Seite, um ihr den Koffer abzunehmen. Dabei stießen sie mit den Köpfen zusammen.

„Kannst du nicht aufpassen, Georgi!", lamentierte das Bulldoggengesicht, das also Kümmelwolke genannt wurde, und strich sich mit der Hand über die Stirn, auf der sich eine leichte Rötung abzeichnete.

„Er hat etwas getrunken", beeilte sich Aufbaugeorge der Bandenchefin zu berichten und zeigte auf das leere Glas auf dem Tischchen, während er sich gleichzeitig mit dem anderen Arm auf meinem Brustkorb abstützte, genau an der Stelle, auf der sich ein feuchter Fleck im Hemdchen gebildet hatte.

„Aber wir haben kein Wort aus ihm herausbekommen, leider, vielleicht ist das noch der Schock!?"

„Hat unser Bruder immer noch die Schwierigkeiten mit der Atmung? Der Doktor konnte ihm aus diesem Grund keine Spritze geben. Es wäre zu gefährlich, meinte er."

Die Bandenchefin holte tief Luft und seufzte hörbar.

Mit dem Luftholen wurde es für mich in diesem Moment immer schwieriger. Aufbaugeorge hatte anscheinend beschlossen, während er mit der Organhändlerin plauderte, sein ganzes Gewicht in den linken Arm und auf meinen knabenhaften Thorax zu verlagern.

„Einer bleibt in den nächsten Stunden immer bei ihm. Ich habe das bereits mit Kümmel abgesprochen. Er wird mich in vier Stunden ablösen."

Die Bandenchefin nickte zufrieden.

Ich bekam keine Luft mehr. Aufbaugeorge würde keine vier Stunden an meinem Krankenbett verweilen müssen, wenn er noch einige Augenblicke länger die Sauerstoffzufuhr zu meinem Gehirn unterbrach.

Der erste Krampf schoss in meine Beine und sorgte dafür, dass sie im gleichen Rhythmus zuckten wie meine Arme. Die Lage wurde ernst und unübersichtlich. Jetzt hatte ich keine andere Wahl, musste alles auf eine Karte setzen. Mit einem gezielten Schlag auf den Solarplexus setzte ich Aufbaugeorge außer Gefecht. Er fiel rückwärts und der Bandenchefin geradewegs in die Arme. Kümmelwolke vermied es klug, sich einzumischen, und kümmerte sich um die beiden. Ich sprang aus dem gefährlich schwankenden Bett, schnappte mir den Koffer, meine Sachen und die Fahrkarte und stürmte vorbei an Dorothee, die mein verächtlicher Blick, den ich ihr beim Vorbeirennen zuwarf, zu paralysieren schien. Jedenfalls hatte ich insgesamt mit erheblich mehr Widerstand von einer so professionell organisierten Bande wie die der Organhändler bei meinem fulminanten Ausbruch gerechnet.

Nachdem ich die Tür zum Krankenzimmer von außen mit Hilfe eines herumstehenden Plakatständers verschlossen und meinen Anzug angezogen hatte, wusste ich, was zu tun war.

Mit dem Koffer unter dem Arm eilte ich durch den menschenleeren Saal der Bahnhofsmission geradewegs in die Küche und von dort in die Kühlkammer. Ich schnappte mir ein tiefgekühltes Organ, das ich zum Beweis für die verbrecherische Praxis der Organhändler der Polizei vorzulegen gedachte. Dann riss ich von einer Erbsenpalette ein Stückchen Karton, auf dem ich mit einer knapp formulierten Botschaft die unwissenden Bedürftigen vor dem Betreten der Mission warnen konnte. Mit einem schwarzen Faserstift – lieber wäre mir in diesem Augenblick ein Stift mit der Signalfarbe Rot gewesen –

, den ich neben dem Herd fand, schrieb ich in Druckbuchstaben: BITTE NICHT BETRETEN – ORGANHANDEL!!!!

Als ich mich draußen in der Bahnhofshalle ein letztes Mal umdrehte, um einerseits angewidert, andererseits erleichtert und auch ein wenig stolz einen Blick auf den an der Tür zur Bahnhofsmission gehefteten Karton zu werfen, wusste ich, dass ich dem Tod geradewegs von der Schippe gesprungen war und das Leben unzähliger unschuldiger Menschen gerettet hatte. Wieder einmal.

4. Kapitel

Im Geheimbunker unter den Bahnhofsgleisen

Das Interesse und die Vorfreude der Beamten im Kontaktraum der Bahnhofspolizei hielten sich angesichts des anstehenden Fahndungserfolgs in Grenzen. Zumindest soweit ich das beurteilen konnte.

Entweder brachte es die Zeit der fragilen Abgrenzungspolitik mit sich, dass sie tagtäglich irgendeinem Verbrechersyndikat auf die Finger klopften und dem zurzeit völlig überlasteten hauptstädtischen Oberstaatsanwalt die entsprechenden Akten auf den gewienerten Mahagonischreibtisch schieben konnten, oder, und diese Möglichkeit schien mir die wahrscheinlichste zu sein, sie hatten so gut wie keine Ahnung, was sich direkt vor ihren Augen, hier auf dem Berliner Bahnhof, dem Drehkreuz zwischen West und Ost, zwischen Süd und Nord, tatsächlich abspielte.

Als ich mich an der lamentierenden Menschenschlange vor dem für die alltäglichen Erfordernisse viel zu klein geratenen Kunststofftresen vorbeischlängeln wollte, um den Vertretern der Staatsmacht auf diesem Bahnhof ihren aktuellsten Fall, quasi bereits gelöst, in trockenen Tüchern sozusagen, in die Hand zu drücken, wurde ich brüsk und auch etwas unwirsch von einem jugendlich aussehenden Spund in Uniform an das hintere Ende der nach vorn drängenden Menge geschoben.

„Hier gibt es keine Ausnahme. Tut mir leid!", flötete dieser neunmalkluge Anwärter der Bahnhofspolizei mir mindestens zweimal in das rechte Ohr, wobei er die Lippen zu einem rosettenförmigen Kranz schürzte.

Aus dem Inneren des Rosettenkranzes zischten bei jedem Wort feine Speicheltröpfchen gegen mein Ohr und sammelten sich in Form eines wabernden Tropfens im äußeren Gehörgang direkt vor meinem gereizten Trommelfell.

Natürlich konnte ich auf dem rechten Ohr nicht mehr hören. Ich war einseitig taub! Und ich stellte mir in diesem Moment die Frage, wer wohl für die notwendigen Behandlungskosten aufkommen würde, falls überhaupt eine Behandlung meiner einseitigen Taubheit erfolgversprechend war. Das wusste man ja nie.

Meine Krankenkasse würde die anfallenden Kosten sicher nicht übernehmen. Die investierte vor allem in Immobilien in 1a-Lagen und seit neustem in Freizeitkurse wie Ballsitzen und -springen, Atemtechniken, Kochkurse und in Verbesserungen der Bewegungsabläufe der Spaziergänger in Wald und Flur.

Die Bahnhofspolizei? Bei dem Eindruck, den ich mir in den vergangenen Minuten über diese Organisation gemacht hatte, war daran zumindest zu zweifeln.

Wahrscheinlich blieb mir nichts anderes übrig, als den langen und beschwerlichen, weil zeitaufwendigen Weg der Zivilklage zu gehen. Da konnte es allerdings passieren, dass ich aufgrund der Dauer des Verfahrens vor dem Schlussplädoyer meines Rechtsbeistands auch auf dem linken Ohr nicht mehr würde hören können. Aus Altersgründen. Und recht lebhaft konnte ich mir vorstellen, wie die Auseinandersetzungen vor Gericht geführt werden würden, wenn es dann um die Kostenübernahme für das notwendige Erlernen der Gebärdensprache ging.

Ich neigte meinen Kopf nach rechts und begann auf dem Weg zurück, vorbei an den klagenden und greinenden wie auch zeternden Personen, auf dem rechten Bein zu hüpfen, in der Hoffnung, dass sich der Speichelpfropfen vor meinem Trommelfell von allein lösen und den Weg aus meinem Gehörgang nach draußen finden würde.

„Keine Ausnahme, keine Ausnahme!", modulierte der auszubildende Schlaks mit feuchten Lippen und stieß mir ein um das andere Mal ungestüm in den Rücken, was es mir erschwerte, in einem gewissen überschaubaren Rhythmus nach hinten zu hüpfen.

Es kam, wie es kommen musste. Ich stolperte und wäre um ein Haar bäuchlings auf dem schäbigen Steinfußboden gelandet, wäre da nicht der entschiedene Griff des am Ende der Menschentraube stehenden Riesen gewesen, der mich blitzschnell und entschieden an meinem Kuhkopfschnallengürtel packte, für Sekundenbruchteile in die Höhe hob, um mich dann neben sich auf meine zitternden Beine zu stellen.

„Muchas gracias", hauchte ich dankbar in seine Richtung und hielt ihm das tropfende Beweisstück mit dem stetig auftauenden Organ in der anscheinend undichten Plastiktüte vor das gemeißelte Gesicht.

„Ich kann den Organhändlerring auffliegen lassen. Mit diesem Stück Fleisch."

Mit dem Zeigefinger tippte ich auf das Organ, das jetzt begann, in der eigenen Brühe zu schwimmen. Es sah so noch abscheulicher aus, als bereits im tiefgefrorenen Zustand, was ich jedoch für meine Zwecke als nicht relevant ansah, wenngleich in mir eine leichte Unsicherheit bei der Frage aufkam, wie lange aufgetaute Organzellen der Verwesung standhalten würden. Dann, im Stadium der Verwesung, würde es allerdings kritisch werden, was die histologische Zuordnung betraf.

„Sie sehen ja selbst, dass mir die Zeit im Nacken sitzt!"

Nicht nur aus Mangel an verbalen Möglichkeiten hatte ich mich entschieden, in dieser Situation auf meine erste Muttersprache zurückzugreifen.

Trotzdem schien der Bärenmann an meiner Seite, dessen pralle Tränensäcke die leicht zur Decke gezogenen Mundwinkel zu berühren schienen und dessen azurblaue Augen denen eines Neufundländerwelpen glichen, den Ernst der Situation nicht richtig einzuordnen.

Mit seinen bis an die Fingernägel dicht behaarten, klobigen Händen rückte er meine Anzugjacke zurecht und klopfte mir den Staub des Tages aus den Klamotten, um es einmal salopp zu formulieren.

Dann schob er mich hinter seinen Rücken, um mir mit diesem, der die Breite einer jahrhundertealten knorrigen Eiche zu haben schien, die Sicht auf die Beamten hinter dem Miniaturtresen zu nehmen.

„Meinen Sie nicht, dass sich da was machen lässt?!"

Ich gab nicht auf. Zumindest nicht sofort. Fast flehentlich bat ich ihn, mir zu helfen, so rasch als möglich mit den Beamten der Bahnhofspolizei zu sprechen.

„Es geht um Leben und Tod. Die Chefin wird alle abschlachten. Vertrauen Sie mir."

Ganz bedacht drehte sich der Menschenbär um, fuhr mir geduldig über die schweißige, glühende Stirn, wobei er seine Mundwinkel so weit schürzte, dass ich den Eindruck gewann, dass zwei Boote mit geblähten Segeln Fahrt aufnehmen würden. Rechts und links im Gesicht dieses Mannes.

Der Bär vor mir verständigte sich mit dem Beamten hinter dem Tresen in einer Sprache, die ich nie zuvor gehört hatte. Es klang so fremd, dass ich geneigt war, diesen Mann als einen der letzten Ureinwohner der sibirischen Wälder einzuordnen. Wahrscheinlich hatte er auf dem Weg nach Brüssel, wo er vor dem dortigen Parlament über die anstehende schwierige Sozialisierung seines Stammes unter der russischen Herrschaft berichten sollte, eine Rast eingelegt. Auf diesem deutschen Bahnhof. Alle Achtung vor dem Mut dieses urwüchsigen Kerls!

Ich war leicht verwundert, dass der Mann in Uniform durchaus in der Lage war, sich mit dem Ureinwohner Sibiriens zu verständigen. Er sprach zwar nicht flüssig dessen Sprache, verstehen konnte er ihn allerdings ausreichend gut, und mit ein wenig Improvisation, also mit dem Einsatz seiner Mimik und Gestik, konnte er dessen Fragen wohl zur Zufriedenheit beantworten. Jedenfalls verließ der Sibirianer seinen Platz vor dem Tresen mit funkelnden Augen und aufgeblähten Segeln im Gesicht. Zum Abschied klopfte er mir nochmals auf die Schulter, wie einem guten Freund in schwierigen Zeiten. So als wollte er mir sagen: „Die Zeiten sind schwer, ja kaum zu überschauen. Und noch schwerer zu durchschauen. Wir müssen zusammenhalten, dann schaffen wir das!"

Ich war durchaus beeindruckt, mit wie wenig Aufwand an verbaler Kommunikation ein sibirischer Eingeborener in der Lage war, mir seine Sympathie und Verbundenheit zu zeigen. Und wäre ich nicht durch den aktuellen Fall in meiner Handlungsfreiheit gebunden, es hätte sich eine dauerhafte Freundschaft entwickeln können. Da war ich mir sicher. Inklusive eines Abstechers nach Sibirien, wo immer das auch war.

Der fremdenfreundliche Beamte, dessen Blick sich nur für einen Wimpernschlag von seinen dürftigen Aufzeichnungen hob, als ich an der Reihe war, hatte also durchaus meinen Respekt verdient, und ich beschloss, ihm kurz und knapp unsere Lage zu schildern. Ohne drum herumzureden. Sozusagen von Kollege zu Kollege.

„Ich beabsichtige nicht, mich darüber zu beschweren, dass ich meinen Zug nach Narbonne nicht mehr schaffe. Da brauchen Sie keine Ängste zu brüten."

Verlegen, weil er mich so lange hatte warten lassen, verschränkte der Mann in seiner akkuraten Uniform die Hände im Schoß.

Sein haarloser Schädel rutschte auf die gewölbte Brust, und mit der einen Hand, die vor nicht mehr als zwei oder drei Tagen maniküt worden war, winkte er mir zu, fortzufahren.

Ich verstand den deutschen Beamten sofort. Er musste sich konzentrieren. Alle Nebengeräusche ausschalten. Seine Gedanken auf die Informationen, die er jetzt in diesem Augenblick von Dollinger bekommen würde, fokussieren.

Und wie ich ihn verstand. Den Dingen auf den Grund gehen. Alles Unwesentliche vom Wesentlichen trennen. Und ich sah ihm an, dass er am liebsten die maulende Menge hinter mir aus dem sauerstoffarmen Raum geschickt hätte. Nur er und ich. Und der Fall. Die Organhändlerbande. Endlich!

Allerdings hatte auch er einen Vorgesetzten, der ihm das Leben schwer machte und nur auf eine Möglichkeit wartete, ihm einen Tritt in den Hintern zu geben. Wer kannte diese Art der Vorgesetzten nicht? Die Menge musste also trotz der Brisanz und der Dringlichkeit des Organschmuggelfalls bleiben.

„Wenn Sie sich zwei Ihrer besten Mitarbeiter, am besten im Nahkampf und an der Waffe gleichermaßen perfekt ausgebildet, schnappen, dann haben wir noch eine Chance, die Bandenchefin zu überführen. Sie sitzt in der Falle. Ich bin mir allerdings sicher, dass sie die verstreichende Zeit nutzen wird, um sich der Beweise und der Mitwisser zu entledigen. Später können Sie sich um die nächste Verbindung für mich nach Narbonne kümmern. Der Organhandelfall hat Vorrang, absolute Priorität, möchte ich meinen."

Wenngleich ich über den Tresen, der doch etwas kompakter aus der Nähe wirkte, als ich es zuerst vermutet hatte, nur und ausschließlich auf den kahlen Schädel des leitenden Beamten der hauptstädtischen Bahnhofspolizei blicken konnte und dabei mehrere pfenniggroße schuppende Effloreszenzen entdeckte, auf die ich ihn allerdings erst nach Abschluss unseres Einsatzes aufmerksam machen würde, ahnte ich, dass er in diesem Moment starr vor Entsetzen auf seine wahrscheinlich blank gewienerten Einsatzstiefel stierte.

Ein um das andere Mal schüttelte er den Kopf.

„Ich bin mir sicher, absolut. Hier." Und hätte es eines letzten unwiderlegbaren Beweises bedurft, den Vorsitzenden der Bahnhofspolizei zum Handeln zu bewegen, spielte ich meinen Trumpf aus und schleuderte ihm mit einer weit ausholenden Geste die Tüte mit dem zu diesem Zeitpunkt bereits gänzlich aufgetauten Organ auf die aufgeräumte Tresenplatte.

Der langgezogene Schrei des Polizeiführers, der diesem entfuhr, als die Tüte vor ihm auf dem Tresen aufschlug und platzte, sodass die bräunlich stinkende Flüssigkeit wie aus einem geborstenen Wasserrohr in alle Richtungen spritzte, sorgte dafür, dass augenblicklich Ruhe in der Räumlichkeit herrschte.

Die Menschen sahen sich erstaunt und fragend an. Ihre eigenen Probleme, wegen derer sie hier vor dem Tresen standen und auf Hilfe bei der Lösung hofften, hatten sich in einem einzigen Augenblick wie ein durchsichtiger Nebelschleier in der aufgehenden Morgensonne hinter dem Gespensterwald in ein gnadenloses Nichts verwandelt. In ein Nichts im Vergleich zu der Ungeheuerlichkeit, die da in Form eines einzelnen menschlichen Organs vor ihnen auf dem Tresen der Berliner Bahnhofspolizei lag.

„Sind Sie jetzt überzeugt?"

Statt einer Antwort ballte der angehende Präsident der Berliner Bahnhofspolizei seine Fäuste, sodass sich die knorrigen, von einem jahrelangen Gichtleiden gezeichneten Knöchel weiß färbten.

Mit so viel Brutalität einer Bande hatte selbst er nicht gerechnet. Das musste dieser Mann mit dem markanten Gesicht, das an Clark Gabel zu dessen besten Drehzeiten erinnerte, sich in dieser Sekunde eingestehen.

Ohne viele Worte gab er seine unmissverständlichen Anweisungen. Der Auszubildende erhielt die Aufgabe, den Tresen zu säubern. Das Organ legte er vorsichtig und nach meinem Eindruck eine Spur zu geziert in einen roten, henkellosen Kunststoffeimer, den er dann wahrscheinlich in die Gerichtsmedizin schaffen würde. Zwei unwesentlich ältere, allerdings bereits berufserfahrene Kollegen, beide mit einem winzigen Silberstern auf jeder Schulter, schoben den schaukelnden Tresen links an die Wand, deren vergilbte Tapete das ursprüngliche lebensfrohe Muster an vielen Stellen verloren hatte.

Zwei weitere Beamte wurden zu meiner Sicherheit abgestellt und eskortierten mich entlang eines düsteren, abwärtsführenden Ganges, der kein Ende nehmen wollte, bis zu einem Raum, in dem eine 150-Watt-Birne an der bröckelnden Decke baumelte und jeweils zur Linken und zur Rechten zwei Scheinwerfer aufgestellt waren.

Und zwar in Richtung eines in der Mitte stehenden zinnoberfarbenen Tisches mit einer ramponierten Kunststoffplatte, auf der sich mehrere farbige Aktenordner, einige Farbmarker und Stempelkissen sowie zwei Glas mit stillem Wasser befanden.

Neben dem Scheinwerfer zu meiner Rechten stand ein unbeteiligt wirkender Beamter, der so mit seiner Arbeit an einem altertümlich wirkenden Fotoapparat beschäftigt war, dass er meinen Gruß beim Betreten des Raumes nicht erwidern konnte.

Einer der begleitenden Beamten drückte mich vorsichtig, doch bestimmt auf einen dreibeinigen Hocker, dessen platinfarbenes Polster einige nicht unwesentliche Risse aufwies.

Mein Koffer wurde von dem zweiten der mich begleitenden Beamten bewacht.

Als der Leitende Beamte, der seine Uniformjacke in der Zwischenzeit gewechselt hatte, den speziell für die geheimsten Zusammenkünfte der Bahnhofspolizei gewählten, abhörsicheren Raum circa fünfzig Meter unter dem Gleisbett betrat, wischte ich mir mit einem alkoholgetränkten Lappen gerade die Finger ab. Ich hatte sie mir bei Abnahme der Abdrücke, die die Bahnhofspolizei zum Ausschluss meiner Fingerabdrücke am Tatort dringend benötigte, an den Fingerkuppen schwarzgrau gefärbt.

Um mich in Zukunft besser vor der Rache der Hintermänner der Organhändlerbande schützen zu können, fotografierte mich der stoisch wirkende Beamte mit der in die Jahre gekommenen Spiegelreflexkamera nicht nur von vorn, sondern auch zusätzlich von rechts und links. Meine Bilder würde man sicher an die Landespolizei beziehungsweise an das Landeskriminalamt, wahrscheinlich sogar an das BKA, weitergeben. Die Fotos würden dann an alle Polizeiwachen in den Städten Ost- und Westeuropas verteilt, mit der dringenden Bitte und Aufforderung, diesen Mann, Dollinger, falls er in der Gegend zu tun hat, mit aller Professionalität und innerer Hingabe zu beschützen.

Wenn auch die Bahnhofspolizei diesen brisanten Fall aus Kompetenzgründen an die Kollegen der Landespolizei, die ihn dann an das Landeskriminalamt weiterleiten würden, abgeben musste, ihre Arbeit vor Ort verstanden sie. Nach anfänglichen Schwierigkeiten und einer kurzen Zeit der Skepsis hatte der Präsident der hauptstädtischen Bahnhofspolizei seine Untergebenen in die Spur geschickt, und jetzt griff ein Rädchen in das andere.

Interessiert hätte es mich allerdings schon, was die Chefin des Organhändlerrings für Augen machen würde, wenn sie in den Räumen der Bahnhofmission einer Hundertschaft von uniformierten Bahnhofsschützern gegenüberstand.

Als sich der weißhaarige, insgesamt farblos wirkende Assistent des Präsidenten meine Ausweisdaten notiert hatte und mit dem Lesen der Bescheinigung fertig war, aus der hervorgeht, dass ich eine nicht unbeträchtliche Zeit in einer der bekanntesten psychiatrischen Kliniken Berlins meine Sporen verdient hatte, schob mir der Leiter der Einsatztruppe der Berliner Bahnhofpolizei höchstpersönlich meinen Koffer rüber und gab mir mit der Andeutung eines Nickens zu verstehen, dass für mich die Arbeit beendet war.

Ich bemerkte die Tränen der Rührung in seinen Augen und vermied es taktvoll, ihn anzusehen. Was sich in diesem Moment zwischen uns beiden abspielte, benötigte keine Worte. Jeder von uns kannte die Verantwortung, die er schulterte. Ich hatte den Staffelstab weitergegeben. Sozusagen. Jetzt war es an ihm, die Aktion zu einem glücklichen Ende zu führen.

Ich verließ den Schutzraum der hauptstädtischen Bahnhofspolizei allerdings nicht, ohne den Porträtfotografen daran zu erinnern, mir jeweils einen Abzug von jedem Foto zuzusenden. Die Adresse würde ich ihm zeitnah zukommen lassen. Und, sozusagen als Andenken an unseren gemeinsamen Fall, ich wäre sehr glücklich und gleichwohl stolz, würde er ein Foto vom Präsidenten beilegen.

Im Vorbeigehen sah ich aus den Augenwinkeln heraus, wie sich der ansonsten smarte Polizeiführer gerührt und eine Spur verlegen mit dem Ärmel der gerade gewechselten Uniformjacke über das Gesicht wischte. Abschiedsworte bedurfte es in diesem Moment keine. Von keiner Seite.

Auch an mir war dieser Spezialeinsatz nicht spurlos vorübergegangen.

Neben der enormen emotionalen Belastung, der ich ausgesetzt war, rüttelten die Ereignisse der vergangenen Stunden vor allem mein vegetatives Nervensystem kräftig durcheinander. Und zwar in einer Art und Weise, wie ich es seit einem überschaubaren Zeitraum nicht mehr erlebt hatte. Nicht allein, dass ich immer noch nicht auf dem rechten Ohr hören konnte, damit hätte ich leben können, zumindest für einige Zeit, nein, mein Magen krampfte, als würde irgendjemand in meinen Eingeweiden eine an sich bereits entsaftete Zitrone wringen. Das tat weh. Außerdem spürte ich beim Verlassen des Hochsicherheitstraktes unterhalb des hauptstädtischen Bahnhofs, von dem neben dem Ersten Präsidenten der Berliner Bahnhofspolizei und mir nur eine Handvoll Uniformierter Kenntnis hatte, meinen mir bestens vertrauten rechtsdrehenden Schwindel. Der Schwindel kam plötzlich und ohne Vorwarnung. So als wollte er mir sagen: Das Leben am Limit, so wie du es führst, Dollinger, hat seinen Preis. Der Körper rebellierte. Es war an der Zeit, mein Leben zu ändern. Höchste Eisenbahn, sozusagen, um verbal am Ort des Geschehens zu verweilen.

Die Beine versagten ihren Dienst, mutierten im Bruchteil einer Zehntelsekunde zu zwei funktionslosen und damit ziemlich überflüssigen Extremitäten. Polternd stürzte ich zu Boden, mit der Stirn gegen den rauen Zement der Wand, um dann glücklicherweise mit dem Hinterkopf auf meinen Koffer zu schlagen.

Als ich wieder zu mir kam, versprach ich mir, mich unverzüglich auf den Weg nach Spanien zu machen. Hier und jetzt lebte ich auf Kosten meiner Gesundheit, so viel war mir nach diesem Warnschuss meines Körpers klar geworden. Ein Schuss vor den Bug, wie man so sagt.

Der Beamte, der neben der Trage stand, auf die man mich eiligst gebettet hatte, lächelte glücklich, als er bemerkte, dass ich wieder zu mir kam. Nur allzu gut konnte ich ihn verstehen und freute mich mit ihm. Wie hätte es auch ausgesehen, wenn gerade bei ihm, hier unten in der beschützten und gesicherten Zone der Bahnhofspolizei, Dollinger, der Befreier der Bahnhofsmission, Führer des Schlags gegen den organisierten Organhandel in Deutschland, dahingeschieden wäre. Aus Unachtsamkeit, aufgrund von Fehlverhalten oder einfach nur aus Schlamperei der Bahnhofspolizei.

Die Schlagzeilen der Tagespresse wären tödlich. Tödlich für jeden Karrierewunsch. Und das auf Jahre.

Langsam erhob ich mich und probierte aus, ob meine Beine in der Zwischenzeit ihre natürliche Funktion wiedererlangt hatten. Sie hatten. Noch etwas unsicher, dafür jedoch zielstrebig, dribbelte ich auf den blond gelockten Beamten zu, um ihn zu beruhigen.

„Alles in Ordnung, alles gut. Machen Sie sich keine Sorgen. Es wird schon gehen."

Ich winkte ab, als ich aufgrund einer kurzzeitigen Schwäche in den Knien einknickte und mir der junge Siegfried zur Hilfe springen wollte.

„Kein Grund zur Sorge. Alles paletti!"

Die Schramme auf meiner Stirn, die ich im Spiegel an der weißgetünchten Wand neben der einzigen, aufwendig gepolsterten Tür in diesem Raum entdeckte, blutete nicht mehr und würde unter der Sonne des Südens rasch heilen. Da war ich mir ziemlich sicher.

„Halb so schlimm", raunte ich dann auch in Richtung des zutiefst erschrockenen Beamten betont locker und zeigte auf die Verletzung.

„Kann passieren. Sollte nicht, kann aber passieren. Von mir erfährt keiner ein Wort."

Fast andächtig, vor allem jedoch erleichtert, lauschte der Bahnhofspolizist meinen Worten, während wahrscheinlich unter seiner akkurat geknöpften Uniformjacke das Herz wie wild klopfte. Das konnte ich mir gut vorstellen.

„Und bitte sagen Sie dem Präsidenten, dass er seine Schuppenflechte mit Wasserstoffperoxid behandeln sollte, besser wäre allerdings ein zweimonatiger Urlaub am Toten Meer. Sagen Sie ihm, diesen Tipp erhält er von Dollinger sozusagen als Zugabe, wenn Sie verstehen, was ich meine. Und völlig kostenlos."

Bis zu diesem Zeitpunkt hatte der Beamte kein Wort gesprochen. Ob nun aus Höflichkeit oder Verlegenheit, vermochte ich nicht zu beurteilen. Ich begann gerade darüber nachzudenken, als er sich mit einem unsicheren Lächeln zu mir drehte und einmal tief Luft holte.

„Es wäre das Beste, Sie würden sofort von hier verschwinden."

Er räusperte sich vielsagend, bevor er fortfuhr: „Sie haben wirklich Glück gehabt, und das sollten Sie jetzt nicht strapazieren, wenn Sie wissen, wie ich das meine."

Und ob ich ihn verstand. Diesem Mann hier an meiner Seite lag eine Menge an meiner Person, an meiner körperlichen und psychischen Unversehrtheit. Ich sah ihn dafür dankbar an, suchte den direkten Blickkontakt. Das allerdings misslang, da seine linke, leicht entrundete, auffällig dotterfarbene Pupille beim Blick in meine Richtung über die ein wenig zu spitz geratene Nase hinweg nach rechts zeigte, während die rechte, gleichfalls dotterfarbene, allerdings kreisrunde Pupille genau in die entgegengesetzte Richtung marschierte.

Mit Behinderungen jeglicher Art konnte ich bestens umgehen. Das bedeutete für mich überhaupt kein Problem.

Als ich den Mann in Uniform, den das Schicksal so sehr gebeutelt hatte, in die Arme schloss, war das für mich ein bewegender Augenblick.

„Wissen Sie, ich bin froh und auch eine Spur stolz, dass sich die Bahnhofspolizei auch den von der Natur benachteiligten Menschen annimmt. Das zeugt von einer Größe, die mich überwältigt."

An dieser Stelle musste ich eine kurze Pause einlegen, da ich so angenehm berührt war, dass mir die Augen ganz feucht wurden.

„Vielleicht ist Ihnen ja nicht zu Ohren gekommen, dass ich eigentlich im medizinischen Milieu zu Hause bin, wie man so sagt. Da kenne ich mich jedenfalls aus. Sie dürfen einfach nicht die Hoffnung verlieren. Die Operationsmethoden werden ständig weiterentwickelt, auch die augenärztlichen."

„Jetzt reicht es! Schnappen Sie sich Ihren Koffer und verlassen Sie umgehend dieses Gebäude! Bis jetzt haben Sie unwahrscheinlich viel Dusel gehabt. Für den Unfug, den Sie angestellt haben, könnte man Sie auch wegsperren oder, noch besser, zurück in die Klapse schicken."

Mit einem Ruck befreite er sich aus meiner Umarmung und stakste auf die Tür zu, die er unter einem rülpsigen Schnaufen öffnete.

„Raus hier!"

Ich hatte ungewollt den Beamten an seiner empfindlichsten Stelle getroffen. Das war nicht meine Absicht, andererseits musste dieser Mann natürlich auch lernen, mit sich und seinen Behinderungen umzugehen. Meine Worte hatten ihn aus seiner wahrscheinlich schwer erarbeiteten psychischen Balance gestoßen und ließen ihn grob und unsachlich werden. Als Zivilist wäre eine solche Reaktion vielleicht noch entschuldbar, als Träger der Polizeiuniform hätte ich mir von ihm allerdings eine Spur mehr Größe gewünscht.

Eine Diskussion an dieser Stelle wäre allerdings unzweifelhaft von wenig Erfolg gekrönt. Wenn es mir auch schwerfiel, ich musste diesen Mann sich selbst überlassen.

Bedauernd zuckte ich die Schultern, schnappte mir den Koffer und verließ den Raum und den psychisch angeknacksten Beamten, auch im Gottvertrauen auf den medizinischen Fortschritt

5. Kapitel

Ein verzweifelter Franzose mit der Panzerfaust im Arm

Der Zug nach Narbonne hatte vor mehr als zwei Stunden den hauptstädtischen Bahnhof in Richtung Frankreich verlassen. Ohne mich.

Damit hatte ich gerechnet. Andererseits muss ich zugeben, dass ich im Hinterkopf schon den Gedanken hatte, dass der Erste Polizeipräsident des Bahnhofs diesen Zug aufgrund der außergewöhnlichen Umstände bis zum Besteigen von Dollinger im Bahnhof festhält.

Mehr als eine kurze Anweisung seinerseits wäre da wohl nicht nötig gewesen. Und die Fahrgäste, da bin ich mir ziemlich sicher, hätten nach einer knapp formulierten ersten Erklärung des Präsidenten für den Grund der Verzögerung Verständnis gezeigt.

So stand ich auf dem fast leeren Bahnsteig, mit dem Koffer in der Hand, einem knurrenden Magen und vor Durst angeschwollener Zunge und musste mitansehen, wie auf der Anzeigetafel über mir die ratternden Anzeigekärtchen die nächste Abfahrt ankündigten: 15.30 Uhr nach Hamburg.

Hamburg war nicht mein Ziel. Der raue Norden. Bei diesem Gedanken kräuselten sich meine Nackenhärchen und meine Zehen schienen sich wie eine erschrockene Schnecke zusammenzurollen.

Ich musste herausfinden, wann der nächste Zug in Richtung Süden ging. Vorher jedoch sollte ich vor allem eine Kleinigkeit trinken und auch essen. Nachlässigkeiten in dieser Hinsicht konnten übel ausgehen und nicht nur meine Gesundheit, sondern, damit verbunden, auch meine berufliche Zukunft gefährden.

Nach gut einer Stunde saß ich mit einem Käsebaguette, das ich mir am Stand neben dem Dönerladen gekauft hatte, über den es später einmal heißen sollte, er würde mit Gammelfleisch aus Bayern beliefert, und einem Becher Buttermich in der Hand auf einer der kunstvoll verzierten metallenen Bänke in der weiträumigen Empfangshalle des Bahnhofs. Mehr als zwanzig dieser Bänke waren in den Steinfußboden eingelassen und in die Richtung der überdimensionalen Anzeigetafel platziert. Ich hatte die ältere Frau mit dem blinden Pekinesen auf dem Arm gebeten, sich zu dem freundlichen Italiener auf der Bank vor uns zu setzen. So hätte sie etwas Unterhaltung, und ihrem Hündchen wäre es auch nicht gar zu langweilig. Dankbar nickte sie mir zu, als ich ihr einen Platz auf der vorderen Bank freimachte, indem ich den Südländer aufforderte, auf die rechte Seite der Bank zu rutschen und seine Koffer und Taschen, wie man es üblicherweise handhabt, nicht auf der Sitzgelegenheit, sondern darunter oder daneben zu verstauen.

Während ich mein Baguette verzehrte und die Milch trank, fixierte ich ausdauernd die erwähnte Anzeigetafel. So vergingen mehr als dreißig Minuten, ohne dass mein Ziel Narbonne in Frankreich angegeben wurde. Ich verweilte weitere dreißig Minuten und spürte in meinem Nacken bereits eine leichte muskuläre Verspannung vom unentwegten Starren auf die viel zu hoch angebrachte Anzeigetafel.

Nach weiteren vierzig Minuten, die vergingen, ohne dass auch nur ein einziger französischer Zielbahnhof angegeben wurde, machte sich in mir eine leichte Verunsicherung breit. Das war zwar noch kein konkreter Grund zur Beunruhigung, allerdings beschloss ich, den Dingen auf den Grund zu gehen. Irgendeine Erklärung dafür, dass die französischen Zielbahnhöfe ignoriert wurden, musste die Deutsche Bundesbahn wohl haben. Nicht ausgeschlossen, dass die deutsche Regierung beschlossen hatte, alle Frankreichreisen zu stoppen.

Über den Grund für diese Maßnahme wurde nur hinter vorgehaltener Hand getuschelt: In erster Linie ging es um die

Stärkung der neuen Bundesländer. Mit etwas politischem Druck wollte die Regierung die Bevölkerung motivieren, zumindest eine Urlaubsreise im Jahr in Richtung dieser vom Nachholbedarf jeglicher Art geprägten Region zu unternehmen. Wahrscheinlich war sogar, dass nicht nur für Frankreich ein zumindest zeitlich limitiertes Ausreiseverbot verhängt worden war. Die von den deutschen Touristen bevorzugten Urlaubsziele wie Griechenland, Türkei und Spanien waren genauso wie Frankreich betroffen. Nur Pech für mich, dass die Regierung ihren touristischen Sanierungsplan gerade heute mit dem Reisestopp nach Frankreich begann.

Als ich die Glastür mit der Aufschrift „Auskunft" hinter mir schloss und den angenehm temperierten Raum neben den automatischen Fahrkartenschaltern betrat, richteten sich gleich drei Augenpaare auf mich. Ein Mann mit schütterem Haar, gebrochener Nase und einem tiefen Grübchen unter den blutleeren Sichellippen, eine Frau in den Fünfzigern, mit violett getönten Haaren, unter denen der Haaransatz eine grau mattierte Färbung aufwies, mit unruhigen, koksigen Augen und geröteten Pausbäckchen, und ein junges Mädchen, noch keine achtzehn Jahre alt, braun gelockt, mit zu einem Strich gezogenen Augenbrauen über den Smaragdäuglein und einem freundlichen Lächeln im Gesicht, standen hinter einem brusthohen Tresen, auf dem zur Sicherheit der Bahnangestellten zusätzlich eine meterhohe Plexiglasscheibe montiert war.

Die drei schienen mich erwartet zu haben. Ich stellte meinen Koffer zwischen die Beine und winkte den dreien von der Auskunft freundlich zu.

„Nett haben Sie es hier. Das nenne ich mal einen Arbeitsplatz. Hell und geschützt. Und angenehm im Klima."

Es war nicht meine Art, sozusagen mit der Tür ins Haus zu fallen. Es lag ja auch nicht an den Angestellten der Bahn, dass der Bahnverkehr nach Frankreich eingestellt wurde, zumindest vorübergehend. Sie waren allerdings die Leidtragenden, mussten sich mit den Beschwerden und Klagen der verärgerten Reisewilligen nach Frankreich abgeben und sich ständig rechtfertigen. Kein leichter Job, wie ich zugeben muss.

Eine nicht erwartete Freundlichkeit seitens eines Reisenden würde wahrscheinlich allen drei guttun. In mir meldete sich der Psychologe, den ich nie gänzlich verdrängen konnte. Die Analysen menschlichen Verhaltens waren und blieben mein ganz persönliches Steckenpferd, dank der überzeugenden Arbeit der Psycho-Wünsche während der Jahre meines Aufenthalts in der Gerichtlichen.

Ich versuchte, meinen rechten Ellenbogen auf die vielleicht mit drei Zentimeter nach meinem Geschmack etwas zu schmal geratene Ablageleiste vor der Plexiglasscheibe zu stützen. Dreimal rutschte ich ab und versuchte erst gar nicht, so wie ich es eigentlich vorhatte, mein Gesicht mit der Hand abzustützen.

„Das ist nicht Ihre Schuld, keine Panik. Wenn Sie wüssten, was ich schon für städteplanerische Fehlleistungen und Katastrophen aufgedeckt habe, meine Güte, da ist dieser Tresen reif für die Oscarverleihung, wenn Sie wissen, wie ich das meine. Man muss sich ja nicht unbedingt mit dem Ellenbogen abstützen, um eine gewisse Leichtigkeit in das Gespräch zu bringen. Ist schon klar."

Die drei hinter der Auskunftsscheibe schauten sich verblüfft an. Mit so viel Offenheit und Freundlichkeit hatten sie allerdings nicht gerechnet.

Nachdem ich meinen Koffer an den Tresen geschoben und sichergestellt hatte, dass er mich trägt, setzte ich behutsam einen Fuß nach dem anderen auf ihn und streckte mich ganz langsam, bis mein Kinn gerade über das obere Ende der Scheibe reichte.

„Ziemlich wacklige Angelegenheit."

Ich balancierte den Stand auf meinem Korbkoffer aus, indem ich das rechte Bein leicht abspreizte und mein Becken wie beim Formationstanz kreisen ließ.

Die zum Glück zum Ende hin konisch geschliffene Glasscheibe, die im Begriff war, meine Blutzufuhr zum Unterkiefer zu unterbinden, maß im Durchmesser nicht einmal zwei Zentimeter. Ich spürte die Verantwortung in mir, diesen Umstand den drei Auskunftsmitarbeitern nicht zu verheimlichen. Wahrscheinlich war es nicht, dass sie sich vor Antritt ihrer Tätigkeit von dieser sicherheitstechnischen Unzulänglichkeit überzeugt hatten. Im Vertrauen auf ihre Vorgesetzten hatten sie seelenruhig ihre Schicht begonnen, ohne auch nur einen Gedanken daran zu verschwenden, welchen Gefahren sie sich alltäglich aussetzten. Hatten nicht einmal im Personalbüro nach einem Gefahrenzuschlag nachgefragt.

„Ein bisschen dünn!", zischte ich und schüttelte den Kopf, soweit mir das in meiner Lage möglich war. „Die hält keinen einzigen Schuss aus einer Makarow auf. Oder Panzerfaust. Das glaube ich nicht."

Die drei Bahnangestellten schauten sich mit einem unsicheren Lächeln an.

„Stellen Sie sich nur einmal vor, hier kommt ein verzweifelter Franzose reinspaziert, im Mundwinkel einen glimmenden Zigarettenstummel, unter dem zerknitterten Jackett zwei bröselnde Baguettes als Wegzehrung und im linken Arm ein greinendes Kind, keine sechs Jahre alt, das Rotz und Wasser heult, weil die deutsche Regierung alle Züge in sein Heimatland gestoppt hat und es jetzt staatenlos geworden ist. Und unter dem rechten Arm eine russische Panzerfaust, mit der er die Abfahrt dieses einen Zuges nach Paris erzwingen will. So ein Franzose, mit seinem staatenlosen Balg im Arm, dem Zigarettenstummel im Mundwinkel und den Baguettes unter dem Jackett, ist zu allem entschlossen. Der feuert die Panzerfaust auch ab. Machen Sie sich da mal keine falschen Hoffnungen."

In diesem Moment wurde mir irgendwie komisch. Ein dunstiger Sternennebel zog vom inneren Horizont auf, und die drei tapferen Bahnangestellten verschwammen vor meinen Augen zu unscharfen Silhouetten. Meine Finger lösten sich von der Glasplatte, mein Kinn rutschte am kühlen Glas hinunter, hoppelte über die zu klein geratene Ablagefläche nach unten und stürzte mit mir über den Koffer zu Boden. Ohnmächtig wurde ich nicht und war dann auch ziemlich rasch wieder auf den Beinen.

„Und so eine Panzerfaust hält diese Glasscheibe", ich tippte mit dem Zeigefinger der rechten Hand mehrmals gegen die Scheibe, „nicht aus. Auf gar keinen Fall. Das wäre eine Katastrophe. Sie wären alle hin. Ohne Chance. Vielleicht würden vier Zentimeter ausreichen?!"

Meine Worte hatten ihre Wirkung bei den drei Todgeweihten nicht verfehlt. Sie mussten sich erst einmal setzen. Das konnte ich nur zu gut verstehen. Ich blieb stehen. Aus Mangel an Alternativen. So weit hatte die Bahn ihren an sich hervorragenden Service noch nicht erweitert, dass die Kunden in der Auskunft sich setzen konnten.

„Einen Tipp von mir. Und ich bitte Sie, meine Hinweise ernst zu nehmen. Sprechen Sie dieses Sicherheitsrisiko auf der nächsten Personalversammlung an. Bitte."

„Was wollen Sie eigentlich?"

Der männliche Angestellte traute sich zuerst. Seine Worte zischten wie ein Wasserstrahl auf Abwegen aus seinem Mund.

„Ich frage Sie noch einmal: Was ist Ihr Anliegen?"

Inzwischen hatten sich die beiden weiblichen Mitarbeiter hochgerappelt und hinter ihrem Kollegen postiert.

„Gut, dass Sie mich erinnern. Bis wann sind die Züge nach Frankreich ausgesetzt?"

Die Jüngste der drei Bahnangestellten in der schmucken dunkelblauen Uniform verzog bei dieser Frage ihr Engelsgesicht und zuckte mit der Schulter.

„Sie wissen es nicht? Soll es das sein, was Sie gerade andeuten?"

In diesem Moment wurde die Tür von außen geöffnet und ein weißhaariger Mann, um die sechzig, in einem korkfarbenen Anzug, dessen Ärmel ihm bis zu den manikürten Fingern reichten, betrat den Raum. Ich machte ihm vor dem Tresen Platz und rückte mit meinem Koffer einige Schritte zur Seite.

Während der Mann die rahmenlose Brille von der Nase nahm, ein silbrig schimmerndes Tüchlein aus der Tasche zog, um die Brillengläser zu putzen, und sich dabei nach vorn beugte, um durch die eingestanzten Löcher in der Plexiglasscheibe seine Frage zu formulieren, musste ich erst einmal nachdenken.

Sollte meine Neumaklerkarriere hier auf dem hauptstädtischen Bahnhof bereits beendet sein, noch bevor sie eigentlich begonnen hat?

Musste ich mich aufgrund politischer Erfordernisse von meinem Lebenstraum verabschieden? Adios, spanische Costa, adios, ihr sonnenbeschienenen Fincas, adios, mein zweites Mutterland!

Ich wollte und konnte es nicht glauben. Vielleicht konnte ich auf Umwegen mein Ziel erreichen? War Frankreich tatsächlich die einzige Möglichkeit, um nach Spanien zu gelangen?

Meine geografischen Kenntnisse waren bescheiden. Sie tendierten gegen null. Ein Umstand, den ich jetzt beklagen könnte, allerdings hätte mir das in dieser Situation auch nichts genutzt. Ich musste eine Lösung finden. Aufgeben kam gar nicht infrage. Wie hätte ich vor Nüsschen und Beilchen dagestanden? Wenn ich ihnen Auge in Auge gegenüberstand, um ihnen mitzuteilen, dass ihre zukünftigen Jobs sich quasi in Luft aufgelöst hatten. Die Verzweiflung der beiden Ex-Bodybuilder konnte ich förmlich hier in diesem Raum mit meinen Händen greifen.

Nein, wie bereits gesagt, aufgeben kam nicht infrage!

Der Anzugmann mit den maniküren Fingern hatte es sich richtig bequem vor dem Tresen gemacht. Die gewienerte Brille hatte er auf seine breite Nase geschoben, die eine Spur in das linke, leicht geschwollene Gesicht abfiel, den voluminösen Hintern streckte er so weit heraus, dass der Schoß der Jacke links und rechts an seinen prallen Oberschenkeln runterbaumelte, während er jetzt nach vorn gebeugt mit beiden Unterarmen auf der viel zu schmalen Ablageleiste lungerte und mit den Bahnhofsmitarbeitern ein kleines Schwätzchen hielt.

Zwei Minuten gab ich ihm noch Zeit. Ich zählte die Sekunden rückwärts von sechzig runter. Eine Minute schlug ich drauf.

„Ich will ja kein Spielverderber sein", räusperte ich mich nach drei Minuten und stellte mich neben den Mann. Ganz dicht neben ihn, sodass sich unsere warmen Körper berührten. Ich spürte, wie seine eingezwängten Fettrollen bei jedem Wort auf und ab hüpften, immer in der Hoffnung, irgendeine Naht seiner Klamotten könnte in einer thailändischen Fabrik so schludrig genäht worden sein, dass sie jetzt riss.

„Entschuldigen Sie, ich bin einseitig taub. Habe ich mir geholt im Zuge der Verbrechensbekämpfung. Das ist aber nicht das Thema."

Mit dem linken Knie schob ich mich noch etwas näher an den Mann heran, der immer noch keine Anstalten machte, wegzurücken. Stattdessen schaute er mich von der Seite an und grinste.

Mir blieb in dieser Situation nichts anderes übrig, als zu weniger fairen Mitteln zu greifen. Mit einem gezielten Schlag gegen sein Schienbein, ähnlich wie ich es in den Zügen der S-Bahn tat, wenn Zweibeinige die Sitzplätze der Behinderten okkupiert hatten, verschaffte ich mir den notwendigen Platz vor dem Schalter.

Die Quasselstrippe humpelte mit schmerzverzerrtem Gesicht zur Tür und drohte beim Verlassen der Auskunft mit der Polizei.

„Hier ist die Bahnhofspolizei zuständig. Das ist ein Bahnhof!", rief ich ihm freundlich nach, bevor ich mich wieder den drei Angestellten zuwandte.

„Mit denen hatte ich heute bereits einen Einsatz. Da ist er an der richtigen Stelle. Ich meine die Bahnhofspolizei."

„Sie können doch den Reisegast nicht so behandeln. Wo kommen wir denn da hin!", zeterte die Ältere der beiden weiblichen Angestellten.

„Ich fasse es nicht", pflichtete der Hahn im Korb seiner Kollegin bei und kniff irgendwie wütend die Augen zusammen.

„Wir sollten uns vielleicht wieder mit dem Wesentlichen beschäftigen, meinen Sie nicht auch? Jetzt sind wir ja wieder unter uns", versuchte ich die Wogen zu glätten. „Ihnen ist also nicht bekannt, wann der Reisestopp nach Frankreich aufgehoben wird? Man hat es Ihnen tatsächlich nicht mitgeteilt?"

„Von welchem Reisestopp sprechen Sie hier? Wohin wollen Sie überhaupt?", raunte die Ältere genervt durch die Plexiglasöffnungen.

„Über was unterhalten wir uns eigentlich seit einer geraumen Zeit? Was meinen Sie? Ich komme hier zu Ihnen, um mich beraten zu lassen, weil mein Zug nach Narbonne, wie übrigens alle Züge in Richtung Frankreich, ausgesetzt wurde, und das auf unbestimmte Zeit, und Sie versuchen mir die ahnungslose Nummer vorzugaukeln. Ich weiß doch Bescheid."

„Über was wissen Sie Bescheid?"

Ich musste herzhaft lachen, wenngleich es in meinem Magen zu zwicken begann. Diese drei hier spielten ihre Rollen wirklich gut. Vor Dienstantritt waren sie vereidigt worden, ja nichts über die Hintergründe des Reiseboykotts der Regierung in Richtung Frankreich auszuplaudern. Wahrscheinlich kannten sie die konkreten politischen Gründe für diese Regierungsentscheidung allerdings tatsächlich nicht. Jedenfalls war ihnen die Aufgabe zugekommen, die nachfragenden Reisenden, besser gesagt, die nachfragenden Reisewilligen zu beruhigen, und wenn das, wie bei Dollinger, nicht ausreichte, einfach hinzuhalten und für dumm zu verkaufen.

„Nicht mit Dollinger, nicht mit mir. Ich will jetzt wissen, wann mein Zug nach Narbonne geht. Und keine Ausflüchte mehr. Auf mich wartet ein ganzer Berg von Aufgaben, der mit jeder Stunde, die ich hier auf diesem Bahnhof zubringen muss, anwächst. Wenn Sie es noch konkreter wissen wollen: Ich muss nach Benicarlo, das liegt in Spanien, um dort Immobilien zu verkaufen. Ja, ich bin Immobilienmakler."

Das hatte gesessen. Für einen Moment waren die drei sprachlos. Mit einem so jungen, dynamischen Immobilienmakler hatten sie es schon lange nicht mehr zu tun gehabt, wenn überhaupt, und dass dieser Mann ungeduldig nach dem Zug in Richtung Frankreich fragt, war unter dem Aspekt der gerade erhaltenen Informationen nur zu verständlich.

„Der Autozug nach Narbonne fährt morgen pünktlich um 13.30 Uhr von Bahnsteig C ab", kam dann auch prompt die Antwort der Jüngsten dieses traurigen Trios, während die anderen beiden ziemlich verstört dreinschauten.

„Hat die Regierung also den Boykott schon aufgeweicht. Haben die Interessen der Autolobby gesiegt. Autos dürfen also wieder transportiert werden. Und was ist mit uns, was ist mit den Bürgern?"

„Keine Sorge, Sie können mit diesem Zug fahren, auch wenn Sie keinen PKW haben. Alles, was Sie benötigen, ist ein gültiger Fahrschein", beeilte sich der Kerl mit der Nasenfraktur zu versichern.

„Wo ist der Haken? Muss ich die Fahrt in irgendeinem Auto verbringen, um es unterwegs vor Mitgliedern der osteuropäischen Schieberbanden zu beschützen? Ich bin nicht bewaffnet, wie Sie sehen."

Ich zog meine Anzugjacke aus, zeigte auf meinen Kuhkopfschnallengürtel und ließ die drei auch einen Blick unter meine Achseln werfen.

„Im Koffer habe ich auch nichts. Nicht mal eine Handgranate. Womit also sollte ich den Kampf mit den gut organisierten und vor allem ausgezeichnet ausgebildeten Schiebern aufnehmen? Sind Sie der Ansicht, da reichen meine psychiatrischen Erfahrungen aus?"

Die drei hinter dem Tresen sahen sich fragend an. Darauf hatten sie auch keine befriedigende Antwort.

„Wenn Sie eine Platzkarte haben, für den Liegewagen oder für den Schlafwagen, dann reicht die aus. Sie müssen nicht in einem der Autos schlafen."

Ich fummelte die Fahrkarte und erwähnte Platzkarte aus meiner Brusttasche und schwenkte sie in Richtung der Plexiglasscheibe.

„Die habe ich. Hier."

„Dann werden Sie kein Problem bekommen. Wie gesagt, morgen, 13.30 Uhr, Bahnsteig C."

Dem mit der kaputten Nase war es anzusehen, dass er sich am liebsten meine Fahrkarte geschnappt hätte. Wahrscheinlich wurden keine Fahrkarten in Richtung Frankreich mehr verkauft. Nur einigen ausgewählten Kartenbesitzern für die verpasste heutige Abfahrt wurde die Möglichkeit eingeräumt, die Gültigkeit der Karte zu verlängern und mit dem Autozug morgen in Richtung Frankreich aufzubrechen. Selbst an Mitarbeiter der Bahn wurden keine Fahrscheine mehr ausgegeben. Also musste der Bahnangestellte in diesem Jahr mit seinem Freund nach Polen reisen. Da konnte ich auch nichts ändern. Auch Polen war um diese Jahreszeit recht schön. Oder nach Meck-Pomm, das wäre dann ganz im Sinne der Regierung, und wahrscheinlich bekam er dann ein Gratisgeschenk in Form eines Wochenangelscheins obendrauf.

„Wo kann ich die Essensbons abholen?" Kulle hatte mir einmal erzählt, dass die Fluggesellschaften bei Verspätung ihrer Flüge Essensscheine und auch Scheine für kostenlose Getränke an die wartenden Reisegäste austeilen. Einen ähnlichen Service musste es bei der Bahn dann wohl auch geben. Und es wäre nicht zu viel verlangt, würde sie auch für die Unterkünfte der Reisenden sorgen.

Ich wiederholte meine Frage. Statt einer Antwort bemühte sich der männliche Schalterangestellte nach vorn in den Schalterraum, um mir die Tür zur Bahnhofshalle aufzuhalten.

„So weit seid ihr bei der Bahn noch nicht?!", stellte ich fest und zuckte die Achseln. „Eigentlich schade. Ich hätte euch gern weiterempfohlen. Das wird nun schwierig. Erst der Boykott und als Folge die Verschiebung der Zugabfahrten in den Süden um einen Tag, dann nicht einmal ein paar lumpige Essensbons. Schade, schade."

Diese Feststellung, die allein den aktuellen Tatsachen entsprach, war dem Angestellten und, wie ich sehen konnte, auch seinen Kolleginnen zumindest unangenehm. Der Mann stand neben mir, mit hochrotem Gesicht, und schnaufte.

Aber was hätte es gebracht, drum herumzureden. So wurden sie zumindest durch Dollinger auf die Schwachstellen im System aufmerksam gemacht. Auch wenn es wehtat.

„Man sieht sich!", raunzte ich ihm ins Ohr und machte mich auf den Weg in die Halle. Ohne mich umzudrehen, winkte ich ihnen nach, im Wissen, dass die drei mir noch eine geraume Zeit nachblicken würden, während es in ihren Köpfen nur so qualmte.

Die Stunden bis zur Abfahrt am morgigen Tag würde ich auf dem Bahnhof verbringen. Es kam für mich überhaupt nicht infrage, für die wenigen Stunden bis zum nächsten Morgen wieder nach Hause zu fahren. Hier auf dem weitläufigen Gelände des Bahnhofs bekam ich die Informationen quasi aus erster Hand. Konnte mir selbst ein Bild von der Situation machen.

Diese Entscheidung musste ich also nicht fällen, indem ich das *Für und Wider* abwog, nein, sie ergab sich als logische Konsequenz des heute Erlebten.

Keiner der unzähligen Bahnangestellten konnte mir garantieren, dass die Abfahrt des Zuges nach Narbonne aufgrund außergewöhnlicher Umstände nicht auf Mitternacht vorgezogen wird. Kurzfristig. Zum Beispiel. Oder dass die Bahn am heutigen Abend versucht, im Krisenmanagement mit den Fluglinien gleichzuziehen. Auf Anregung von Dollinger, dessen empfehlende Äußerungen von den Auskunftsangestellten zur Zentrale hochgegeben wurden und von dort sofort und rigoros umgesetzt werden. Und da es das erste Mal war, dass die Bahn Essensgutscheine und freie Getränke an die wartenden und zum Teil gefrusteten Reisenden ausgeben würde und eine Möglichkeit witterte, ihr ziemlich ramponiertes Image aufzupolieren, konnte man davon ausgehen, dass sie sich nicht lumpen lassen würde. Hähnchenbrüste, russische Eier, Lachsschnittchen und diverse Getränke waren zu erwarten. Nicht dass mich diese Gourmethäppchen reizen würden, die Vorstellung, in der Nacht gut versorgt zu werden, tat jedoch meiner inneren Seele gut, wenn ich das so salopp formulieren darf.

Ich hoffte nur, dass die Bahnzentrale die Portionen für die Reisenden nicht zu knapp bemessen würde. Eine zusätzliche Unruhe unter den Wartenden, deren Nervenkostüme an sich schon angespannt waren, musste nicht noch künstlich durch die Rationierung der Nahrungsmengen geschaffen werden.

Sicherheitshalber beschloss ich, der Bahn in diesem Punkt unter die Arme zu greifen. Zeit hatte ich sowieso, und die große Anzeigetafel in der Halle behielt ich immer im Auge.

Die ersten Reisenden, die ich ansprach, reagierten eine Spur genervt, als ich sie fragte, ob sie die Nacht auf dem Bahnhof oder im Hotel verbringen möchten. Wie sich herausstellte, hatten nicht nur die Züge Richtung südliches Ausland Verspätung, auch ganz gewöhnliche Strecken wie die in Richtung München, Warschau, Budapest oder Hameln wiesen Verspätungen von mehreren Stunden auf. Ich war entsetzt. Mit einem solchen Chaos hatte ich nicht gerechnet.

Ich notierte mit einem Stift, den ich mir von der rundlichen Zeitungsverkäuferin neben dem Saftshop geliehen hatte, die einzelnen Strecken und die Anzahl der Reisenden. So sollte es der Bahnzentrale möglich sein, eine ausreichende Versorgung ihrer wartenden Fahrgäste zu gewährleisten.

Übrigens, als ich den Betroffenen erläutert hatte, für welchen Zweck ich die Informationen brauchte, und sie fragte, ob sie lieber Lachs, Käse oder Geflügel als Häppchen bevorzugten, waren sie alle ohne Ausnahme sehr angetan von meiner Initiative, und der eine oder andere bot seine Unterstützung bei der Befragung an, die ich allerdings dankend ablehnte mit dem Hinweis, dass es bei dieser statistischen Erhebung auf Eindeutigkeit und Zuverlässigkeit ankam, die sich nicht teilen ließen. Das verstanden sie nur zu gut.

Als ich nach mehr als einer Stunde das katastrophale Ergebnis meiner Umfrage den entsetzten Aufsichtsangestellten präsentierte, war das Ansehen der Deutschen Bundesbahn in meinen Augen nicht weit entfernt vom absoluten Nullpunkt.

„Ich hoffe nur, dass Ihre Chefs sich heute Abend nicht so knausrig zeigen. Reichen Sie das weiter."

Die Zahlen auf dem Blatt Papier sprachen für sich. Jedes weitere Wort war überflüssig, wie ich auch dem Mienenspiel der drei hinter dem Tresen entnahm.

Ohne einen Gruß verließ ich den Raum. Nachdenklich und ein wenig desillusioniert, zumindest was das Unternehmen Bundesbahn betraf, steuerte ich eine der hinteren Bänke vor der großen Anzeigetafel an. Es war an der Zeit, mich ein wenig auszuruhen. Die Familie aus Sachsen, die seit mehr als drei Stunden auf ihre Weiterfahrt nach Rostock wartete, hatte volles Verständnis für meine Bitte, die Bank zu räumen. Ich musste einfach einige wenige Minuten allein sein.

6. KAPITEL

Die osteuropäische Autoschieberbande im Nacken

Als ich die Augen nach einem Nickerchen, das ich mir redlich verdient hatte, öffnete, fühlte ich mich wie neugeboren. Mein Blick fiel auf die überdimensionale Bahnhofsuhr, deren großer Zeiger von Sekunde zu Sekunde ruckte. Ich traute meinen Augen nicht. Sollte ich mehr als zwei Stunden geschlafen haben? Und wenn schon, ich hatte bestimmt nichts versäumt. Die Familie aus Sachsen schien in der Zwischenzeit in Richtung Rostock aufgebrochen zu sein, und sosehr ich mich auch umschaute, an keiner Stelle dieser Halle hatte die Bahn in der Zwischenzeit eine mobile Essensversorgung aufgebaut. Das würde wahrscheinlich noch dauern. Eigentlich nicht so dramatisch, die Familie aus Sachsen allerdings würde mit leeren Mägen an der Ostsee ankommen. Vielleicht auch nicht so schlimm, so würden die ersten größeren Umsätze in Meck-Pomm noch heute Abend in einem Wirtshaus oder an einer Dönerbude getätigt. Eigentlich eine clevere Idee, die Wirtschaft in Meck-Pomm anzukurbeln. Die Reisenden in Richtung Ostseeküste sollten, wenn überhaupt, nur mit dem allernötigsten Proviant auf ihren Reisen versorgt werden. Das würde zur logischen Folge haben, dass sie, endlich am Zielort angekommen, hungrig und gierig nach etwas Essbarem Ausschau haltend, aus den Zügen purzeln würden. Die Landesregierung käme im Ausstellen von Genehmigungen für das Aufstellen von Würstchenbuden, Kebabbuden, Grillhütten gar nicht mehr nach. Die Wirtschaft würde Fahrt aufnehmen. Und in der Folge würden Absprachen zwischen der Landesregierung und der

Bundesbahn dafür sorgen, dass die Züge aus dem Süden Deutschlands mehrere Stunden auf offener Strecke aufgehalten werden würden, ohne die Möglichkeit der Versorgung der Reisenden von außen. Geschultes Personal würde in den Abteilen nach allem Essbaren suchen, das die Reisenden mit sich führten, um es aus Hygienegründen und für einen guten Zweck zu konfiszieren. Die überwiegende Zahl der Reisenden würde, mit Hinweis auf den guten Zweck, ohne zusätzlichen Druck durch das geschulte Personal ihre Wegzehrung herausgeben. Da war ich mir sicher. Einige Stunden Aufenthalt auf offener Strecke, die Wirtschaft in Meck-Pomm würde boomen. Allerdings müsste der Bahnhofsvorplatz in Rostock, einen solchen gab es vor jedem größeren Bahnhof, wie ich wusste, vom Fahrzeugverkehr geräumt werden. Dauerparkplätze würde es auch keine mehr geben. Kleine Opfer im Sinne der Sache an sich wären sicherlich nicht das Problem der Küstenbewohner. Für die Parkplätze und den flüssigen Verkehr bekamen sie ihre Versorgungspoints, wie ich die Nahrungsausgabestellen jungunternehmerisch nennen wollte. Frisch, modern und verlockend. Für die Werbeindustrie in Meck-Pomm ein gefundenes Fressen.

Wie einfach es eigentlich ist, sich am Aufschwung Ost zu beteiligen, sich aktiv mit einzubringen. Ich staunte nicht zum ersten Mal über die Möglichkeiten, die sich da auftaten, wenn man nur bereit war, sich Gedanken zu machen. Im Sinne der Sache.a

Ich musste mir meine Überlegungen unbedingt notieren, um sie bei Gelegenheit, wohl fein ausformuliert, der Staatskanzlei in Schwerin vorzulegen.

Aus Mangel an anderen Möglichkeiten machte ich mir einige wenige Notizen in meinem Kalender für Jungpioniere von 1966. Auf Seite 101, in den Zeilen vom 18. bis zum 20. Oktober. Auf der linken Seite des aufgeschlagenen Kalenders wurde den wissbegierigen Jungpionieren erläutert, wie man eigentlich richtig lernt. Die Hälfte hätten sie bereits geschafft, wenn sie in den Stunden gut aufpassen und mitmachen würden, stand da geschrieben. Das sah ich genauso. Aufpassen, mitmachen, sich einbringen. Eigentlich eine Dollinger-Devise. Ein Lebensgrundsatz. Mit solchen fundierten Ratschlägen bereits in den ersten Schuljahren versorgt, war es mir ein Rätsel, dass so viele dieser ehemaligen Jungpioniere Mühe hatten, mit den Vorgaben des real existierenden Kapitalismus Schritt zu halten. Zumindest in den ersten Jahren, sozusagen in der Gewöhnungsphase.

Den Stift, den ich mir geliehen hatte, würde ich noch eine Weile behalten.

Wie ich in meinen Gedanken gerade dabei war, die ersten Früchte des wirtschaftlichen Aufschwungs in Meck-Pomm zu ernten, und gleichzeitig registrierte, dass noch immer kein Zug in Richtung Süden auf der großen Anzeigetafel angekündigt wurde, entdeckte ich zwei Bankreihen vor mir einen klapprigen grauhaarigen Mann, versteckt in einem mehrere Nummern zu groß ausgefallenen Ledermantel, der pantomimisch versuchte, die vor ihm sitzenden Reisenden, zwei ältere Herrschaften mit lichtem Haarschopf, zu unterhalten. Mit weit ausfahrenden Gesten, den Blick im Wechsel an die Hallendecke und in Richtung der Männer gerichtet, mühte er sich, die Stimmung der beiden Wartenden zu verbessern.

Dass dieses Vorhaben nicht einfach war, hatte ich selbst bei meiner Befragung der zum Teil gereizten Reisenden am Nachmittag erfahren müssen. Ein um das andere Mal hatte ich versucht zu scherzen, ohne größeren Nachhall zu ernten. Erst mein Hinweis auf die zu erwartende Gourmetversorgung durch die Bahn ließ das Eis dann ein wenig schmelzen.

Der Mann im Mantel, der ihm bis auf die verstaubten Schuhe fiel, schüttelte ein um das andere Mal den Kopf, sodass die schulterlangen graue Haare wie die Mähne eines übermütigen Kaltblutes hin und her peitschten. Sein Engagement war unübersehbar.

Es war nicht ausgeschlossen, dass die Bahn, sozusagen in Vorbereitung auf die lukullische Verzückung, die nachvollziehbar in der Vorbereitung ihre Zeit benötigte, einige Kleinkunstkünstler, so nannte man sie wohl, engagiert hatte, um den wartenden Reisenden die Zeit zu vertreiben. Allerdings konnte ich nirgendwo anders in der Halle einen weiteren Künstler ausmachen. Es war sicherlich keine leichte Übung, innerhalb von kürzester Zeit einen dieser vielbeschäftigten Akteure unter Vertrag zu nehmen. Sie hatten ihre laufenden Verträge mit den Besitzern von Restaurants und Eisdielen, mit den Organisatoren der Flohmärkte, der Stockcarrennen und mit den Stadt- und Gemeindevertretern bereits Anfang des Jahres unter Dach und Fach gebracht. Sie konnten also nur noch aus ihren Verträgen rausgekauft werden. Die Anstrengungen der Bahnvertreter während der Verhandlungen unter enormem Zeitdruck und mit eindeutiger Zielvorgabe durch den Bahnvorstand waren alles andere als Honigschlecken. Aber die Bahn hatte es geschafft. Vor mir stand dieser eloquente Mantelmann mit weißem Rüschenhemd, einem aufgesetzten und vorn geschlossenen Hemdkragen und einem blassen Kreuz vor der Brust, das, an eine fasrige Kordel geknüpft, bei jeder Bewegung hin und her schlug.

Ich konnte nicht hören, was er zu den immer mehr in sich zusammenfallenden Reisenden sagte, allerdings entnahm ich der Reaktion der beiden Zuhörer, dass sie sichtlich beeindruckt von den Worten des Mannes waren. Der eine der beiden schnäuzte in ein Taschentuch, so gerührt schien er zu sein, während der andere sich, am ganzen Körper bebend, nach rechts wegdrehte, wahrscheinlich, um sich vor Lachen auszuschütten. So jedenfalls interpretierte ich aus einigen Metern Entfernung das Verhalten der älteren Herrschaften.

Als der Mantelmann eine Pause einlegte, die seit geraumer Zeit nach oben gestreckten Arme fallen ließ und einen Schritt nach hinten trat, um die vor ihm sitzenden Zuhörer wieder zu Atem kommen zu lassen, nutzte ich diesen Moment, um ihn zu mir zu winken.

„Mein Freund, könnten Sie einen Augenblick herkommen?" Ich räusperte mich vielsagend und schickte ihm ein breites Lächeln, sozusagen als gut gemeinte Einladung, rüber.

Nur zu gern nahm der Ledermantelmann diese Einladung an. Ohne sich von den beiden Reisenden zu verabschieden, stelzte er die zwei Bankreihen entlang zu mir nach hinten, um sich dann einen Meter vor mir in pfauenhafter Pose aufzubauen.

„Ich habe Ihre Vorstellung beobachtet. Und alle Achtung, mit Ihnen hat die Bahn tatsächlich einen guten Griff getan. Bitte setzen Sie sich doch."

Meinen Koffer schob ich an den äußersten Rand der Bank und rückte an die Seite, sodass der Mantelmann bequem Platz nehmen konnte.

Der Kleinkunstkünstler dachte jedoch nicht daran, an meine Seite zu rücken. Ich hatte mehrfach gelesen, dass gelernte Schauspieler, und eine solche Ausbildung setzte ich bei dem plattnasigen Mann, dessen gedrehter Kinnbart ihm bis auf die knabenhafte Brust reichte, voraus, sehr häufig so in ihren Rollen aufgehen, dass sie zwischen Schauspiel und wahrem Leben nicht mehr unterscheiden konnten. Das an sich war kein Problem für diese Menschen, brachte sogar in vielen Situationen für sie einen Vorteil mit sich. Wenn ich mir zum Beispiel vorstellte, dass ein zurzeit arbeitsloser Schauspieler, der bei seinem letzten Engagement den König Lear gespielt hatte, auf dem Arbeitsamt vorstellig wird. Noch tief in seiner letzten Rolle lebend, agiert er im Amt in einer Art und Weise, dass er in wenigen Minuten von einem dieser Amtsbediensteten ein neues Engagement in Aussicht gestellt bekommt, und sei es auf der Freilichtbühne in Rovaniemi am Polarkreis. Im Winter.

„Keine falsche Bescheidenheit. Auch ich arbeite im weiteren Sinne für die Bahn. Wie Sie sehen, haben wir also denselben Arbeitgeber, wenngleich ich keine Gage beziehe, wie Sie sie wahrscheinlich in mühevollen Gesprächen mit dem Vorstand ausgehandelt haben. Ich hoffe natürlich zu Ihrer Zufriedenheit."

Bei den letzten Worten zwinkerte ich ihm zu, erntete jedoch wie auch zuvor keine Reaktion.

„Ich stehe der Bahn sozusagen auf Honorarbasis in Krisensituationen zur Verfügung. Und da erinnern Sie mich tatsächlich daran, dass ich bisher kein Honorar ausgehandelt habe. Es war allerdings auch zu viel los an diesem Tag. Ich bin einfach nicht dazu gekommen."

Flugs sprang ich auf und zog meinen Kalender für Jungpioniere aus der Gesäßtasche, um unter den Notizen, die meine zukünftige Zusammenarbeit mit der Landesregierung in Meck-Pomm betrafen, den Punkt Honorarverhandlung zu notieren.

„Danke, ich hätte das wieder vergessen. Aber von irgendetwas muss der Mensch ja leben. Sie haben Recht! Eigentlich ist mir Geld nicht so wichtig. Nach Spanien gehe ich auch in erster Linie wegen der Herausforderung. Und um Arbeitsplätze zu schaffen, für die beiden Bodybuilder, Entschuldigung, Ex-Bodybuilder muss ich korrekterweise sagen. Ich mache in Immobilien, wissen Sie."

Bislang hatte der Ledermantelmann mit dem platten Riechorgan, dem gedrehten Kinnbart und dem Kreuz vor der Brust geschwiegen. Er hatte mich fixiert und mich im übertragenen Sinn mit seinem professionellen Blick abgeklopft.

Natürlich musste er sich erst einmal ein Bild von seinem Gegenüber machen. Nur zu verständlich. Als Künstler. Mit einem solchen Repertoire.

Während ich meinen Kalender zurück in die Tasche schob, legte der Mann mit dem Kreuz vor der Brust seine Hände, deren Handflächen sich warm und feucht zugleich anfühlten, wie ich unter meinem Anzug bereits nach einem Bruchteil von Sekunden spürte, auf meine Schultern. Wie hypnotisiert rutschte ich im Zeitlupentempo auf die Bank zurück. Was für eine Aura, dachte ich bei mir, während der Mantelmann seine ersten Worte zu mir sprach.

„Die Zeit ist reif für deinen Weg. Der Herr wird dich begleiten und dir zur Seite stehen. Wie den Indianern in Amerika, die sich auf die Reise machen, um das gelobte Land ihrer Vorfahren zurückzuerobern. Er wird dich begleiten und beschützen."

Meine Theaterbesuche konnte ich an den Fingern einer Hand abzählen, da benötigte ich nicht einmal alle fünf. Gut möglich, dass der schauspielernde Kleinkunstkünstler also eine Textstelle aus einem Stück zitierte, von dem ich bisher weder gehört noch gelesen hatte. Gut möglich. Ich nickte ihm freundlich und ich glaube auch eine Spur verlegen zu.

Der Künstler vor mir hatte sofort meine Textunsicherheit bemerkt und legte nach.

„Dein Weg und der Weg der amerikanischen Indianer führen zu einem Ziel, zu einem gemeinsamen Ziel, das euch verbindet, von Gott gewollt und beschützt."

Während ich angestrengt überlegte, inwieweit der Text, den der Mantelmann rezitierte, aus einem klassischen Theaterstück oder doch eher als Erkenntnis aus dem Pressestudium der zurückliegenden Tage stammte, fuhr der Schauspieler fort.

„Ich sehe Wälder und Auen, aus Ton errichtete Hütten, vor denen die Nachfahren Winnetous am wärmenden Feuer ihre Friedenspfeife rauchen, und ich sehe die Büffel auf der Weide und das Korn in den Kammern. Der Herr wird euch beschützen, dich und die amerikanischen Indianer, auf dem Weg zu ihm."

In mir wuchs eine Unsicherheit, die sich unter Umständen aus meiner Unkenntnis dem Schauspiel an sich gegenüber erklären ließ. Und wenn es nun jedoch gar kein klassisches Theaterstück war, aus dem der Kleinkunstkünstler rezitierte, wenn er in seiner eigenen schauspielernden Art mir die Botschaft der internationalen Ereignisse der vergangenen Tage vermitteln wollte? Eben auf seine künstlerische Art. Ich spürte den sanften, zunehmenden Druck in meinem Leib und einen feinen rechtsdrehenden Schwindel, der sich aufmachte, meine unteren Extremitäten aus dem Gleichgewicht zu hauen. Nur gut, dass der Mantelmann mich auf die Bank gedrückt hatte. Unzweifelhaft wäre ich in diesem Moment wie ein Taschenmesser zusammengeklappt.

„Meinen Sie wirklich, dass die amerikanischen Indianer auf dem Weg nach Spanien sind?"

Fast flehentlich sah ich ihn an. Mit deutschen Konkurrenten auf dem umkämpften Immobilienmarkt in Spanien hatte ich gerechnet, aber nicht mit amerikanischen Indianern.

„Sind die Besitzverhältnisse denn nicht geklärt? Ich dachte, das hätte die spanische Regierung bis heute alles unter Dach und Fach gebracht."

Statt einer Antwort griff der Schauspieler in seine rechte Manteltasche und zog ein kleines orangefarbenes, an den Ecken leicht angestoßenes Kärtchen heraus. Während er mir das Kärtchen mit einer schwungvollen Geste in die Hand drückte, gab er mir noch einen wohlgemeinten Rat mit auf die weitere Reise.

„Der Weg ist vorgezeichnet und wir sind viele. Traue deinem Nächsten und vertraue dir."

Während ich den kleingedruckten Text auf der Karte las, stürmte der Ledermantelmann durch die Halle in Richtung Ausgang.

„Karsten Werner Seybrich. Wanderprediger. Ohne Anschrift, ohne Nummer", stand da.

Auf der Rückseite des Kärtchens war ein indianischer Federschmuck abgebildet, unzweifelhaft der Schmuck eines dahingeschiedenen einflussreichen Häuptlings.

Das Zusammentreffen mit dem Wanderprediger Karsten Werner Seybrich hatte mich zutiefst beeindruckt und gleichzeitig verunsichert. Seine wohlformulierten Worte, die ich unzweifelhaft als Botschaft deutete, hatten einen tiefen Eindruck bei mir hinterlassen.

In diesem Augenblick wurde mir klar vor Augen geführt, wie ernst ich meine neue Herausforderung in meinem zweiten Mutterland nehmen sollte. Nicht, dass ich bisher davon ausgegangen war, mir würde in Benicarlo, wäre ich erst einmal vor Ort, alles in den Schoß fallen, nein, ganz im Gegenteil, aber jetzt spürte ich sozusagen den Gegenwind, das raue Klima an der Immobilienfront zum ersten Mal hautnah. Nicht nur ich, Dollinger, hatte die Chance auf Spaniens Immobilienmarkt erkannt, nein, auch aus Amerika würden sie kommen, über den großen Teich, die Indianer aus den Reservaten.

Ich war bereit, diese Herausforderung anzunehmen! Kämen sie als Freunde, würden sie keine Schwierigkeiten mit mir bekommen. Kämen sie jedoch als Feinde, Beilchen und Nüsschen wären in null Komma nix an meiner Seite. Und wenn es die brisante und aufgeheizte Lage erforderlich machen würde, die beiden kampferprobten Asiaten hatte ich in der Hinterhand.

Bei diesem Gedanken fühlte ich mich eine Spur wohler. Schwindel und Schmerzen verschwanden, so plötzlich, wie sie sich eingestellt hatten.

Ich beschloss, mein Nachtlager auf der Bank einzurichten. Dieser Platz war der strategisch günstigste, und weshalb sollte ich weitere Energie vergeuden, nur um eine andere Schlafgelegenheit ausfindig zu machen? Diese Entscheidung war also der Vernunft geschuldet.

Über die Nacht auf dem Bahnhof ist nichts Erwähnenswertes zu berichten, bis auf den Umstand, dass die Bahn es nicht geschafft hatte, die wartenden Reisenden mit zusätzlichen Häppchen zu versorgen. Der Bahnvorstand spielte auf Zeit. Allerdings konnten die Reisenden, deren Züge zum Teil beträchtliche Verspätungen aufwiesen, nun allerdings auch nicht davon ausgehen, dass Dollinger alles regeln würde. Da müssten sie sich im eigenen Interesse auch einmal bewegen. Angeschoben hatte ich ja alles.

Um 13.30 Uhr des nächsten Tages rollte der Autozug aus dem hauptstädtischen Bahnhof. Konkret zu der Zeit, die ich mit dem Auskunftspersonal vereinbart hatte. Ich freute mich über diesen Verhandlungserfolg und fragte mein Gegenüber, einen kugligen Mitfünfziger, ob es ihn freue, dass wir so pünktlich abfahren. Der Mann schien meine Frage zuerst nicht zu verstehen. Statt einer Antwort grinste er mich freundlich an und nickte mehrfach in meine Richtung, in einer Art, die er sich wahrscheinlich von seinem Wackeldackel abgeschaut hatte. Allerdings ließ ich nicht locker. Es ärgerte mich ein wenig, dass mein Gegenüber die pünktliche Abfahrt des Zuges als Selbstverständlichkeit hinnahm, so als wäre sie ein Naturgesetz. Dem war nicht so, leider. Ich benötigte mehr als eine Stunde, um den Kugelbauchmann von meinem Verhandlungsgeschick in Sachen Pünktlichkeit der Bahn und Service im Allgemeinen zu informieren. Der runde Mann war am Ende meiner Ausführungen nicht nur beeindruckt, nein, es verschlug ihm glatt die Sprache. Fast. Beim Verlassen des Abteils fragte er mich noch, ob ich die Absicht hätte, heute noch das Zugrestaurant aufzusuchen. Ich verneinte seine Frage mit dem Hinweis, dass der freundliche Zugbegleiter, der die verlängerte Gültigkeit meiner Fahrkarte und auch der Platzkarte ohne Murren mit einem eilig herangeschafften Stempel auf mein Drängen hin amtlich bestätigte, uns am nächsten Morgen, wenn wir bereits auf französischem Boden fahren, ein opulentes Frühstück servieren wird.

„Da halte ich mich zurück. Sie wissen ja, Vorfreude ist die schönste Freude."

Ein Lächeln zog sich wie eine aufgehende Sonne in das runde Gesicht des Mannes, als er sich bei mir für diese Information bedankte und in Richtung Bordrestaurant stürmte.

Ich sah den Mann erst kurz vor Ende unserer Fahrt wieder und wollte von ihm wissen, wo er denn in der Nacht gesteckt hat. Das Bordrestaurant schloss bekannterweise ab 22 Uhr und öffnete erst um sechs Uhr morgens für die Reisegäste der Schlafwagenabteile. Und wir hatten einen Platz in einem Liegewagen. Wo hat er die ganze Zeit gesteckt?

Allerdings war der Mann so sehr damit beschäftigt, seine persönlichen Sachen zusammenzupacken, dass er keine Zeit mehr fand, auf meine Frage zu antworten. Es gelang ihm nicht einmal, sich vor dem Ende der Fahrt von mir zu verabschieden. Irgendwie kam er mir gehetzt vor. Wie auf der Flucht. Und es fiel mir auch auf, dass er mir nicht in die Augen sehen konnte.

Sollte ich wieder einmal Dank meines kriminalistischen Spürsinns auf eine heiße Spur gestoßen sein? Ich musste an die osteuropäischen Autoschieberbanden denken, über die wir in der Bahnhofsauskunft diskutiert hatten. Während der nächtlichen Fahrt hatte ich allerdings nichts Außergewöhnliches bemerkt.

Mit dem dritten Reisegast in unserem Abteil wechselte ich mich in der nächtlichen Abteilwache alle zwei Stunden ab, wenngleich der kahlköpfige Opa, der seinen Sohn in Denia besuchen wollte, alles andere als begeistert über meinen straffen Securityplan gewesen war. Er hatte wohl angenommen, dass Dollinger sich allein und ausschließlich die Nacht um die Ohren schlägt und seine Träume bewacht. Da hatte er falsch gedacht. Wenn er schon sicher reisen wollte, dann nicht auf

Kosten der anderen Fahrgäste. Ich hatte ihm das klipp und klar gesagt und er hatte es dann wohl auch verstanden. Jedenfalls gab es in der Nacht zwischen uns keine Diskussionen mehr.

Als der Zug im Bahnhof von Narbonne einfuhr, hatte ich bereits beschlossen, dass ich mir auf jeden Fall die Nummer des Fahrzeugs von dem Kugelmann notiere. Bis zur Abfahrt meines Busses in Richtung Spanien hatte ich sowieso knapp drei Stunden Aufenthalt. Wieso sollte ich diese Zeit nicht nutzen und in Bezug auf die Autoschieberbanden nicht einige wenige Recherchen anstellen?

Der Busbahnhof war dem Bahnhof in Narbonne vorgelagert. Die Reisenden, die mit dem eigenen Wagen ihre Reise angetreten hatten, liefen schnurstracks in Richtung des ersten Busses, der bereits mit laufendem Motor auf die Autobesitzer wartete. Ich nutzte die Unübersichtlichkeit der aktuellen Situation und mischte mich unter die Fahrzeughalter, immer darauf bedacht, den Kugelmann im Auge zu behalten.

Nach fünf Minuten rasanter Busfahrt, für die man auf der Kirmes einen stattlichen Preis hätte zahlen müssen, waren wir an einem winzigen Nebenplatz des Narbonner Bahnhofs angekommen. Hier drängten die Autobesitzer dynamisch nach vorn, bis es für sie an einem rot-weiß markierten Schlagbaum nicht mehr weiterging. Ein französischer Uniformierter hielt seine Hand auf den Schlagbaum und öffnete ihn erst, als die Wagons mit den Fahrzeugen der Reisenden bereits mehr als zwanzig Minuten auf dem Abstellgleis standen. Ich vermutete hinter dem Verhalten des Uniformierten eine Art Training des Selbstwertgefühls. In den Gesprächsrunden der Psychiater und Therapeuten ließ es sich in der Regel ohne Schrammen und Beulen diskutieren, immer des Schutzes der Gruppe und des Fachmanns beziehungsweise der Fachfrau sicher. Draußen, im Dschungel des alltäglichen Lebens, kam es allerdings darauf an, sich zu behaupten. Die Erkenntnisse aus der Gruppe waren hier nur so viel wert, wie man in der Lage war, sie im zwischenmenschlichen Chaos einzusetzen und – besonders wichtig – auszuhalten.

Der französische Uniformierte spannte den Bogen ziemlich straff, allerdings kannte er seine Grenzen genau. Als die Menge, in der es zu kochen und zu brodeln begann, drauf und dran war, den Schlagbaum niederzureißen, um das nachfolgende französische Territorium zu okkupieren, ließ er die Holzstange nach oben schnellen.

Dem wütenden Brubbeln und einigen unfeinen Äußerungen der vorbeistürmenden Fahrer begegnete er mit einem süffisanten Lächeln. Er hatte seine Lektion gelernt.

Der Kugelbauchmann, der es im Zug so eilig hatte, fuhr einen braunen Peugeot mit dem Berliner Kennzeichen B TT 213.

Ich hatte den Stift vom hauptstädtischen Bahnhof einfach behalten, und ich wunderte mich, dass ich nicht einmal ein schlechtes Gewissen hatte, als ich mir die Nummer des Fahrzeugs notierte. Das lag bestimmt auch daran, dass ich diesen Stift nicht für meine privaten Zwecke einsetzte. Ich löste also keine Kreuzworträtsel oder schrieb Grußkarten an Bekannte und Verwandte. Nein, der Stift diente mir sozusagen einzig und allein als Arbeitsmittel im Rahmen der Ausübung meiner bürgerlichen Pflichten.

Narbonne als Stadt ist übersichtlich und nicht besonders attraktiv. Das gleißende Sonnenlicht, das sich an diesem Nachmittag wie ein schwerer Teppich aus unzähligen Edelsteinen auf die verstaubten Blätter der zurechtgestutzten Platanen entlang des ausgedörrten Flussbettes legte, machte die von Hundekot und Müll gesäumte Allee nicht beeindruckender. Die Allee führte direkt auf das unscheinbare Haus zu, in dem die französische Polizei residiert, gleich neben der Markthalle.

Der französische Polizist im Amt verstand kein Wort Deutsch. Ich maß dieser Unkenntnis zuerst keine weitere Bedeutung zu, bis zu dem Zeitpunkt, als sich herausstellte, dass keiner der französischen Beamten ein Wort Deutsch sprach. In der polizeilichen Einsatzzentrale in Narbonne versahen vier Beamte ihren Dienst. Und keiner von ihnen beherrschte auch nur ansatzweise eine Fremdsprache. Ich versuchte es mit Englisch und natürlich mit meiner zweiten Muttersprache. Fehlanzeige. Das hatte ich nicht erwartet. So viel Nachholbedarf im polizeilichen Dienst in Frankreich. Einem unserer Nachbarländer. Mir wurde ganz mulmig und flau im Magen, da half auch der Milchkaffee nicht, der mir vorgesetzt wurde. Natürlich waren sie jetzt sehr bemüht, nachdem ich ihr größtes Defizit sozusagen im Vorbeigehen aufgedeckt hatte.

Wie aber sollte eine internationale polizeiliche Strategie ausgearbeitet und eine länderübergreifende polizeiliche Taktik durchgesetzt werden, wenn die französischen Polizisten nicht in der Lage waren, sich zu verständigen? Ging man in Frankreich vielleicht davon aus, dass die Deutschen oder Polen das internationale Verbrechen schon in den Griff bekommen würden? Ich konnte nur hoffen, dass die Gendarmerie in Spanien weitaus mehr auf Zack war.

Den Milchkaffee ließ ich unberührt stehen, sozusagen zu verstehen als stummer Protest eines überzeugten Internationalisten.

Es hatte wenig Sinn, die Beamten das Kennzeichen des Kugelmann-Fahrzeugs notieren zu lassen, um sie dann zu bitten, eigene Nachforschungen in Verbindung mit den osteuropäischen Schieberbanden anzustellen. Also ließ ich es sein.

Mit Mühe gelang es mir, den Stuhl vor dem einzigen Faxgerät im spärlich möblierten Raum des polizeilichen Amtes in Beschlag zu nehmen. Ich hatte es aufgegeben, mich in irgendeiner internationalen Sprache mit den Polizisten zu verständigen. Stattdessen bemühte ich meine wenigen Kenntnisse in der Gebärdensprache. Nur so und mit einigen wenigen, dafür jedoch umso deutlicheren Gesten brachte ich es fertig, dass sie mir das sichtbar wenig – wenn überhaupt – benutzte Buch mit den internationalen Postleitzahlen, Telefonnummern und Faxnummern und ein unbeschriebenes Blatt Papier zur Verfügung stellten.

Mit dem geborgten Stift schrieb ich an den Präsidenten der Berliner Bahnhofspolizei und bat ihn um Unterstützung bei der länderübergreifenden Zerschlagung der osteuropäischen Autoschieberbanden. Ich teilte ihm mit, dass ich höchstwahrscheinlich auf eine heiße Spur gestoßen war, und bat ihn, das Berliner PKW-Kennzeichen B TT 213 zu überprüfen. Ich informierte ihn auch, dass es keinen Sinn machen würde, mit den französischen Kollegen vor Ort zusammenzuarbeiten. Deren Deutschkenntnisse entsprachen einer glatten Sechs, und bei uns in Deutschland hätte keiner dieser französischen Beamten die anspruchsvollen Abschlussprüfungen im Rahmen der Polizeiausbildung bestanden. Vielmehr sollte er mich in Benicarlo kontaktieren. Die Anschrift würde ich ihm sobald als möglich mitteilen.

Zum Schluss meines kurzen Schreibens an den Berliner Bahnhofspräsidenten fragte ich ihn, wie weit er im Organhandelsfall vorangekommen sei. Konnte er die Verbindungen nach New York und nach Hongkong nachweisen? Falls es Schwierigkeiten geben sollte, wäre ich durchaus bereit, in zwei bis drei Wochen auf einen Sprung nach Berlin vorbeizukommen. Diese Zeit benötigte ich allerdings, um mein Maklergeschäft ins Laufen zu bringen.

Wenigstens konnte einer der französischen Polizisten das Faxgerät bedienen. Nachdem ich den Beamten in einem kurzen Vortrag – vorwiegend gestikulierend und mit Einsatz meiner mimischen Möglichkeiten – die Bedeutung des Erlernens der deutschen Sprache ans Herz gelegt hatte, verließ ich das staubfarbene Gebäude, um mich in Richtung Busbahnhof auf den Weg zu machen. Eins war mir nach meinem Besuch im französischen Amt in Narbonne klar geworden: Auf die Unterstützung der französischen Polizei im Rahmen der internationalen Verbrechensbekämpfung musste das neue Europa verzichten. Zumindest noch die kommenden Jahre.

Die verbliebene Zeit nutzte ich, um mir bei McDonald's eine Buttermich servieren zu lassen. Auch diese Bestellung war mit Schwierigkeiten verbunden, wollte man mir doch durchaus weismachen, dass sie keine Buttermich vorrätig haben. Allerdings kannte ich mich in den McDonald's-Läden, die anscheinend auf der ganzen Welt dieselbe Raumaufteilung hatten, ganz gut aus. Und auch hier in Narbonne wurde die angesäuerte und eingedickte Milch im hintersten Lagerraum zum Abtransport am Wochenende verwahrt. Als ich die freundliche schlitzäugige Bedienung zu dem angesprochenen Raum führte und ihr die verfallene Milch zeigte, reagierte sie zuerst mit Unverständnis. Nachdem ich jedoch nach zwei Flaschen mit dem eingedickten Inhalt griff und ihr klarzumachen versuchte, dass ich gerade diese Milch haben wollte, packte sie mir zwei weitere Flaschen in eine Papiertüte und schob mich in Richtung Ausgang. Ich brauchte keinen Pfennig zu bezahlen, nicht mal einen Franc. Es geht doch, dachte ich bei mir und verließ zufrieden das Restaurant.

Wenig später saß ich in einem laut tuckernden Bus, der aus der Nachkriegszeit stammen musste und dessen Motorengeräusche kein Gespräch der schweißgebadeten Reisenden untereinander zuließ. Gewollt oder nicht gewollt wurde so jede verbale Kontaktaufnahme mit dem Sitznachbarn unterbunden. Das gab mir Zeit, über meine naheliegenden Aufgaben nachzudenken, während links und rechts die immer karger werdenden Landschaften an mir vorbeiflogen. Pinienwäldchen lösten sich mit staubigen Äckern ab, auf deren roter Erde knorrige Olivenbäumchen wuchsen und fußballgroße Melonen zum Ernten bereitlagen. Vereinzelt machte ich zwischen üppigen Oleanderbüschen und kargem Felsgeröll ein landestypisches Häuschen aus. Häufig flankiert von einigen in den Himmel ragenden Palmen.

Auf der linken Seite begleitete uns, nachdem wir die Grenze zwischen Frankreich und Spanien überquert hatten, das azurfarbene Mittelmeer.

Ich konnte mich gar nicht sattsehen, und so wie mir schien es den meisten der mitfahrenden Touristen zu gehen, die sich allerdings im Gegensatz zu mir in zwei oder allerhöchstens drei Wochen wieder auf den Weg zurück nach Deutschland, Holland, Schweden oder Finnland machen würden.

Ich allerdings war nicht als Tourist gekommen, wahrlich nicht. Noch am heutigen Abend musste ich mir eine Unterkunft besorgen. Über die an allen spanischen Orten ansässigen Touristeninformationen sollte es kein Problem sein, für die nächste Zeit ein preisgünstiges Zimmer vermittelt zu bekommen. Wenn ich schon mal die Touristeninformation in Anspruch nahm, würde ich mich auch gleich nach freien Büroräumen erkundigen und mich bei der Auswahl eines geeigneten Raums beraten lassen. Mir war klar, dass ich in dieser Sache unbedingt den Rat der Einheimischen benötigte, ein Fehlgriff bei der Auswahl der Büroimmobilie konnte verheerende Folgen nach sich ziehen. Bereits wenige Schritte abseits der Bummelmeile gelegen, würde sich, nur ganz grob überschlagen, nicht einmal jeder dritte Interessent in mein Büro verirren. Die Umsatzzahlen wären dementsprechend. Also, es galt den wichtigsten aller wirtschaftlichen Grundsätze, Fehler zu Beginn der Existenzgründung zu vermeiden, zu beachten. Ich war ja kein Grünschnabel in dieser Hinsicht. Nach meinen ersten vorsichtigen Schritten in der Marktwirtschaft, wie ich die Vorbereitung meiner Vernissage und die Verwaltung einer Galerie durchaus selbstbewusst beurteilte, wollte ich, auch ausgerüstet mit dem theoretischen Rüstzeug, das mir der Chefredakteur der „Bellen" zur Verfügung gestellt hatte, jetzt durchstarten.

7. Kapitel

Bekanntschaft mit dem dubiösen Goldkettenmann

Kurz nach 20 Uhr traf der rumpelnde Bus in Peniscola ein. Der Fahrer des Busses, der übrigens während der gesamten Fahrt einen Hörschutz trug, war in Höhe der Abfahrt nach Benicarlo einfach nicht von der viel befahrenen Fernstraße, die sich wie ein anschmiegsames Band entlang der Autobahn Richtung Süden zog, abgefahren. Ich hatte ihm, nachdem ich seinen Fauxpas bemerkt hatte, deutlich zu verstehen gegeben, dass er einen Fehler mache; mehr als ein Grinsen als Reaktion erntete ich allerdings nicht.

Peniscola lag circa fünf Kilometer südlich von meinem eigentlichen Fahrziel, nach meinen persönlichen Berechnungen etwa 1800 Kilometer von Berlin entfernt. Auf den letzten Kilometern bis zum Ortszentrum säumten unzählige überdimensionale Plakate den Straßenrand, auf denen für den Besuch von Hotels und Badelandschaften geworben wurde, und ich entdeckte einige großformatige Werbeschilder, die eine dynamische Bautätigkeit in dieser Region vermuten ließen. Es musste ja nicht unbedingt Benicarlo sein, dachte ich noch bei mir und musste innerlich schmunzeln.

Als der Bus nach der Einfahrt in einen Kreisverkehr nur wenige Meter entfernt vom Mittelmeer hielt und die verbliebenen vier Reisenden, einschließlich Dollinger, ausgestiegen waren, jaulte der Motor des Busses wie befreit auf und das Fahrzeug verschwand hinter einer dicken stinkenden Abgasfahne auf einer winzigen geteerten Straße, die sich zwischen weiß gepuderten Häuschen am Horizont verlor.

Meine drei Mitreisenden schienen genau zu wissen, wohin sie wollten. Ehe ich mich's versah, stand ich mutterseelenallein am Bordstein eines spanischen Kreisverkehrs, vor mir das hier weniger azurblau scheinende als milchig graue Mittelmeer, das träge seine Wellen auf einen meterbreiten Sandstrand warf, der zumindest an dieser exponierten Stelle diesen Namen nicht verdiente. Während in der Ferne auf dem Wasser, zwischen silbrig schimmernden Pailletten, die schneeweißen Segel der Boote sich sanft in den ablandigen Wind legten, türmten sich hier an der Küste Müllberge von Flaschen, Cola- und Bierbüchsen sowie unzähligen Kunststofftüten. Ich war entsetzt. Allerdings konnte ich mich im Moment meines Ankommens in Spanien nicht zuallererst um Naturschutz und Recycling kümmern. Da wird es doch wohl auch hier in Spanien eine Art Ministerium dafür geben. Ganz sicher. Und sollten die hochbezahlten spanischen Staatsdiener entsprechende Fachfragen haben, dann konnten sie sich ja ab jetzt an Dollinger wenden. Aber bitte frühestens in einigen Wochen. Sollten sie die einzelnen Fragen doch sammeln und dann weiterreichen.

Hinter mir zog sich eine breite, grau-grün gesprenkelte Hügelkette in den Himmel, hinter der sich die untergehende Sonne zurückgezogen hatte und an deren Meerseite unzählige Häuschen klebten. Zwischen den einzelnen Häuschen – an manchen Stellen entdeckte ich allerdings auch einige wenige Wohnanlagen – gab es atemberaubend viel Land – korrekterweise müsste ich sagen, atemberaubend viel Fels, aber das war mir zum Zeitpunkt meiner Ankunft in meinem zweiten Mutterland noch nicht bekannt –, das ich im Sinne von Bauland nach dem ersten Eindruck als geeignet beurteilte.

Innerlich gratulierte ich mir zu meinem Entschluss, die Abfahrt nach Benicarlo nicht genommen zu haben, wenngleich ich in diesem Zusammenhang den Anteil an der Entscheidung, die der spanische Busfahrer an ihr hatte, nicht unter den Tisch fallen lassen wollte. Aber mir war natürlich bewusst, dass ich hier in meinem zweiten Mutterland auf die Hilfe und Unterstützung der Einheimischen angewiesen war, zumindest zu

Beginn meiner Maklertätigkeit, und das betraf also nicht nur die Suche nach Unterkunft und geeigneten Büroräumen.

Zur rechten Seite, zu Beginn der Puderhäuschenallee, die der Busfahrer gerade entlanggeprescht war, entdeckte ich den Eingang zum *La comisaria de policia*, und links von mir, vielleicht fünfzig Meter entfernt, stand das von mir bereits erwähnte Touristenbüro.

Der spanische Busfahrer hatte mich tatsächlich an der strategisch bedeutendsten Stelle in Peniscola abgesetzt. Alle Achtung.

Ich schnappte mir den Koffer, schob ihn unter den Arm und machte mich auf in Richtung des Touristenbüros, das die Form eines kleinen niedersächsischen Teehäuschens hatte.

Das Touristenbüro in Peniscola hatte bereits um 20.25 Uhr geschlossen. So spät war es, als ich an der einzigen Klinke, die das Haus zu bieten hatte, zerrte und rüttelte. Wie ich auf dem vergilbten Schildchen mit den Öffnungszeiten las, wurde es täglich ab 18 Uhr geschlossen. Ich verstand die Welt nicht mehr. Wie, bitte sehr, sollte ich jetzt an eine Unterkunft kommen? Wie an meine Büroräume? Konnten sich die leitenden Mitarbeiter des spanischen Tourismusverbandes eigentlich vorstellen, was es bedeutet, wenn ein auf Leistung ausgerichtetes Maklerbüro für einen Tag geschlossen blieb oder, wie in meinem Fall, einen Tag später als geplant öffnen konnte? Und ich wusste ja noch gar nicht, ob es bei dem einen Tag Verzug bleiben würde. Von einem Unternehmen, das in der Reisesaison und in der Hochzeit des Immobilienhandels seine ortsansässigen Filialen um sechs Uhr schließen ließ, war durchaus auch zu erwarten, dass es unangekündigt für die Betroffenen am morgigen Tag einen Betriebsausflug plante. Wem war das Touristenbüro eigentlich unterstellt?

Was sollte ich in dieser misslichen und verfahrenen Situation unternehmen?

Wieder einmal musste ich eine Entscheidung treffen. Ich hockte mich auf eine Bank, deren Beton noch die Hitze des sich dem Ende zuneigenden Tages gespeichert hatte, und überlegte angestrengt. Nicht in Panik verfallen, das war mir klar.

Ruhig durchatmen. Ich schloss die Augen, um mich besser entspannen zu können, ließ den Kopf auf die Brust fallen und formte mit meinen kreisenden Armen ellipsenförmige Luftbögen.

Zur Not könnte ich die Nacht im Freien verbringen. Auf irgendeiner Bank oder am Strand. Die Temperaturen zu dieser Jahreszeit fielen selten unter zwanzig Grad, und ich war froh, dass ich mich zu Beginn meiner Maklertätigkeit für Spanien entschieden hatte. Hätte ich nicht Spanien als Sprungbrett für meine Geschäftskarriere gewählt, dafür vielleicht Island oder Finnland auserkoren, ich hätte eine Menge mehr an Problemen gehabt. Hier war es zumindest warm und ich würde über Nacht nicht den Kältetod sterben müssen. In Finnland oder in Island sähe das mit ziemlicher Sicherheit anders aus. Insofern sollte ich mich nicht allzu sehr über meine aktuelle Situation beklagen.

Und hätte ich auf Australien gesetzt, den Sprung ans andere Ende der Welt gewagt, ich würde von den niedergehenden Regengüssen zu dieser Jahreszeit quasi weggespült werden.

Während ich meinen Gedanken nachhing und begleitend meine Entspannungsübungen fortsetzte, wurde ich innerlich immer ruhiger. Als ich nach geschätzten zwanzig Minuten die Augen öffnete und den schnauzbärtigen Mann mit der mopsigen Knollennase im Gesicht, der sich in der Zwischenzeit neben mich gesetzt hatte, begrüßte, war ich die innere Ausgeglichenheit selbst.

„Hola, die machen aber früh dicht bei Ihnen."

Ich deutete mit dem Daumen in Richtung des geschlossenen Touristenbüros und rückte gleichzeitig mit meinem Koffer auf dem Schoß an den Rand der Bank, um den blondhaarigen Mann, der links einen Scheitel trug, besser betrachten zu können. Außerdem war mir körperliche Nähe schon immer ein Graus, auch wenn ich in der Vergangenheit im therapeutischen Sinne hart daran gearbeitet hatte.

Der Mann schien um die vierzig Jahre alt zu sein. Er war durchtrainiert und braungebrannt, mit einem schwarzem Sporthemd und lindgrünen Shorts bekleidet, und die Nägel seiner

Finger waren sauber geschnitten. Am rechten Handgelenk funkelte eine übergroße silberne Armbanduhr, während um seinen leicht faltigen Hals eine schwere Goldkette gelegt war. Seine Augen musterten mich mit der Kälte kanadischer Eisgletscher und passten so gar nicht zu seiner gemütlich wirkenden Nase. Die Schirmmütze hatte er vom Kopf genommen und knautschte sie zwischen den Fingern.

Auch er schien mich zu mustern und unter die Lupe zu nehmen.

Erst mit einer für den gemeinen Betrachter nicht wahrnehmbaren Verzögerung antwortete der Goldkettenmann auf meinen Hinweis.

„Wir sind in Spanien."

Wie zur Entschuldigung hob er die Hände und zuckte gleichzeitig mit den sperrigen Schultern.

„In Spanien ticken die Uhren anders, wenn du verstehst, was ich meine."

Ich verstand, was er meinte. Das war auch der Grund, weshalb ich mich nicht genötigt sah, auf diese unter Touristen gängige Floskel einzugehen. Stattdessen räusperte ich mich vielsagend und beschloss, ihn nach einer Unterkunft zu fragen. Warum sollte ich die Situation nicht in meinem Interesse nutzen? Auf Menschen zugehen, lautete einer der wichtigsten therapeutischen Kernsätze.

„Ich bin gerade aus Deutschland gekommen. Über Frankreich. Nur zu dumm, dass das Büro bereits geschlossen hat."

„Hast du keine Bleibe für die Nacht?", kürzte er meine Ausführungen ab.

Ich nickte und zuckte bedauernd mit den Achseln.

„Du bist also ein Rucksacktourist", stellte der Mann grinsend fest und zeigte mit der geknautschten Mütze auf meinen Koffer.

„Nein, nein, ganz im Gegenteil, ich bin geschäftlich nach Spanien gekommen. Dass heute bei meiner Ankunft das Büro geschlossen hat, ist nur ein logistischer Fehler in der Planung, und ich werde den Verantwortlichen schon zur Rechenschaft ziehen. Der kann sich warm anziehen."

Ich schnaufte vielsagend, während ich überlegte, ob ich nicht doch eine Spur zu dick aufgetragen hatte.

„Aha, du bist also Geschäftsmann, warum auch nicht? Darf ich dich fragen, welchen Geschäften du nachgehst?"

Seine farblosen Augenbrauen zogen sich bei dieser Frage wie ein von leichter Hand hin gewischtes Ausrufezeichen über der knolligen Nase zusammen, während mich seine Gletscheraugen weitermusterten.

„Nun ja, ich habe meine Geschäfte in Deutschland aufgegeben und suche hier im Süden nach einer neuen Herausforderung. Das trifft wohl den Punkt."

„Und, was hast du in Deutschland so alles auf die Beine gestellt?"

„Ich war einige Jahre im Gesundheitswesen, speziell im therapeutischen Bereich tätig, und nachdem ich in der Friedrichstraße in Berlin eine Buchhandlung für medizinische und antiquarische Bücher sozusagen auf Vordermann gebracht hatte, musste ich mich um meine Vernissage und um die Galerie eines Bekannten kümmern."

Die braungebrannte Knollennase war sichtlich beeindruckt von dem, was er über Dollingers berufliche Biografie erfuhr.

Während der Mann an meiner Seite diese Informationen erst einmal verarbeiten musste, räusperte ich mich vielsagend und rutschte auf der Bank etwas weiter nach vorn, um dann meine Arme ganz entspannt über die Lehne zu legen.

„Alle Achtung, so alt hätte ich dich gar nicht geschätzt. Und was hast du hier in Spanien vor?"

Neugierig war die Knollennase überhaupt nicht. Ich beschloss, die in der Klinik vielfach praktizierte Kontrataktik anzuwenden. Ohne auf seine Frage einzugehen, blinzelte ich ihm zu und zeigte mit dem Finger in seine Richtung.

„Sie sind Tourist, oder vielleicht Resident? Was hat Sie hier an die spanische Mittelmeerküste geführt? Sind Sie schon eine ganze Weile hier? Nach der Bräunung Ihrer Haut zu urteilen, werden Sie die letzte Frage sicher mit Ja beantworten."

Der Goldkettenmann stieß einen bewundernden Pfiff aus, bevor er sich einem anhaltenden Lachanfall hingab.

„Du bist gut, du bist gut!", prustete er und hielt sich den wippenden Bauch. „Ich hätte nicht gedacht, dass ich heute Abend noch so viel Spaß haben würde."

Er klatschte sich dabei so kräftig auf die muskulösen Schenkel, dass diese nach einer Weile eine gesunde Rötung zeigten.

„Ich heiße Raul, Raul Schmittchen, bin aus Darmstadt und seit anderthalb Jahren hier unten. Bin Immobilienhändler."

Während Raul Schmittchen sich gar nicht vor Lachen einkriegte, breitete sich in mir überfallartig ein Gefühl der völligen Vernichtung aus.

Es war ja nicht so, dass ich nicht damit gerechnet hatte, hier unten in Spanien auf andere Fachkollegen zu treffen, das nicht, doch dass ich gleich bei meiner Ankunft auf einen meiner Zunft stoßen würde, bereitete mir mehr als Unbehagen.

Nach Murphys Gesetz hieße das ja, dass ich geradezu an einen Ort gespült worden war, an dem sich die Immobilienmakler nur so tummeln. Andererseits musste man sich überall durchsetzen.

Der Kollege neben mir auf der Bank schnäuzte sich und schob die geknautschte Mütze über den Scheitel seines Haares.

„Nichts für ungut, du gefällst mir."

„Also sind wir Kollegen. Ich bin Dollinger und nach Spanien gekommen, um in Immobilien zu machen."

Ich reichte dem sichtlich verblüfften Nachbarn, dessen Schnauzbart bei meinen Worten unübersehbar zuckte, symbolisch die Hand.

„Du willst in Immobilien machen? Du kommst hier nach Spanien an die Costa und hast die Absicht, den Leuten Grundstücke und Häuser zu verkaufen? Hast du denn überhaupt eine Ahnung davon, wie dieses Geschäft läuft?"

Von einem Augenblick auf den anderen war dem Mann das Grinsen aus dem Gesicht gefallen. Ich dagegen, der die aufkommende Unsicherheit des Kollegen nicht nur spürte, sondern dank meiner analytischen Fähigkeiten im übertragenen Sinne greifen konnte, fand meine innere Ausgeglichenheit Stück für Stück wieder.

„Sie brauchen jetzt keine Befürchtung zu haben, dass ich Ihnen potenzielle Kunden oder, noch viel schlimmer, bereits avisierte Käufer abjagen werde. Das ist nicht meine Art. Mir liegt vielmehr an einer kollegialen Zusammenarbeit."

„Wie stellst du dir das vor? Du schickst mir mal eben einen Kunden vorbei, während ich meinerseits die Vorteile deines Büros preise. Und umgekehrt."

Ich holte tief Luft, doch ehe ich antworten konnte, fuhr der Maklerkollege fort: „Um hier vor Ort erfolgreich zu sein, benötigst du neben dem unverzichtbaren Know-how den Blick eines Tigers, die Krallen eines Adlers und die Verschlagenheit eines Luchses. Und du hast ja nicht einmal ein Dach über dem Kopf."

Damit hatte er den berühmten Nagel auf den Kopf getroffen.

„Sie haben Recht. Ich werde einen Schritt vor den anderen setzen, setzen müssen, anders hatte ich mir meinen Geschäftsstart hier unten allerdings auch nicht vorgestellt."

„Vielleicht habe ich eine Lösung für dein aktuelles Problem, sozusagen eine Starthilfe im Angebot."

„Was meinen Sie mit Starthilfe?"

Raul Schmittchen aus Darmstadt rutschte näher an meine Seite. Er rieb sich die Hände und starrte mich unverwandt an. Seine eiskalten Augen suchten meinen Blick, während ich bemüht war, nicht seitlich von der Bank zu kippen.

„Du wirst heute bei mir schlafen. Ist das ein Angebot?"

„Ich weiß nicht."

„Was heißt das, ich weiß nicht? Suchst du nun einen Platz für die Nacht oder nicht?"

Ich starrte wie hypnotisiert auf den am Strand liegenden Müll. Meine Glieder fühlten sich zentnerschwer an, und auch wenn ich es gewollt hätte, ich bekam meinen Hintern nicht von dieser verfluchten Zementbank hoch.

Gerade in Spanien angekommen, sollte ich also die erste Nacht bei einem Kollegen, der, und das war das Problem, ja auch mein unmittelbarer Konkurrent auf dem Immobilienmarkt war, einziehen.

Nicht nur Beilchen und Nüsschen hatten mir mehrfach zu verstehen gegeben, dass ich zu gutgläubig sei. Nein, auch während der Therapiestunden bei der Psycho-Wünsche war das ein Thema. „Gesundes Misstrauen" nannte sie diese Lehrstunde.

Es war auf keinen Fall ausgeschlossen, dass der Halskettenmann die Gelegenheit nutzen wollte, um, vielleicht auf Umwegen, vielleicht auch ziemlich direkt, an meine brandaktuellen Marktanalysen heranzukommen, zumal es ziemlich unwahrscheinlich war, dass der Chefredakteur der „Bellen" seine fundierten Kenntnisse den bereits tätigen und überaus erfolgreichen Maklern in Spanien zur Verfügung stellen würde. Seine Absicht war es ja, die dynamischen Arbeitslosen in Deutschland zu motivieren und den angehenden Jungmaklern zumindest zu Beginn ihrer Karriere den Weg zu ebnen.

Ich schielte zu dem Kollegen an meiner Seite und nickte ihm kurz zu.

„Soll das heißen, du kommst mit?!"

Statt einer Antwort sprang ich auf, klemmte mir den Koffer unter den Arm und marschierte los.

„Halt, halt, wir müssen in die andere Richtung! Hoch zum Las Atalayas!"

Ich zuckte mit der Achsel, drehte um und schlug ein Tempo an, das der halskettentragende Gletschermann nach meiner Einschätzung unmöglich eine längere Zeit durchhalten konnte.

Gleich zu Beginn unserer Bekanntschaft und einer möglichen temporären Zusammenarbeit, die der Kollege wohl im Sinn hatte, wollte ich die Weichen stellen, ihm klarmachen, mit wem er es zu tun hat. Ich, Dollinger, gab das Tempo vor. Der Gletschermann vielleicht die Richtung, zumindest am heutigen Abend, doch ich hatte Kondition bis zum Umfallen. Aufs Kreuz legen ließ ich mich nicht. Nicht ich, Dollinger!

Nach zwanzig anstrengenden Minuten, in denen es immer nur bergauf ging und wir kein Wort miteinander wechselten und der Kettenmann versuchte, mich ein um das andere Mal zu überholen, ohne dass er dabei erfolgreich war, stoppte ein erschöpftes „Anhalten" unseren Marsch.

„Wir sind angekommen, dort, gleich links."

Raul Schmittchen japste nach Luft und deutete mit dem Kopf in die Richtung eines dicht an der abschüssigen Felswand hingekippten Containers. Neben dem mausgrauen, an vielen Stellen rostenden und zerbeulten Kasten wuchsen zwei krüppelnde Pinien in Richtung des Abhangs, und ein sich abduckender Oleanderbusch konnte dem tristen Anblick des Schrottkastens auch kein südliches Flair verleihen.

„Na, was sagst du? Ich hoffe, du hast nicht zu viel erwartet. Eine Luxussuite kann ich dir nicht bieten, aber diesen Ausblick."

Der Darmstädter Kollege zog mich am Arm seitlich vorbei am verstaubten Oleander und präsentierte mit überzogener Geste das in der Tiefe liegende Mittelmeer.

Zuerst widerwillig, beim Blick auf das im Abendrot blutende Meer jedoch mit offenem Mund und weit aufgerissenen Augen, folgte ich ihm und stellte mich einen Schritt neben ihn an den steilen Abgrund.

Nach einer Weile des gemeinsamen Schweigens legte er eine Hand in meinen Nacken und raunte zu mir rüber, so als wären seine Worte einzig und allein für mich bestimmt: „Das ist das Kapital der Spanier. Unser Kapital, und das verkaufen wir den Leuten. Licht, Wasser und Farbe."

Sein Lachen gluckste in der Kehle und verebbte erst, als wir wieder vor dem Container standen und er sich mühte, das rostige Schloss zu öffnen.

Während Raul Schmittchen laut fluchend versuchte, den einfachen Bartschlüssel zu drehen, um die Containertür zu öffnen, studierte ich das Werbeschild neben den beiden Krüppelpinien.

Inmobiliaria Bartolm" stand da in abblätternder, ehemals roter Schrift und der Hinweis, dass es sich um die Anlage „Atalayas 2" handeln würde. Eine spanische Telefonnummer, die mit 034964 begann, war kaum lesbar. Ein Hinweis auf den Makler Raul Schmittchen fehlte völlig.

„Komm her, ich will dir deine Unterkunft zeigen."

Der Darmstädter Kollege hatte die Tür des Containers endlich geöffnet und winkte mir zu.

„Du musst natürlich die beiden Außenjalousien hochziehen, dann hast du auch Licht hier drin. Zumindest am Tag. Hinter dem Schreibtisch steht ein Klappbett, das du für die Nacht benutzen kannst. Fließend Wasser haben wir nicht, der Boiler müsste auch mal wieder nachgefüllt werden."

Während ich staunend das Chaos in dem ersten Maklerbüros betrachtete, das ich in meinem Leben betrat, gab mir der Kettenmann einen weiteren Ratschlag.

„Wenn du mal in der Nacht rausmusst, die Pampa ist unendlich weit."

Ich konnte mir schlecht vorstellen, wie in dieser Blechbude Grundstücke, Wohnungen und Häuser an den Mann, also an den Käufer gebracht werden konnten. Ich konnte mir auch schlecht vorstellen, dass das in der Vergangenheit hier in diesem Raum stattgefunden hatte.

„Haben Sie keine Unterlagen, Objektbeschreibungen, Prospekte, Kaufverträge?", fragte ich ihn, während ich versuchte, die verklemmte Schreibtischschublade rauszuziehen.

„Ist alles da, alles vorhanden", murmelte der Mann und folgte mir in die Rumpelkammer.

„Pass auf, wie heißt du eigentlich?"

„Dollinger, einfach nur Dollinger."

„Also, Dollinger, ich habe da ein kleines Problem."

Die Alarmglocken in mir schlugen Funken. Jetzt war es so weit. Jetzt würde er nach den brandaktuellen Marktanalysen der „Bellen" fragen und mich bitten, ihm diese doch mal zu zeigen. Aus rein fachlichem Interesse, versteht sich.

„Der Laden hier brummt und ich muss für einige Tage nach Deutschland. Dich hat tatsächlich der liebe Gott geschickt. Ich habe sofort den Kollegen in dir erkannt und bin jetzt auch überzeugt, dass ich dir vertrauen kann. Du führst das Geschäft in meiner Abwesenheit, und wenn ich wieder vor Ort bin, rechnen wir beide ab. Du wirst einen guten Schnitt machen, versprochen. Deine Geschäftsgründung steht unter einem guten Stern. Unter einem sehr guten Stern."

Während er die letzten Worte sprach, legte er mir den Arm um die Schulter. Ich versuchte, die aufkommende Übelkeit zu ignorieren. Gleichzeitig war ich erleichtert, dass ich den Kollegen falsch beurteilt hatte. Zumindest in diesem einen, speziellen Punkt.

Allerdings hatte ich mir unter einem seriösen Immobilienmakler tatsächlich etwas anderes vorgestellt. Aber konnte ich zu Beginn meiner Maklerkarriere erwarten, dass sich ein Kollege von „Engel und Völkers" meiner annahm? Nein, das konnte ich nicht. So musste ich über die fachliche Unterstützung meines Kollegen Raul Schmittchen eigentlich froh und dankbar sein.

Und einige Tage in das Alltagsgeschäft hineinschnuppern, war eigentlich auch nicht verkehrt. „Aus der Praxis, für die Praxis", lautete eine Medizinerweisheit, die sich nach meiner Überzeugung durchaus auch auf das Immobiliengeschäft übertragen ließ.

„Ich zeige dir noch unsere Anlage, in der wir wunderbare Chalets verticken. Vorher musst du mir allerdings die Geschäftsübertragung gegenzeichnen. Damit alles seine Ordnung hat."

Unter einem Wust von Broschüren, Zeitungen und Aktenordnern zog der Maklerkollege ein Blatt Papier hervor, auf dem unter dem Firmenlogo der Firma *Inmobiliaria Bartolm*, einer grauen Taube, die über einem blauen Klecks segelte, ein über die volle Seite reichender Text gedruckt war, den Raul Schmittchen hastig unterschrieb und zu mir rüberschob.

„Hier, setz einfach deine Unterschrift da rauf, dann bist du ab heute der Erste Geschäftsführer der Immobilienfirma Bartolm. Was sagst du dazu?"

Ich nahm das Dokument und begann, den Text zu lesen. Allerdings muss ich an dieser Stelle anmerken, dass ich, was das Immobiliengeschäft betrifft, mehr ein Mann der Praxis bin. Und so war ich dem Darmstädter Kollegen auch nicht böse, als er meinte, dass ich mir nicht so große Mühe machen solle, jetzt in der Dämmerung Zeile für Zeile nachzulesen.

„Du wirst dir die Augen kaputt machen, Dollinger. Und außerdem ist das der bekannte Standardtext."

„Standardtext, ach so." Ich nickte dankbar und setzte meine Unterschrift neben die des Kollegen. Während mein wie hingerollt geschriebener Name auf dem Dokument für jeden gut lesbar war, konnte ich von der Unterschrift von Raul Schmittchen keinen einzigen Buchstaben entziffern. Das lag wohl daran, dass er tagtäglich Dutzende von Verkaufsdokumenten unterzeichnete, und im Laufe dieser Tätigkeit schleicht sich dann in die Unterschrift so etwas wie Routine ein, zumal auch hier in unserem Geschäft der altbekannte Spruch „Zeit ist Geld" galt. Ich könnte ja heute Abend noch ein paar flüssigere Unterschriften üben.

„Na, also, wir sind uns einig. Hier hast du den Schlüssel. Und wenn morgen die ersten Kunden kommen, sagst du ihnen, dass alles nach Wunsch läuft. Wir liegen im Zeitplan. Sie sollen sich überhaupt keine Sorgen machen, wichtig ist, dass sie ihre Kaufraten überweisen. Komm jetzt, ich muss dir die Anlage und die Musterwohnung zeigen."

Zufrieden steckte er das unterschriebene Dokument unter sein Sportshirt und schob mich aus dem Büro vor die Tür.

„Du brauchst nicht abschließen. Hierher verirrt sich um diese Zeit kein Mensch."

Ich schüttelte entschieden den Kopf und schloss hinter mir die knarzende Containertür ab.

„Ich habe jetzt die Verantwortung, Raul Schmittchen. Und wenn Dollinger Verantwortung übernimmt, dann voll und ganz."

Der Darmstädter Kollege murmelte etwas Unverständliches und zuckte mit der Achsel.

„Von mir aus. Ich habe aber nicht unendlich viel Zeit. Komm schon. Wir müssen noch einige Meter den Berg hoch."

Nach circa dreihundert beschwerlichen Metern steil bergauf standen wir vor einer terrassenförmig in den Berg geschlagenen Ferienhausanlage, vor der ein Werbeposter verriet, dass es sich hier um die Anlage „Atalayas 2" handelt.

„Wir verkaufen hier moderne Chalets, 55 m^2, mit Terrasse, Klimaanlage und Heizung. Die Häuschen werden in vier Wochen komplett fertiggestellt sein und den Käufern übergeben."

Selbst in der Dämmerung und bei dem fahlen Licht der einzigen Baulampe, die über der Anlage flackerte, konnte ich erkennen, dass hier seit Tagen, vielleicht seit Wochen kein Mensch einen Stein bewegt hatte.

„Ich kann beim besten Willen keinen Bagger, keinen Mischer, keinen Kran entdecken. Die werden doch nicht jeden Abend zurück in die Firma transportiert. Welche Firma zieht die Anlage denn überhaupt hoch? Und wo ist sie ansässig? In Peniscola selbst, oder vielleicht in Benicarlo?"

Raul Schmittchen zog wütend die Augenbrauen zusammen, drehte sich um und zeigte widerwillig mit dem Finger hoch zu einer Stelle im Fels, an der hell ausgeleuchtet die Umrisse eines modernen Schlosses zu erkennen waren. Besser konnte man diesen Prunkbau moderner Architektur nicht beschreiben.

Von drei riesigen Kränen umsäumt, zu deren Füßen mindestens ein Dutzend Zementmischer standen und auf Arbeit warteten, und von einer fast fertiggestellten mannshohen Steinmauer umgeben, prunkte dort der beeindruckendste Neubau, den ich je gesehen hatte.

„Zurzeit arbeiten die Bauleute dort oben. Wenn ein Käufer kommt, um den aktuellen Baustand der Atalayas-Anlage zu besichtigen, ist es deine Aufgabe, zwei, drei Leute von oben runter in die Anlage zu schicken. Unsere Kunden sollen ja nicht den Eindruck bekommen, es würde bei uns nicht vorwärtsgehen."

Das bemühte Lachen des Darmstädter Maklers klang irgendwie spöttisch und hohl.

„Wem gehört denn dieser Palast dort oben?"

Bevor der Kollege antwortete, winkte er ab und zog mich in Richtung der Atalayas-Anlage.

„Das soll dich wirklich nicht jucken. Du hast mit der Atalayas-Anlage alle Hände voll zu tun. Auch wenn du dir das nicht vorstellen kannst, du wirst bereits morgen zeigen können, was in dir steckt."

Ich nickte und dachte bei mir, dass der erfahrene Kollege sicherlich Recht hatte.

Ich sollte mich auf mein Objekt konzentrieren.

„Vielleicht bin ich in einer Woche zurück. Versprechen kann ich das nicht. Es könnte auch ein wenig länger dauern. Du wirst das schon machen. Meine Telefonnummer findest du unter der Schreibtischauflage. Aber", er zog mich an meiner Kuhkopfgürtelschnalle zu sich, „nur im absoluten Notfall."

„Und was soll ich sagen, wenn einer nach Ihnen fragt? Ganz konkret Sie sprechen will? Was mache ich dann?"

„Du behältst die Ruhe und erläuterst jedem, der nach Raul Schmittchen verlangt, dass du der neue Erste Geschäftsführer bist. Ist das klar? Alles andere ergibt sich von selbst."

Ich war mir nicht sicher, wie lange es dauern würde, bis ich ein so abgeklärtes Verhalten, wie Raul Schmittchen es an den Tag legte, vorweisen konnte. Allerdings stand ich ja auch erst am Anfang meiner Karriere als Immobilienmakler. Und dass ich in meinem neuen Job dazulernen musste, war mir von Anfang an klar.

„Machen Sie sich keine Gedanken, ich werde das Schiff schon schaukeln."

Der Goldkettenmann verschränkte die Hände im Schoß und betrachtete mich von oben bis unten.

„Na, wer sagt es denn! So gefällst du mir schon besser. Viel besser!"

Er klopfte mir auf die Schulter, tippte mit dem Finger gegen die gebräunte faltenfreie Stirn und machte sich ohne ein Wort des Abschieds auf den Weg.

Ich indes betrachtete den Containerschlüssel in meiner Hand, und als ich aufsah, war Raul Schmittchen, Immobilienmakler aus Darmstadt, seit anderthalb Jahren hier an der Costa tätig und bis heute Erster Geschäftsführer der Immobilienfirma Bartolm, hinter einem blühenden Hibiskusstrauch im Dunkel der hereinbrechenden Nacht verschwunden.

Nachdem ich mir die offen stehende Musterwohnung, die weder gefliest noch verputzt war und sich von den anderen Wohnungen überhaupt nicht zu unterscheiden schien, in der obersten Etage der Anlage noch kurz angesehen hatte, machte ich mich auf den Weg zurück zum Container.

In meinem Kopf purzelten die Gedanken und ich hatte einige Mühe, den ziemlich steilen Weg unbeschadet zu überstehen.

Vor nicht einmal zwei Tagen befand ich mich noch auf dem Berliner Bahnhof. Nachdem ich den Organhandelfall gelöst hatte und die hauptstädtische Bahnhofspolizei die Früchte meiner Bemühungen ernten konnte, unterstützte ich während meiner Wartezeit bis zur Abfahrt des Zuges in Richtung Narbonne die Beamten der Auskunft, die die äußerst schwierige Aufgabe übernommen hatten, die wegen der durchgängigen Zugverspätungen unzufriedenen und nörgelnden Reisenden zu beruhigen. Einen Tag später, während meines Aufenthalts in Narbonne, einer überschaubaren, insgesamt sich dem Gedächtnis nicht aufdrängenden französischen Kleinstadt, gab ich dem Präsidenten der deutschen Bahnhofspolizei per Fax den ersten und wahrscheinlich entscheidenden Tipp in puncto Autoschieberbanden. Und bereits heute Abend machte ich mich auf den Weg, mein erstes eigenes Maklerbüro zu beziehen. Dabei handelte es sich zwar nur um einen heruntergekommenen Bürocontainer, allerdings war ich davon überzeugt, dass ich das Büro bis morgen, wenn dann die ersten Kunden nach mir verlangten, auf Vordermann gebracht hatte.

Dieser letzte Gedanke nahm mich so gefangen und verlieh mir auch nach der langen Bahnfahrt und der akustisch weniger wertvollen Busfahrt so viel zusätzliche Energie, dass ich weder Müdigkeit noch Hunger spürte und, angekommen vor dem Maklerstützpunkt, sofort mit der Arbeit begann.

Während aus der Ferne die lebensfrohe Melodie eines spanischen Volksliedes (?) zu hören war und unter mir auf dem leise vor sich hin plätschernden Mittelmeer unzählige Mondschiffchen die Reise aufnahmen, wuchtete ich den Schreibtisch mit der ziemlich zerkratzten mausgrauen Schreibplatte und den massiven Stahlfüßen nach draußen.

Hier, in der Sonne des Südens, an einem Ort, an dem Träume verkauft wurden, wollte ich dem Käufer natürlich und eine Spur leger gegenübertreten beziehungsweise -sitzen.

Ich rückte den Tisch unter die zwei Krüppelpinien, gleich neben den Oleanderbusch, darauf bedacht, nicht zu nahe an den steil abfallenden Fels zu kommen. Als ich jedoch den Drehhocker hinter den Schreibtisch schob und mich zur Probe auf ihm niederließ, war ich so nahe am Abgrund, dass ich einige Mühe hatte, hinter dem Tisch wieder hervorzukommen, ohne nach hinten in den Abgrund zu kippen.

Das war mir dann doch ein wenig zu gefährlich und zu gewagt. So zog ich den Schreibtisch direkt vor den Oleanderbusch, den ich auf jeden Fall noch vom Staub der Costa befreien musste, und bog die Oleanderzweige in der Mitte so weit auseinander, dass ich den Drehhocker reinschieben konnte. Es war zwar für mich jetzt ein wenig schwierig, auf meinen Maklerplatz zwischen den Zweigen zu rutschen, ich war mir jedoch sicher, dass ich mit ein wenig Übung diese Aufgabe in einigen Tagen problemlos bewältigen würde.

Vor den Schreibtisch rückte ich die zwei in der Rumpelkammer entdeckten eingestaubten Stapelstühle, sodass von diesem Platz die Käufer direkt vor sich auf ihren Makler, eingerahmt von Oleanderblüten, und bei einem Blick nach rechts – allerdings musste sich der Kunde, der näher zum Container auf dem Stuhl Platz genommen hatte, ziemlich weit zur Seite neigen, fast bis auf den staubigen Boden – auf das einladende Mittelmeer blicken konnten. Mehr an Versuchung ging einfach nicht.

Nachdem ich mit einem rot-weißen Signalband das Freiluftbüro markiert hatte, machte ich mich daran, im Container die Papiere, Akten und Ordner zu sortieren. Bis auf einen Prospekt, der die Einzigartigkeit der Anlage „Atalayas 2" pries, und einer Verkaufsliste der einzelnen Appartements mit Stand von vor circa vier Monaten erschien mir nichts von Bedeutung, sodass ich die Papiere hinten im Container an die Blechwand stapelte und somit auch Platz für die Klappliege schuf, auf der ich mein Nachtlager herzurichten gedachte.

Kurz bevor ich mich schlafen legte, trat ich noch einmal aus dem Blechhaus und ließ den Blick über mein Freiluftbüro, vorbei an den zwei Pinien und weiter über den abstürzenden Fels bis hin zum Mittelmeer schweifen. Und ich überlegte, ob Columbus, als er Amerika entdeckte, ein ähnlich erhabenes

Gefühl hatte wie ich in diesem Moment und ob ich bei dem Gezirpe der Grillen überhaupt ein Auge zumachen würde.

8. KAPITEL

Der Gangster im Hotel del Mar

Am nächsten Morgen weckte mich das rumpelnde Geräusch eines Müllautos, das die überquellende Tonne direkt gegenüber meinem Büro leerte.

Ich sprang vom Containerboden auf, die Klappliege hatte unter Materialermüdung gelitten und war irgendwann in den frühen Morgenstunden in sich zusammengebrochen, klopfte mir sozusagen den Staub der Nacht aus meinen Klamotten und stürmte in Richtung Tür, um mich bei meinen neuen Landsleuten für ihren Arbeitseifer zu bedanken.

Nach dem, was ich bisher über meine zweite Heimat gelesen und auch gehört hatte, musste es sich bei den Müllmännern, die hier am frühen Morgen ihrem Tagwerk nachgingen, um erstklassige Fachleute mit einem ausgeprägten Arbeitseifer handeln, sozusagen um Pioniere der aufstrebenden spanischen Wirtschaft. Üblicherweise, das hatte ich schwarz auf weiß in einem Prospekt eines deutsch-türkischen Reiseveranstalters, der mit der Verführung „Ausschlafen, bis der Arzt kommt" um seine wohl vorwiegend antriebsarme Klientel warb, gelesen, kam das öffentliche Leben in meiner neuen Heimat erst gegen Mittag richtig in Gang.

Da war es mir sehr angenehm, dass es unter meinen spanischen Landsleuten auch einige gab, die die Zeichen der Zeit erkannt hatten. Ihnen beabsichtigte ich zu sagen, dass sie auf dem richtigen Weg sind. Ein Wort der Bestätigung aus dem Mund von Dollinger, der zukünftig einen großen, wenn nicht sogar den größten Teil dieser Costa vermarkten würde, das hatte Gewicht. Selbstverständlich!

Erst im zweiten Anlauf sprang die Containertür, die nicht nur verrostet und verbeult war, sondern sich auch im Rahmen verzogen hatte, mit einem scheppernden Bellen auf. Dass meine rechte Schulter, mit der ich mich zweimal dieser widerspenstigen Tür entgegengeworfen hatte, schmerzte, nahm ich erst viel später wahr. Da hing ich bereits mit den Armen jeweils im rechten Winkel zum Körper, wie gekreuzigt, nahe am Abgrund. Meine Beine baumelten wie störrisches Reisig empfindungslos immer wieder gegen das abschüssige rote Felsgestein. Ab und an sprang ein Felsbröckchen aus der Wand und stürzte in die Tiefe, in der ich wahrscheinlich in wenigen Sekunden gleichfalls verschwinden würde. Auf Nimmerwiedersehen. Adios, stolzes Spanien, du Land der Stiere und immobiliaren Filetstückchen. Es war ein kurzes Rendezvous mit uns. Leider. Aber so ist das Leben. Wir hatten gemeinsam viel vor. Daraus wird nun nichts mehr. Niente!

Die über dem Horizont gerade aufgehende Sonne verlor ihre Blutorangefarbe, die sich wie ein übermächtiger Sturzbach ins Meer ergoss.

Selbst die Sonne weint, dachte ich bei mir, und es hätte nicht wenig gefehlt, und ich hätte losgeheult, als mich ein lederbehandschuhter, sonnengebräunter, muskulöser Arm mit einem einzigen Ruck in die Höhe zog, um nicht zu sagen schleuderte, mich auf meine schlotternden Beine stellte und mir ein Fläschchen mit Ammoniak unter die Nase hielt. Während der Bärtige mit den muskulösen Armen mit einer Hand in seinem organgefarbenen Overall nach einer Zigarette kramte und kindisch dabei grinste, hielt sich sein Kollege, der mit dem Rücken an einem der mannshohen Räder seines Müllfahrzeugs lehnte, den wippenden Bauch.

In diesem Moment hatte sich meine geplante Belobigung und öffentliche Wertschätzung der beiden spanischen Müllmänner erledigt. Hatte sich sozusagen in Luft aufgelöst.

Da spielte es auch gar nicht eine so große Rolle, dass die für einen kurzen Zeitraum zum Wellenbrett mutierte Containertür nicht wie von mir erwartet und befürchtet knapp vor dem Abgrund hing und sich stattdessen im überirdischen Wurzelgeflecht der zum Container links wachsenden Krüppelpinie verfangen hatte. Einige Meter vor dem Abgrund. Das war nicht der entscheidende Grund. Nein! Man machte sich einfach nicht auf Kosten anderer lustig. Und schon gar nicht über einen neuen Landsmann.

Ich benötigte einige Augenblicke, um mich zu sammeln und zu entscheiden, wie ich mit den Müllmännern weiter umgehen sollte. Diese hatten ihren Spaß gehabt und wollten gerade wieder das, wie mir erst in diesem Moment auffiel, ziemlich abgewrackte Fahrzeug besteigen, als sie, wie in einem Moment der inneren Eingebung, ihr Vorhaben änderten.

Der mit dem wippenden Bauch, der gerade die Beifahrertür geöffnet hatte, schlug diese mit einem lauten und entschlossenen Knall wieder zu. Er schlich um die Kühlerhaube des tuckernden Müllautos herum und lehnte sich mit gesenktem Schädel neben seinen Fahrer an das vibrierende Fahrzeug. Wie der Kollege auch fixierte er die staubige Erde Spaniens. Ein wenig ratlos, ein wenig schuldbewusst. Wie auch immer. Sie schienen auf die Standpauke von Dollinger zu warten.

Dem ersten Impuls in mir, sich von diesen beiden überheblichen Müllspaniern abzuwenden, hatte ich höchst professionell widerstanden. Blitzschnell versuchte ich das Pro und Kontra abzuwägen und kam zu dem Schluss, dass es nicht verkehrt sein könnte, einige spanische Insider zu meinem Geschäftskreis zu zählen. Unzweifelhaft verfügten die Müllmänner über beste Kontakte zu den regional ansässigen Immobilienbesitzern, darunter eine Reihe von Leuten, die ihre Grundstücke und Häuser zu einem Spottpreis gerne loswerden würden, weil ihnen das Finanzamt im Nacken saß oder weil sie, mit Hinweis auf die ungebremste Bautätigkeit, in naher oder fernerer Zukunft eine Immobilienblase erwarteten. Oder sie hatten ihre Krankenkassenbeiträge nicht entrichtet und standen jetzt vor der Wahl, private Homöopathie, und das ein Leben lang, oder staatliche Höchstleistungsmedizin. Sie mussten einfach verkaufen. Ähnlich erging es den Familien, weit verzweigt und ohne

Mamma, die gerade das Zeitliche gesegnet hatte, ein heillos zerstrittener Haufen. Nur der Verkauf konnte zumindest temporär ausgleichen. Wie lange, das hing von der Höhe des Verkaufsgewinns und der Anzahl der Familienmitglieder ab, auf die das Geld verteilt werden musste.

Es gab also einen guten Grund, dass ich gute Miene zu bösem Spiel machte, wie man so landläufig formulierte.

„Hola!", rief ich zweimal in Richtung des Müllfahrzeugs und breitete meine Arme so aus, dass die beiden Müllmänner, denen ich in diesem Moment ansehen konnte, wie erfreut sie jetzt waren, dass ein vermeintlicher Ausländer am Berghang ihre Sprache sprach, nicht umhinkämen, mich in die Arme zu nehmen.

Zwar saß die Überraschung in ihnen so tief, dass sie keinen einzigen Schritt auf mich zugehen konnten, allerdings hatten die stolzen Spanier in mir einen Neuspanier gefunden, der keine Barrieren aufbaute, nein, im Wissen um die geschundene Seele meiner Müllfreunde war ich bereit, ganze Festungen niederzureißen. Mit einem verständnisvollen Lächeln im Gesicht, den Kopf leicht auf meine rechte Schulter geneigt, die immer noch etwas schmerzte, und die Arme nach vorn gestreckt, ging ich festen und in diesem Moment angemessen würdigen Schrittes auf die beiden zu.

Erst umarmte ich den Bärtigen, zeigte ihm die vorgestreckte Faust zum Zeichen meiner Anerkennung und Akzeptanz, dann bemühte ich mich, den bauchigen Müllmann zu umarmen, was mir jedoch nur teilweise gelang.

Ihm streckte ich beide Daumen entgegen, in die Höhe gerichtet: „Hola, hola!!"

Dann zeigte ich den Berg hinauf, wo sich auf der zum Meer geneigten Seite die Atalayas-Anlage, für die ich seit heute Nacht die Verkaufsverantwortung trug, befand.

„Ich bin ein Kollege von Ihnen, Immobilienmakler, aus Deutschland. Aber eigentlich bereits ein halber Spanier, wie Sie ja bereits mitgekriegt haben. Mein Spanisch ist verbesserungswürdig, aber für den Anfang bin ich ganz zufrieden. Oder was meinen Sie?"

Keck stupste ich dem Bauchigen den Zeigefinger in den Wams.

„Natürlich kann eine Unterhaltung nur richtig fruchten, wenn die andere Seite sich auch etwas bemüht."

Erwartungsvoll blinzelte ich dem Bärtigen zu.

„Ich würde sehr gern mit Ihnen zusammenarbeiten. Verstehen Sie, wir sollten zusammenarbeiten. Da fällt für jeden von uns ein erklecklicher Teil von der Provision ab. So, wie ich Raul Schmittchen kennengelernt habe, wird der sich nicht lumpen lassen."

Sosehr ich mich auch bemühte, die beiden spanischen Müllmänner zeigten nicht einmal eine Spur von Interesse an meinem lukrativen Angebot, zumal sie sich nicht wirklich bemühten, einzelne deutsche Vokabeln zu hinterfragen, geschweige denn mit mir eine deutsch-spanische Konversation zu führen. Es gab also nicht nur bei der französischen Polizei Nachholbedarf hinsichtlich des Erlernens von Fremdsprachen, nein, hier in meinem zweiten Mutterland hoffte man anscheinend, dass die ins Land strömenden Investoren nebenbei auch noch vorab eine Sprachschule besucht hatten. Ein Ding der Unmöglichkeit. Es war anzuzweifeln, dass die Vielzahl der in Kürze auftauchenden Neumakler an der spanischen Küste auch nur ansatzweise über einen solchen Vokabelfundus, wie ihn Dollinger nun einmal besaß, verfügen würde.

Mit Mühe konnte ich den beiden Fremdsprachenignoranten klarmachen, dass sie mich runter in den Küstenort bringen sollten. Als ich es endlich geschafft hatte, mich zwischen die beiden übergewichtigen Kerle in die Mitte der Fahrerkabine zu zwängen, weigerte sich der Bärtige zuerst noch, loszufahren.

Erst als ich ihm dann klargemacht hatte, dass ich ihn und seinen sturen Beifahrer nicht gänzlich von der Liste meiner Geschäftspartner gestrichen habe, zumindest im übertragenen Sinne, da ließ er den Motor heulend und, ich bin überzeugt, auch ein wenig aggressiv an und schaukelte das Fahrzeug hinab in das Tal. Da waren bereits mehr als dreißig Minuten vergangen, und ich konnte über diese Arbeitsmoral nur den Kopf schütteln. Gesagt habe ich nichts.

Nach anderthalb Stunden Serpentinenroute und vierundsechzig geleerten Mülltonnen kannte ich den Atalayasberg wie meine Westentasche.

Im verträumten Fischerort Peniscola angekommen, hielt das Müllfahrzeug vor einem zweistöckigen Gebäude mit einem weit ausladenden Eingangsbereich, zu dem blank gewienerte, mausgraue Treppenstufen hochführten, die links und rechts von künstlichen und dafür nicht rußenden Fackeln gesäumt wurden. Die Fackeln brannten auch jetzt am Vormittag und wiesen den hinaufeilenden Gästen den Weg. Was für eine Energieverschwendung!, dachte ich noch, als mich der Bäuchige auf die Strandpromenade stellte.

Ohne die für Spanien eigentlich bekannt herzliche Verabschiedung tuckerten die beiden Müllmänner mit ihrem Fahrzeug grußlos weiter. Auch ich war ein klein wenig sauer, zumal sich in meinen Eingeweiden so etwas wie Hunger meldete und mir verweigerte, den beiden Männern nachzuwinken. Ich hatte so ein Gefühl in mir, dass die beiden noch einmal aufkreuzen würden. Wenn sie am Abend erst einmal den Familien von ihrem Treffen mit dem deutschen Neumakler Dollinger berichtet haben, dann würden sie an der Reaktion der älteren und erfahreneren Angehörigen erst so richtig kapieren, welche Chance sie da am Vormittag vertan hatten. Das hätte der Glückstag ihres Lebens sein können, und sie hatten das Ding an die Wand gesetzt.

Ein wenig taten die beiden mir leid. Aber nur ein wenig.

Über dem Eingangsbereich des Gebäudes hatte ein holzbearbeitender Handwerker vor vielen Jahren den Namen des Gebäudes in eine Schiffsplanke gemeißelt: *Hotel del Mar* konnte ich mit einiger Mühe entziffern.

Aha, dachte ich bei mir. Nicht schlecht, hier würde ich mit an Sicherheit grenzender Wahrscheinlichkeit etwas Essbares auftreiben können. Bevor ich mich um die Atalayas-Immobilien kümmern würde, musste ich mir den Bauch vollschlagen, sodass es für den Tag reichte. Dass ich später, wenn die Kaufinteressenten aufkreuzen würden, keine Zeit mehr für eine Mahlzeit haben würde, war mir klar.

Allerdings hatte ich in meiner Absicht, gemeinsam mit den Müllmännern die Atalayasgegend zu erkunden, vergessen, das in der Nacht im Container sorgsam von mir versteckte Geld einzustecken.

Nachdem mir ein freundlicher junger Mann in einem auberginefarbenen Anzug mit einem Tellerhütchen auf dem kurzgeschnittenen Schopf die sperrige Hoteltür aufgehalten hatte und mir dann auch noch freundschaftlich die flache Hand hinhielt, die ich zweimal kräftig schüttelte, fühlte ich mich beim Betreten der Hotelhalle wie ein gern gesehener Gast dieses Hauses. Die Angestellten des Hotels schienen nicht nur die gleiche Arbeitskleidung zu tragen, nein, auch vom Alter und der Frisur ähnelten sie sich. Der junge Auberginenmann hinter dem Rezeptionstresen grinste freundlich, als ich ihm erklärte, dass ich das Hotel aufgesucht hatte, um das Frühstücksbüfett zu testen. Da er sich ein wenig sträubte, mich ohne Zimmerbuchung in den Frühstückssaal zu lassen, unterschrieb ich ihm einen Vordruck, auf dem er für die Firma Raul Schmittchen, Immobilienfirma, fünf Übernachtungen angekreuzt hatte. Damit schien er zufrieden, und ich hatte nicht nur einen motivierten Hotelangestellten glücklich gemacht, nein, ich stand wenige Sekunden später vor dem wohl reichhaltigsten Büfett, das man sich vorstellen kann. Welch eine Fülle von Verführungen!

Auf einem in weißem Damast eingeschlagenen Möbel von der Größe eines Billardtisches reihte sich Schüsselchen an Schüsselchen, gefüllt mit Honig und verschiedenen Fruchtmarmeladen. Daneben Äpfel, Orangen, Mandarinen, knapp gewachsene, grün-braune Bananen. Allerlei Sorten Cornflakes. In perlenden Karaffen entdeckte ich Milch, Saft, Tee und Kaffee. Es gab sogar einige Scheiben hautfarbene Wurst mit daumennagelgroßen Fettstückchen und sich zur Mitte der Scheiben einrollenden Käse.

Und in einem Bastkorb, fein ausgelegt mit motivlosen Stoffservietten, duftete das frische Knäckebrot neben einigen Scheiben Schwarzbrot, das, wie ich von meinen Reiserecherchen wusste, die Deutschen fast überall im Ausland vermissten. Das war mit ein entscheidender Grund, dass insbesondere die deutschen Touristen sich nirgendwo auf der Welt so richtig heimisch fühlten. Nehme ich mal an. Hier aber, am Fuße des Atalayas, hatten sie an alles gedacht, an alles, was das deutsche Touristenherz begehrte. Nicht übel. Nur die Buttermich fehlte. Ich suchte vergebens auf dem Tisch, und als das nichts brachte, schritt ich jeden der einzelnen Esstische ab. Zwar hatten sie Salz, Pfeffer, verschiedene Marinaden dort stehen. Nirgends jedoch fand ich einen Becher mit Buttermich.

Als ich das einzige Pärchen am Fenstertisch mit Blick auf das hinter der Promenade blubbernde Mittelmeer auf diesen kulinarischen Lapsus ansprach, scheiterte die Kommunikation an den fehlenden Spanischkenntnissen der Mittfünfziger, die sich als durchreisende Afrikaner ausgaben und auf dem Weg nach Moskau waren, wenn ich ihre bemühten, jedoch wenig hilfreichen und dabei sich ständig wiederholenden Handbewegungen als auch die kehligen Laute, die sie von sich gaben, richtig gedeutet habe. Nicht alle Afrikaner waren also dunkelhäutig. Und was sie in Moskau wollten, das wollte ich nicht auch noch hinterfragen, zumal sie noch einen beträchtlichen Weg vor sich hatten.

In der sperrigen Küche, einige Schritte hinter einer Falttür, die zudem zur linken Hand zu den Herrentoiletten führte, empfing mich Alfonso, wie ich auf einem stumpfen Metallschildchen am Kragen seines Küchenshirts gerade noch lesen konnte. Dabei musste ich mich jedoch zur Seite beugen, da das Schildchen auf dem Weg war abzufallen, um dann auf Nimmerwiedersehen in dem zentimeterdicken Bodenbelag aus den verschiedensten getrockneten Küchenabfällen zu verschwinden.

Alfonso war es, der mich dann auffing, als ich wegen seines unkorrekt getragenen Namensschildchens die Balance verlor und beinahe in den Topf mit den kochenden Hühnerfüßen gefallen wäre.

„Das hätte auch schiefgehen können, mein Lieber."

Ich nickte Alfonso erleichtert zu und empfahl ihm, das Schild mit seinem Namen ordentlich, so wie es sich einfach gehört, anzustecken. Erst tat er so, als würde er mich überhaupt nicht verstehen, dann merkte er jedoch ziemlich rasch, dass ich hinsichtlich der notwendigen Etikette keinen Spaß verstand. Mit einer Stirnfalte im Gesicht, die sich bis über beide abgeknickte Ohren zog, und mit hängenden Mundwinkeln nestelte er so lange an dem Schildchen, bis es recht ordentlich saß, zumindest konnte jetzt jeder Gast Alfonsos Namen lesen, ohne Gefahr zu laufen, in irgendeinen Suppentopf zu fallen.

Ich gab mich mit Alfonsos Bemühungen zufrieden und bat ihn, mir einen Liter Buttermich zu holen.

Alfonso schlug die Hände über dem Kopf zusammen, ganz so, als hätte ich von ihm verlangt, er möge mir das Leibgericht des spanischen Königs servieren, und murmelte unaufhörlich „O, là, là! O, là, là!"

Von seinem „O, là, là" hatte ich nach gefühlten zwei Minuten aber so was von die Nase voll, dass ich Alfonso aufforderte, den Mund zu halten, ihn auf den abgeledertern Hocker neben den Herd schob und mir selbst einen Überblick in Küche und Speisekammer verschaffte.

Tatsache war, dass es in dieser Lokalität keine Buttermich gab, nicht einmal eine Tasse voll. Nicht in der Küche, erst recht nicht in der Speisekammer.

Ich verzichtete darauf, Alfonso eine Standpauke zu halten und ihn darauf aufmerksam zu machen, wie wenig Gäste an sich im Speisesaal Platz genommen hatten. Allerdings rechnete ich ihm hoch an, dass er bisher das unaufhaltsam sinkende Schiff namens „Hotel del Mar" nicht verlassen hatte.

Als ich mich an den Nebentisch der beiden hellhäutigen afrikanischen Moskaureisenden setzte, die sofort ihr Frühstück beendeten und ohne große Geräuschkulisse den Saal verließen, bat ich Alfonso, kurz an meiner Seite Platz zu nehmen. Der Küchenchef und Kapitän dieses Küstenhotels stellte zuerst die Schüssel mit dem Magerquark, die Ketchupflasche und die Karaffe mit Wasser vor mich hin, lief nach einem Gedeck und dem Besteck, erst dann kam er meiner Bitte nach und zog sich einen Stuhl vom Nachbartisch an meine Seite. Erwartungsvoll schaute er mich mit seinen mahagonifarbenen Äuglein an, die wie in der Tiefe eines niedersächsischen Weihers ruhten und aus Angst, sie könnten ersaufen, unruhig pulsierten.

Während ich den Quark mit dem Inhalt der Ketchupflasche vermischte und begann, meine Ersatzmahlzeit zu mir zu nehmen, überlegte ich, wann ich in den nächsten Tagen oder Wochen, vielleicht ja sogar Monaten Zeit haben würde, um dem Küchenchef vom *Hotel del Mar* unter die Arme zu greifen und damit die Katastrophe noch abzuwenden.

Ohne meine Hilfe und Unterstützung würde dieser sinkende Kahn, bildlich gesprochen, alsbald in die tiefsten Tiefen des Mittelmeers versinken. Auf Nimmerwiedersehen. Adios!

Nachdem ich ungefähr die Hälfte meiner Mahlzeit verdrückt und mehr als ein Drittel des Wassers aus der Karaffe geschlürft hatte, drehte ich mich nach einem kräftigen Bäuerchen zu Alfonso, der erwartungsvoll und sich seiner misslichen Lage durchaus bewusst meine Ansprache erwartete.

Das Schildchen am Shirt hing jetzt so, wie es sein musste, in einer waagerechten Linie zum Boden. Warum eigentlich nicht gleich so? Ich verstand das nicht. Als hätte Alfonso meine Gedanken erraten, zuckte er mit den breiten Schultern. Sein Kriselkinn rutschte auf die gewölbte Brust. Und mit der rechten, bis hinauf zu den Nagelansätzen wollig behaarten Hand griff er nach meinem Oberschenkel.

„O, là, là! O, là, là!", prustete ich und drückte seine Hand entschieden von mir.

„Der Stand der Dinge ist eigentlich der", ohne Umschweife wollte ich Alfonso mit der nackten Wahrheit konfrontieren, „dieses Hotel, diese Küche, und auch du, Alfonso, ihr seid am Ende. Niente!"

Der in diesem Moment um Jahre gealterte Küchenchef reagierte mit einem lauten Schluchzen.

„Das Schiff wird sinken", fuhr ich fort. „Nach dieser Saison wirst du deine Sachen packen müssen. Vielleicht findest du in Afrika oder in Moskau einen gut bezahlten Job, das entzieht sich meiner Kenntnis. Frag doch mal die hellhäutigen Afrikaner, die eben noch hier saßen. Solltest du jedoch auf eine Anstellung in Deutschland hoffen, dann muss ich dir, lieber Alfonso, sozusagen den Wind aus den Segeln nehmen. Deutschland kommt überhaupt nicht infrage. Überhaupt nicht. Verstehst du?"

Alfonso hatte bei meinen letzten Worten eine Art Schutzstarre angenommen. Sein Blick war auf die Eingangstür des Saales gerichtet. Seine Arme baumelten tentakelähnlich an seinem Körper. Fast hätten die gebrochenen Fingernägel das abgelaufene Parkett des Essenssaales berührt. Er bemühte sich, kaum zu atmen.

„Aber ich werde dir unter die Arme greifen. Zuerst muss ich mich allerdings um meinen Immobilienjob kümmern. Ich lasse doch keinen Freund im Stich, ich doch nicht, versprochen."

Während ich den Rest des bereits lauwarmen Wassers trank, wartete ich vergeblich auf eine Reaktion von Alfonso. Dieser schien so ergriffen von meinen Worten zu sein, dass er spontan zu keiner Regung fähig war.

Nur zu gut kannte ich ähnliche Situationen und tat nichts weniger, als Alfonso zu drängen.

Diesen Schock musste er erst einmal verdauen. Vor wenigen Minuten war er quasi bereits lebendig im Ozean versenkt, jetzt bot ihm Dollinger sozusagen eine zweite Chance. Damit musste man erst einmal klarkommen, auch so ein alter Haudegen wie Alfonso.

In diesem Moment, in dem Alfonso mit seinen Unterarmen für ein wenig Platz auf meinem Frühstückstisch sorgte, ehe er sein Haupt mit nach meinem Geschmack etwas zu viel Wucht auf die vibrierende Tischplatte schmetterte, ungeachtet der Möglichkeit, sich dabei eine mittelschwere Gehirnerschütterung zuzuziehen, betrat ein Gast den Frühstücksraum, den ich sofort erkannte.

Der Kugelbauchmann aus dem Autozug steuerte, ohne sich im Saal umzusehen, zielsicher auf das Büfett zu. Ich spürte in diesem Augenblick, in dem ich versuchte, hinter Alfonso Deckung zu finden, nicht nur einen leichten Druck in meiner Magengegend, nein, der mir so gut bekannte rechtsdrehende Schwindel zog mich wie ein Magnet an das rechte hintere Tischbein. Für wenige Sekunden kämpfte ich gegen Magendruck, Übelkeit und Schwindel gleichzeitig, ehe ich Alfonso bei seinem Shirt packen konnte und ihn mit aller Kraft, die mir geblieben war, nach unten zog.

„Vergiss jetzt mal deine Küche und das Hotel, Alfonso, das haben wir geklärt. Versprochen, ich führe dich wieder in seichte Gewässer. Du wirst nicht untergehen. Jetzt aber musst du mir helfen."

Alfonso kniete neben mir und starrte mich verständnislos an.

„Da vorn", ich zeigte unter dem Tisch in Richtung des Büfetts, „der Mann dort, der mit dem Kugelbauch, siehst du ihn?"

Alfonso rutschte auf Knien und Ellenbogen einige Zentimeter vom Tisch ab, um so einen besseren Blick in die Richtung zu haben, in die ich gezeigt hatte.

„Jetzt hast du ihn im Visier, oder?"

Alfonso hob zögerlich den Kopf und nickte.

„Kopf runter, Alfonso, in Deckung! Dieser unscheinbar wirkende Mann, dem man nicht zutrauen würde, dass er einer Fliege die Flügelchen ausreißen könnte, das ist der Kopf einer europaweit agierenden Autoschieberbande. – Wahrscheinlich", fügte ich noch hinzu, während Alfonso dicht an meine Seite rutschte und die Hände vors Gesicht schlug.

„Wir dürfen die Sache nicht versauen, verstehst du, was ich meine? Ich habe bereits von Narbonne aus die deutsche Polizei informiert, die werden sich in Kürze mit mir in Verbindung setzen. Der Präsident der deutschen Bahnhofspolizei ist ein guter Freund von mir und mir noch etwas schuldig. Diese Geschichte erzähle ich dir jedoch ein anderes Mal."

Der seit gestern von der deutschen Polizei gesuchte Gangster, der verkleidet wie ein gewöhnlicher Tourist daherkam, legte sich seelenruhig mehrere Scheiben Wurst auf den Teller, nahm von den Marmeladen und dem Schwarzbrot und schenkte sich einen Maxitopf mit Kaffee oder Tee ein, so genau konnte ich das aus meiner Deckung heraus nicht ausmachen.

Während der Dicke sich an einen Tisch rechts von der Eingangstür setzte und mit dem Frühstück begann, bereitete es mir einige Mühe, Alfonso davon zu überzeugen, sich ruhig zu verhalten und in Deckung zu bleiben, solange wir gemeinsam mit einem der gefährlichsten Gangster Europas in einem Raum zusammen waren.

Alfonso an sich war ein gutmütiger und bodenständiger Kerl. Dieser Kriminalfall, in den er da ohne eigene Mitschuld hineingeraten war, schien ihn jedoch zu überfordern. Es bereitete mir einige Mühe, den Koch, der mehrere Male aufgeben wollte und beabsichtigte, unsere Deckung preiszugeben, unter dem Tisch zu halten, zumal auch er kein Fremdsprachentalent im eigentlichen Sinn war. Die wenigen Brocken Deutsch, die ihm während unserer Konversation einfielen, konnte man gut und gerne vernachlässigen, oder was sollte ich mit Wörtern wie *Hühnerbrühe, Eisbein mit Sauerkraut, Hamburger Schnitzel oder Spätburgunder* anfangen? Das brachte nicht viel.

Vielleicht hätte ein anderer bereits in einer solchen Situation das Handtuch geworfen. Verständnis hätte er allenthalben erfahren. Ich jedoch hatte mir die Suppe, die es jetzt auszulöffeln galt, bereits in Narbonne eingebrockt. Hatte mich wieder einmal, bildlich gesprochen, über den eigenen Tellerrand gelehnt und war dabei, abzustürzen. Zumindest in die weit geöffnete Gruft zwischen Für und Wider.

Die sprichwörtlichen analytischen Fähigkeiten meiner ehemaligen Psychotherapeutin Frau Dr. Wünsche und, das kann ich Jahre später und nicht nur mit Verweis auf meinen therapeutischen Erfolg in der Behandlung meines ex-anabolen Ex-Nachbarn sagen, liebgewonnenen Freundin hatten sich über mehrere Jahre Psychiatrieaufenthalt prägend in meine grauen Zellen übertragen und festgesetzt. Einzementiert. Wie in Granit. Ich konnte nicht aus meiner Haut. Natürlich sagte mir mein wacher Verstand, dass ich mich in erster Linie um mein Immobiliengeschäft kümmern sollte. Davon hing nicht nur meine berufliche Zukunft ab. Nein, ich war auch verantwortlich für zwei in Deutschland hoffende Ex- Bodybuilder, deren einzige Chance es war, dem immer kälter werdenden Wirtschaftsklima in der Heimat zu entkommen, indem ich sie an meine Seite hier nach Spanien rief. An die Seite von Dollinger, dem erfolgreichen Immobilienguru, der es nicht nur auf die Titelseite des

„Bellen" geschafft hatte, nein, dem sogar einige Seiten einer international bekannten kuweitischen Immobilienzeitung, die alle drei Monate an eine handverlesene Klientel ausgeliefert wurde, gewidmet waren.

Der Dicke, getarnt mit türkisfarbenen Lederpantoffeln, weißen Leinensocken, die er bis über die angedeuteten Waden gezogen hatte, fliederfarbenen Shorts, die von einem daumenbreiten, grobgeflochtenen, gleichfalls türkisfarbenen Gürtel in Höhe seines Bauchnabels gehalten wurden, mit einem yellow-pink kreischenden kragenlosen Shirt darüber, erhob sich von seinem Stuhl, nachdem er nicht weniger als viermal das Büfett aufgesucht hatte.

Als der als Tourist getarnte Gangster den Speisesaal verlassen hatte, schwörte ich Alfonso auf absolute Verschwiegenheit ein. Er sollte neben seiner Tätigkeit in der Küche, die ihn mit Hinweis auf die Handvoll eingecheckter Gäste nicht übermäßig viel Zeit kosten sollte, das Zimmer des Gangsters aufsuchen und wenn möglich durchsuchen. Vielleicht war der Autoschieberchef sich zu sicher, vielleicht fand Alfonso irgendeinen Hinweis auf den Zweck seiner Reise. Vielleicht eine Telefonnummer. Eine Adresse. Ich konnte nur hoffen, dass Alfonso mit etwas mehr Enthusiasmus und Überzeugung zu Werke ging als in der Situation, in der ich ihn hier in der Küche und im Essenssaal des schwer in Seenot geratenen Hotels kennengelernt hatte.

„Alles, was wir benötigen, ist ein Hinweis auf den Schmuggel. Halt die Augen offen, und sei dir immer der Gefahr bewusst, die von diesem Mann ausgeht."

Mit einiger Mühe schob ich den widerspenstigen, vor allem jedoch ängstlichen Alfonso zurück in die Küche. Jetzt war er auf sich allein angewiesen. Das war mir schon klar. Keine leichte Sache. Noch einmal öffnete ich die Tür zum Küchenraum und steckte meinen Kopf in den Türspalt. „Es wird schon", flüsterte ich in seine Richtung, um ihm Mut zu machen. „Ich bin in deiner Nähe, und wenn es ein Problem gibt, du findest mich oben auf dem Atalayas. Toi, toi, toi!"

Mehr konnte ich in diesem Moment nicht für Alfonso tun. Das musste selbst er verstehen, und mit einigem zeitlichen Abstand, und sollte die Sache gut gehen und Alfonso nicht zu Schaden kommen, würde er, da war ich mir ziemlich sicher, in ein, zwei Jahren über diesen aufregenden Moment in seinem Leben schmunzeln. Zumindest hoffte ich, dass sich die Sache in diese Richtung entwickeln würde.

Nachdem ich Alfonso sich selbst überlassen hatte, lief ich vorsichtig, darauf bedacht, von keiner Seite überrascht zu werden, in die Eingangshalle. Ich hielt mich auf dem Weg in Richtung Ausgang leicht geduckt immer an der linken Seite der Halle, huschte vorbei an den zierlichen, blankgewienerten Zigarettentischchen, der wie verloren wirkenden Garderobe, hinter der einer der auberginefarben gekleideten Angestellten mir verdutzt nachschaute, vorbei an den leeren Informationsschaukästen und an der nicht besetzten Rezeption. Als mir der freundlich grinsende Hotelboy einen Flügel der Tür, die nach draußen führte, öffnete, richtete ich mich auf, schob meine Hände in die Hüften, um mich einmal ganz zu strecken.

Der Kugelbauchmann hatte sich aus dem Staub gemacht. Ich ließ meinen Blick über die Straße und die breite, von meterhohen Palmen gesäumte Strandpromenade schweifen, bis hin zu dem Punkt, an dem ich in Richtung Osten mein eigentliches Reiseziel Benicarlo vermutete. Allerdings hatte ich mich innerlich zu einhundert Prozent damit abgefunden, hier in dem überschaubaren Küstenort Peniscola, am Fuße einer in den vergangenen Jahrhunderten zäh umkämpften Burg, mein Maklerglück zu versuchen. Der Zufall hatte es so gewollt, und ein wenig auch mein Hang zur Verbrechensbekämpfung. Vielleicht nannte man so eine Entwicklung Schicksal?!

Am meterbreiten Strand hinter der Promenade, der in diesen frühen Vormittagsstunden bis auf einige joggende Enddreißiger und einem Elternpaar mit pubertierender Tochter, das anscheinend unter einem viel zu kleinen Sonnenschirm ihr mitgebrachtes Frühstück verspeiste, so gut wie menschenleer war, eggten unterhalb der Burg imposante Maschinen den

Sand, nachdem sie ihn vom Unrat des vergangenen Strandtages gesäubert hatten.

Die bereits hoch stehende Sonne schimmerte wie hinter einer schmelzenden Plexiglasscheibe und ließ die Luft über der Straße vibrieren.

In diesem Moment war mir klar, dass der Marsch hoch auf den Atalayas nicht nur anstrengend, sondern vor allem eine Zeit lang dauern und schweißtreibend sein würde.

9. Kapitel

Außergewöhnliche Reaktionsfähigkeit im Polizeirevier

Die mittelgroße, ein wenig zu Übergewicht neigende Blondine neben dem untersetzten, kahlköpfigen Mann, die mich oben auf dem Atalayas vor dem Immobiliencontainer erwartete, musste nach meiner Einschätzung mindestens noch doppelt so viele Jahre wie ihr Begleiter bis zum gesetzlich vorgegebenen Renteneintritt abreißen. Da war es nur verständlich, dass sie es in erster Linie war, die das Wort führte.

Grußlos fiel sie über mich her, als ich mich erst einmal, völlig ausgepumpt und nach Luft schnappend, in die Türfassung des Containers hockte.

„Wollen Sie auch heute einziehen? Woher kommen Sie? Haben Sie Raul Schmittchen gesehen? Ich bin am Ende! Die Bungalows sind nicht fertig. Wir haben alle Möbel mit. Den greife ich mir. Welchen Bungalow haben Sie gekauft? Wir haben die Nummer 2. Stimmt doch, mein Adler?!"

Die Fragen prasselten wir eine Maschinengewehrsalve auf mich ein, und es bereitete mir einige Mühe, einen klaren Kopf zu behalten, zumal ich wohl durch die vor wenigen Minuten erfolgreich verlaufene Bergbesteigung des Atalayas unterzuckert war.

Der Adler an der Seite der aufgeregten Blondine mit dem Hang zu Süßigkeiten in besonders kniffligen Situationen, wie sich unschwer aus dem Häufchen Bonbonpapier auf der Tischplatte meines Büromöbels schlussfolgern ließ, schwitzte wie ein Amateurradfahrer nach seinem ersten Einzelzeitfahren unter Wettkampfbedingungen.

Er nickte und deutete mit dem Zeigefinger der rechten Hand, ohne den Blick vom staubigen, grünlosen, knittrigen Fels zu wenden, nach oben. Dort, vielleicht fünfzig Meter entfernt, stand ein in die Jahre gekommener Jeep mit einem vollbeladenen Anhänger.

„Sie wollen also einziehen", stellte ich fest und wunderte mich nicht wenig, dass zwei so erwachsen wirkende Menschen, von denen zumindest der Adler mit beiden Beinen im Berufsleben zu stehen schien, tagtäglich in Hamburg – diese örtliche Zuordnung leitete ich vom Nummerschild des geparkten Anhängers ab – gewissenhaft und motiviert seinem Job in einem der charakterlosen Versicherungsgebäuden nachging, in einen Rohbau einziehen wollten.

„Das ist tatsächlich unsere Absicht", stöhnte der Mann, während er ein blütenweißes Taschentuch an den Enden verknotete und auf seinen glänzenden Schädel schob.

„Wir haben heute den Übergabetermin. Deswegen sind Sie doch wohl auch hier?! Wir haben den Termin um zehn Uhr."

„Es wäre wirklich besser gewesen, wenn Sie mich vor Ihrer Abreise aus Deutschland kontaktiert hätten. Das hätte Ihnen diese Unannehmlichkeiten erspart."

„Welche Unannehmlichkeiten? Was soll dieser Quatsch? Wir haben einen Termin!"

Die Blonde, die also noch mehr als das Doppelte an Jahren im Vergleich zu ihrem männlichen Begleiter dem Arbeitsmarkt in Deutschland zur Verfügung stehen durfte, ereiferte sich und fuchtelte nervös vor meinem Gesicht mit ihren Händen, an denen die Fingernägel inspirationsarm farblos lackiert waren.

„Wir wollen in unseren Bungalow, verstehen Sie? Der sollte fertig sein. Heute. Das wurde uns zugesichert. Stimmt doch, mein Adler?!"

Der Adler mit dem Häubchen auf dem Schädel nickte kraftlos.

„Schmittchen hat es uns in die Hand versprochen. Das war die Voraussetzung, dass wir ihm die vorletzte Rate, immerhin eine fünfstellige Summe, überwiesen haben."

Der Mann, an dem die Strapazen der vielstündigen Autofahrt von Hamburg nach Peniscola nicht spurlos vorübergegangen waren, zuckte mit den Schultern.

„Nächstes Mal nehmen Sie besser gleich den Autozug nach Narbonne. Ich sage Ihnen, das ist so ein entspanntes Fahren", versuchte ich ihn aufzumuntern. „Was Raul Schmittchen allerdings angeht, da muss ich Ihnen sagen, dass Sie den heute und auch in den kommenden Tagen nicht vor Ort antreffen werden. Das ist die schlechte Nachricht."

Ich musterte die Gesichter meiner beiden ersten Immobilienkäufer, fand jedoch keine Spur von gesteigertem Interesse an meinen Ausführungen darin.

„Die gute Nachricht allerdings", jetzt schob sich das unrasierte Stoppelkinn des Adlers, für den ungeübten Betrachter nicht wahrnehmbar, wenige Millimeter in die Höhe, und die Schnappatmung der Blonden setzte für Sekunden aus, „die gute Nachricht also: Ich stehe Ihnen mit allen Vollmachten zur Verfügung. Herr Schmittchen hat mir nämlich gestern die Geschäftsführung übertragen."

Die Münder der beiden Hamburger klappten nach unten, während ich mich auf den Drehhocker hinter meinen Verkaufstisch zwängte und den beiden anzeigte, sich auf die vor dem Tisch bereitgestellten Stapelstühle zu setzen. Ein wenig ärgerte ich mich, dass ich nicht mehr dazu gekommen war, den Oleanderbusch vom Staub der Costa zu säubern. Vielleicht aber bemerkten die zwei Immobilienkäufer aus Hamburg diesen kleinen Fauxpas gar nicht, waren viel zu sehr mit der glücklichen Wendung in ihrer Angelegenheit beschäftigt.

„Mein Name ist Dollinger."

Ich versuchte mich von meinem Drehhocker zu erheben. Das war mir allerdings nur bedingt möglich. Die Knie in einem stumpfen Winkel abgeknickt und das Hinterteil gen Mittelmeer gestreckt, reichte ich den potenziellen Hausbesitzern meine Hand.

„Sehr schön", hauchte die Blondine, während ihr männlicher Begleiter zuerst die unkonventionelle Kopfbedeckung zurechtrückte und ihr dann den Stuhl unter den Hintern schob. Vorsichtig rutschte er auf die andere Sitzgelegenheit.

„Na, was sagen Sie? Ist das nicht ein Bild? Wie von den Göttern gemalt."

Ohne mich umzusehen oder meinen Hocker zu verrücken wies ich mit dem Daumen nach hinten, Richtung Meer.

„Und ein kleines Stückchen dieses Paradieses wollen Sie also ganz für sich."

Die Blondine hauchte ein kaum wahrnehmbares *Ja*. Ihr Begleiter nickte.

„Da will ich mal sehen, was ich für Sie tun kann. Hier habe ich den interessanten Prospekt, den Sie sicherlich bereits kennen dürften, und hier", ich tippte auf das dreiseitige Papier, das ich neben den Prospekt gelegt hatte, „und hier haben wir den aktuellen Verkaufsstand."

Ich neigte mich leicht nach vorn über den Tisch, sodass ich den beiden auch physisch etwas näher war. Die Blondine und der Adler sahen sich für einen kurzen Augenblick fragend an. Ein einzelner Schweißtropfen rutschte von der Stirn der Blonden bis in die tiefe Gruft ihrer linken Nasolabialfalte, von wo er vom aufmerksamen Adler mit dessen Kopftaschentuch vorsichtig abgetupft wurde.

„Wie ist der Name?"

„Weidemann, Gerd und Adelheid", schoss es wie aus einem Katapult geschleudert in meine Richtung. Der Adler sah seine Frau triumphierend an. Zur Belohnung bekam er einen Klaps auf den Oberschenkel.

„Weidemann, Gerd und Adelheid", wiederholte ich und blätterte in meinen überschaubaren Unterlagen. „Ach, hier habe ich Sie. Bungalow 2, das ist völlig in Ordnung. Wenn Sie die vorletzte Rate überwiesen haben und die letzte Rate noch überweisen, dann können Sie in spätestens vier Wochen den Bungalow übernehmen."

Ich freute mich für die zwei Hamburger Bürger und bedauerte gleichzeitig, dass ich nicht daran gedacht hatte, für einen solchen Moment der Freude ein Piccolöchen bereitstehen zu haben.

Allerdings hielt sich die Freude der beiden zukünftigen Immobilienbesitzer in Grenzen, sehr stark in Grenzen, um nicht zu sagen, dass sie alles andere als erfreut über die Nachricht waren, in vier Wochen ihren Bungalow übernehmen zu können.

„Wir ziehen heute ein, die vereinbarte Rate ist überwiesen worden, und der Bau da oben", die zickige Hamburgerin wies in die Richtung der Baustelle, „ist auf demselben Stand wie bei unserem Besuch vor zwei Monaten. Da hat sich nichts getan."

Der maulfaule Adler nickte zur Bestätigung.

Spätestens in diesem Moment hatte ich es bemerkt und – wie hat Kulle das früher immer ausgedrückt? – geschnallt, ja, ich hatte es geschnallt.

Ich hatte es tatsächlich mit einer besonders widerspenstigen Klientel zu Beginn meiner Maklerkarriere zu tun. Diese Erkenntnis breitete sich im Bruchteil einer Sekunde in meinem Hirn aus: wie ein sturmgepeitschter Mantel, den nur noch zwei in die Jahre gekommene Holzklammern an der Wäscheleine hielten und der im Begriff war, sich bei der nächsten Böe, die garantiert kommen würde, ins Nirwana zu verlieren.

Natürlich konnte ich mir meine Kunden beziehungsweise Käufer nicht aussuchen, allerdings hatte ich mir dann doch bei einem so entscheidenden Moment, wie es der Erwerb einer Immobilie nun einmal ist, der ja nicht nur gut überlegt sein will, sondern auch eine gravierende Änderung im Leben der späteren Besitzer bedeutet, ein wenig mehr Entgegenkommen und vor allem Verständnis für meine Situation gewünscht.

Diesen berechtigten Wunsch konnte ich bei den beiden hysterischen Hamburgern in den Wind schreiben. In der aktuellen Situation galt es, die rein professionellen Gedanken in den Vordergrund der Überlegungen und des daraus ableitbaren Handelns zu stellen. Ich musste die Situation entschärfen. Deeskalieren, wie es mein Freund, der Präsident der Berliner Bahnhofspolizei, sicherlich fachlich akkurat formuliert hätte.

Aber wie konnte ich die Blonde und den Adler zufrieden stellen, zumal ich damit rechnen musste, dass sie nicht die einzigen zukünftigen Hausbesitzer bleiben würden, die sich am heutigen Tag hier auf dem Atalayas mit Raul Schmittchen treffen wollten. Ich musste überlegen.

„Einfach mal tief durchatmen."

Wie ein Bewegungstherapeut in einer Reha-Einrichtung demonstrierte ich den beiden Weitgereisten, wie man zur Entspannung atmen sollte.

„Immer tief einatmen, kurze Pause, dann langsam, ganz langsam ausatmen. Das funktioniert ja bereits spitzenmäßig", lobte ich den Adlermann, während ich für die Blondine nur ein bedauerndes Schulterzucken übrig hatte. Während sich ihr Mann bemühte, meinen Anweisungen zu folgen, sperrte sich diese Frau mit allen Fasern ihres Körpers. Da kannst du als Therapeut verzweifeln.

„Frau Weidemann, ich bitte Sie, lösen Sie sich von der Situation, atmen Sie, ganz ruhig, ein und aus. Schauen Sie sich Ihren Mann an, ein Vorbild von einem Patienten. Bravo, Herr Weidemann."

Ich hatte kaum ausgesprochen, da krachte die kleine Faust der blonden Frau auf meinen Arbeitstisch, dass ich Mühe hatte, meine Papiere zusammenzuhalten.

„Wir sind keine Patienten, verstehen Sie? Uns gehört da oben ein Haus, in das wir einzuziehen beabsichtigen. Und zwar heute."

Ich muss es der eigenwilligen Hamburgerin zugutehalten, dass ich bis dato noch keine Zeit hatte, sie über meine bisherige Biografie zu informieren. Wahrscheinlich hätte sie sich in der Kenntnis der vielfältigen fachlichen Fähigkeiten des Ersten Geschäftsführers ruhiger, unaufgeregter, tuffer, entspannter, unverkrampfter verhalten. So musste sie allerdings annehmen, dass ihr Gegenüber, der leitende Geschäftsführer der Immobilienfirma Bartolm, Dollinger, ein einfacher Makler war, einer, der seit Jahren nichts anderes tat, als Immobilien an den Mann beziehungsweise an die Frau zu bringen.

„Liebe Frau Weidemann, meine Liebe", ich griff nach ihrer Faust, die sich an den Knöchelchen weiß verfärbt hatte, und umschloss sie mit meinen Fingern, „ich verstehe ja Ihren Unmut, und ich versichere Ihnen, dass Sie heute noch in Ihren

Bungalow können. Die Immobilienfirma Bartolm lässt doch ihre Kunden nicht hängen."

Frau Weidemann zog ihre Faust vorsichtig aus der Umklammerung meiner Finger und blickte den Adlermann triumphierend an.

„Na, was habe ich dir gesagt? Das packen wir. Wir lassen uns nicht abspeisen, wo kommen wir da hin, und schon gar nicht hier in Spanien!"

Herr Weidemann nickte. Das in der Zwischenzeit klatschnasse Taschentuch war bis über die breite Nasenwurzel gerutscht, sodass es dem Mann schwerfiel, mit den Augen einen bestimmten Punkt zu fixieren. Während das rechte Auge auf seine Frau gerichtet war, suchte das linke Auge scheinbar den Ersten Geschäftsführer der Immobilienfirma Bartolm zu fixieren. Das gelang nachvollziehbar nicht besonders gut.

„Aber wie soll das gehen? Du hast doch selbst eben gesagt, dass an unserem Bungalow seit Monaten nicht gearbeitet wurde."

„Und wenn schon, die Möbel schaffen wir ins Haus."

Ich drehte mich einige Grad nach rechts und legte meine Arme in den Schoß.

„Das kriegen wir hin, Frau Weidemann. Und wenn Sie tatsächlich die vorletzte Rate bereits bezahlt haben, dann kommen wir Ihnen von der Firma Bartolm bei der Abschlussrate sogar entgegen."

Frau Weidemann sprang auf, lief zum abgestellten Jeep und kehrte einen Moment später mit einem Blatt Papier in der Hand wieder zurück.

„Hier haben Sie eine Kopie der Überweisung, bitte sehr."

Prüfend betrachtete ich das auf den Arbeitstisch gedrückte Papier und bestätigte Herrn und Frau Weidemann die Korrektheit ihrer Angaben, indem ich laut die überwiesene Summe vorlas.

„Alles korrekt, bringen Sie Ihre Möbel und was Sie sonst noch haben, hoch in Ihren Bungalow. Die Nacht müssen Sie allerdings nicht dort oben zubringen. Wie Sie bereits richtig festgestellt haben, fehlen noch die Boden- und Wandfliesen, ebenso die Türen, die Elektro- und Wasseranschlüsse als auch der Kücheneinbau. Sie gönnen sich zwei, drei Tage unten im Örtchen, übernachten und speisen im ersten Hotel am Platz, dem *Hotel del Mar*, und ich kümmere mich in der Zwischenzeit um die Fertigstellung des Bungalows. Versprochen."

Die Umarmung von Frau Weidemann fiel etwas weniger herzlich aus als die des Adlers.

Bis zum frühen Nachmittag, die Sonne stand im rechten Winkel zum Atalayas, konnte ich zwei weitere Fasthausbesitzerpärchen, das eine aus Frankfurt, das zweite aus Mühlheim, freudig stimmen, indem ich ihnen die gleiche Auskunft wie den Weidemanns gab. Außerdem hatte ich mir überlegt, dass ich im *Hotel del Mar* wegen der Provision vorsprechen musste. Die hatten durch mich für die kommenden Tage eine Belegung, davon hatte ihr Geschäftsführer nicht einmal gewagt zu träumen.

Die Zeit der Siesta nutzte ich, um den Handwerkern, die sehr zahlreich am Bau des modernen Schlosses oberhalb der Atalayas-Anlage, umgeben von der noch nicht fertiggestellten Steinmauer, beschäftigt waren, einen Besuch abzustatten.

Zum einen wollte ich mich als neuer Erster Geschäftsführer von Bartolm vorstellen, zum anderen hatte ich die Absicht, die am Schloss bereits weit fortgeschrittenen Arbeiten für einige Tage zu unterbrechen, damit sich alle Handwerker den Restarbeiten an den Bungalows der Atalayas-Anlage widmen konnten. Konzertierte Aktion, nannte ich mein Vorhaben, das nicht sofort bei jedem dort oben auf Verständnis stieß.

Als Makler allerdings nach diesem Vormittag nicht mehr grün hinter den Geschäftsohren, beharrte ich felsenfest und unbeugsam auf meiner Forderung und begleitete die einzelnen Arbeitstrupps mitsamt ihrer Geräte und dem Material in die Anlage hinunter.

Raul Schmittchen hatte zwar betont, dass ich nur zwei oder drei der Handwerker in die Anlage holen sollte, allerdings griff mir diese Anweisung viel zu kurz. Ich war der Überzeugung, dass Raul Schmittchen einerseits gestern Abend die Brisanz der Situation nicht erkannt und andererseits die Effektivität von zwei, drei Arbeitern im Verhältnis zu einer ganzen Mannschaft falsch bewertet hatte.

Wenn er zurückkam und sah, dass die Anlage in nur wenigen Tagen fertiggestellt war und dass, so hoffte ich zumindest, die Materialien vom Schloss ausgereicht hatten, dann blieb ihm nichts anderes übrig, als Dollinger zu beglückwünschen.

Am späten Nachmittag schaute ich noch einmal zur Atalayas-Anlage hoch. Ich versuchte die bereits emsig schaffenden Spanier noch einmal zu motivieren. Allerdings merkte ich zu meiner Genugtuung rasch, dass ich mich nicht in ihnen getäuscht hatte. Es bedurfte keines extra Ansporns, sie – wie formulierte Kulle das? – am Laufen zu halten. Richtig. Nicht ein Einziger der hochqualifizierten und dynamischen Spezialisten ließ sich auch nur für einen Moment von der Arbeit abhalten. In diesem Augenblick, als ich den spanischen Fachleuten so bei der Arbeit zusah, musste ich daran denken, dass es bestimmt eine Menge falscher Vorurteile gab. Besonders in Deutschland.

Auf dem Weg hinunter zum Hotel, wo ich beabsichtigte, eine kleine Mahlzeit zu mir zu nehmen und die gestressten zukünftigen Bungalowbesitzer über den rasanten Fortgang der Arbeiten auf dem Atalayas-Gelände zu informieren, vor allem jedoch mit Alfonso zu sprechen, suchte ich hinter dem Kreisverkehr, keine zweihundert Meter entfernt von der Strandpromenade, die örtliche Polizei in einem etwas verloren wirkenden einstöckigen Gebäude zwischen dem Veteranenclub und einer Basketballanlage auf, in der wahrscheinlich nur die rüstigsten der Veteranen regelmäßig trainierten. Zurzeit war der Platz unter den Körben jedoch menschenleer.

Es war so gut wie ausgeschlossen, dass der Chef der Berliner Bahnhofspolizei mir bereits eine Nachricht geschickt hatte. Er hatte, bei allen Fähigkeiten, die ein leitender Beamter der Bahnhofspolizei haben musste, mit Sicherheit keine hellseherischen Fähigkeiten. Dass ich nicht in Benicarlo angekommen war, stattdessen hier in dem kleinen Fischerörtchen Peniscola gestrandet war, konnte er nicht ahnen. Andererseits hatte der Präsident, natürlich aus persönlicher Zuneigung zu Dollinger, verbunden mit dem Druck, der wegen des immer noch nicht gelösten Autoschieberfalls auf ihm lastete, unter Umständen die Kollegen in Benicarlo kontaktiert. Die von Natur aus vitalen und bemühten spanischen Polizisten hatten in weniger als sechs Stunden herausgefunden, dass Dollinger in Benicarlo nie angekommen war. Das war die erste Nachricht, die sie dem Kollegen in Berlin faxten. Erst zwanzig Minuten später, der Schalk saß auch spanischen Polizisten ab und an im Nacken, teilten sie dem Präsidenten in einem separaten zweiten Fax mit, dass Dollinger wohlauf in Peniscola aufgetaucht sei. Er hatte sich mit den örtlichen Gegebenheiten angefreundet, sich sozusagen in wenigen Stunden akklimatisiert, hatte die Touristenunterkünfte besucht, sich mit der spanischen Mentalität vertraut gemacht, bevor er seine Tätigkeit als Erster Geschäftsführer der Immobilienfirma Bartolm aufgenommen hat. In dieser verantwortungsvollen Position hatte er sofort, ohne zu zögern, die Bauarbeiten in einer Ferienhausanlage optimiert und forciert.

Die spanischen Polizisten kamen nicht umhin, dem Polizeipräsidenten als Anhang mitzuteilen, dass sie gern mehr Deutsche von der Sorte Dollingers hier vor Ort hätten.

Nun ja, die zwanzig Minuten zwischen dem Eintreffen des ersten und dann des zweiten Faxes im Berliner Büro des Präsidenten waren eine Qual. Nicht nur für den Präsidenten, nein, es hatte sich in Windeseile im Bahnhofsgebäude herumgesprochen, dass Dollinger in Benicarlo nicht eingetroffen war. In den Minuten zwischen den beiden Faxen konnte man den Eindruck gewinnen, dass das öffentliche Leben, zumindest auf dem Berliner Hauptbahnhof, stillstand.

Als das zweite Fax, mit der Nachricht, dass Dollinger wohlauf ist und bereits seine Tätigkeit in Spanien aufgenommen hatte, eintraf, war nicht nur der Präsident erleichtert, die Woge der Begeisterung unter den Beamten und Angestellten der Bahnhofspolizei kannte fast keine Grenzen. Knappe zwei Minuten dauerte der spontane Beifall vor der Tür des Präsidenten und auf den Gängen des Gebäudes bis hinunter zu den Bahnsteigen. Erst als die Bahnauskunft via Lautsprecher die

Nachricht auch an die Reisenden weitergegeben hatte, kehrte so etwas wie Normalität auf dem Berliner Hauptbahnhof ein.

„La policia" stand in abblätternden Lettern, jedoch noch immer gut lesbar, über dem Eingang. Die von außen durch eine rostende Metallplatte verstärkte Tür ließ sich mit einem kaum wahrnehmbaren Knarzen öffnen. Ein abgedunkelter, circa acht Meter langer Gang führte zum Licht. An den gekalkten Wänden entlang des Ganges hingen rechts und links vergilbte Werbeposter der örtlichen Polizei. Einige von ihnen waren an den Ecken eingerissen. Wie müde Flügelschläge bewegten sie sich im Luftzug des Besuchers, der an ihnen vorbeischritt.

Einige der Fliesen auf dem Boden fehlten und der Besucher der örtlichen Polizeistation musste sich Mühe geben, ohne zu stolpern oder zu fallen in den Raum mit dem Licht zu gelangen.

Das Licht am Ende des Ganges stammte von einer Glühbirne, die über dem Tresen pendelte, hinter dem zwei Uniformierte mit hinter die Ohren geschobener Uniformmütze auf ihren Stühlen hockten. Die Stuhllehnen waren gegen die speckige, ehemals lindgrüne Wand gekippt, und ihre Füße in abgewetzten und staubigen Schuhen hatten sie auf dem Schreibtisch hinter dem Tresen geparkt. Der eine der zwei spanischen Polizisten, der sich mit einer metallenen Fliegenklatsche Luft zufächelte, blinzelte nur kurz, als ich den Raum betrat. Die Luft in diesem Polizeiverlies stand. Die Hitze des Tages da draußen hatte sich in diese vier Wände zurückgezogen. Vor allem hinter den Tresen. Menschliche Aktivitäten mussten verständlicherweise auf ein Minimum reduziert werden. Das galt nicht nur für überflüssige motorische Bewegungsabläufe, das galt insbesondere auch für die verbale Kommunikation.

Ich hatte die für die beiden Polizisten sicherlich unangenehme Situation ziemlich schnell erfasst.

„Perdone!"

Und wieder blinzelte der mit der Fliegenklatsche.

„Dollinger." Ich hatte mich vor den Tresen gestellt und hob die linke Hand zum angedeuteten Gruß. Die Hand ließ ich nach geschätzten sechzig Sekunden wie in Zeitlupe wieder an meine Körperseite rutschen.

Vielleicht war es besser, ohne die sonst üblichen Begrüßungsformalitäten gleich zur Sache zu kommen.

„Hat der Präsident der Berliner Bahnhofspolizei mir ein Fax geschickt? Berliner Bahnhofspolizei. Ich bin Dollinger, Erster Geschäftsführer der Immobilienfirma Bartolm, hier vor Ort."

Die beiden wie paralysiert wirkenden Polizisten sahen sich aus den Augenwinkeln an. Ein angedeutetes Schulterzucken begleitete die Übergabe der Fliegenklatsche an den Kollegen.

„Sie haben also nichts gehört?!"

Ich erwartete keine Antwort. Zumindest keine verbale Antwort. Dafür bemühte ich mich, aus ihrer Mimik zu lesen – aus der Sprache der Gesichtsmuskeln, die mir unter Umständen in Form hingehauchter Reaktionen meine Fragen mit einem Mindestmaß an körperlichem Aufwand beantworten könnte.

Es mag sein, dass die beiden Polizisten ihren dritten Doppeldienst in Folge leisten mussten. Sie mussten sich nachvollziehbar ihre physischen und psychischen Kräfte einteilen. Vielleicht lagen ja noch weitere Doppeldienste vor ihnen, hier in der Hochburg des Touristenrummels an der spanischen Küste, am heißesten Arbeitsort der westlichen Zivilisation. Ausgenommen die Arbeitsplätze an den Hochöfen und in den unzähligen Glasbläsereien. Auch auf Mallorca.

Es mag auch sein, dass diese beiden spanischen Polizisten über noch weniger deutsche Sprachkenntnisse verfügten als ihre französischen Kollegen.

Aber zumindest reagieren könnten sie auf meine Fragen. Sozusagen von Kollege zu Kollege. Mit einem Augenzwinkern. Mit einem angedeuteten Lächeln. Mit einem Fältchen auf der schweißigen Stirn. Nichts von dem konnte ich in den kommenden gut zwanzig Minuten beobachten. Keine Reaktion, nicht die geringste. Allerdings konnte die spanische Polizei nicht auch noch von mir verlangen, hier den Dienst vor Ort anzutreten. Das ging dann doch ein wenig zu weit. Kollegialität hin oder her, gute Nachbarschaft, von mir aus. Aber hausgemachte Probleme mussten im eigenen Haus gelöst werden. Deutsche Probleme in einem deutschen Haus, spanische Probleme in einem spanischen Haus. Basta. Ich hatte mich in den letzten Minuten doch ein wenig in Rage gedacht.

Allerdings würde ich wohl nie erfahren, was außer der bleiernen Schwüle die spanischen Kollegen gelähmt hatte. Und ob sie mich informieren würden, wenn der Polizeipräsident mir eine Nachricht per Fax schickte, war mehr als zweifelhaft. Sicherheitshalber schrieb ich ihnen meine zwei Adressen hier vor Ort auf ein abgerissenes Kalenderblatt: „Hotel del Mar" und „Immobiliencontainer Atalayas".

Übrigens hatten die Polizisten die letzten vier Kalenderblätter nicht abgerissen, ein untrügliches Zeichen eines enormen Kräfteverlustes. So war das wohl einzuschätzen.

Als ich gerade das Polizeigebäude verlassen wollte und mich beglückwünschte, dieses nicht zur Mittagsstunde aufgesucht zu haben, fiel mein Blick auf eins der Fahndungsbilder an der Wand neben der Tür, die nach draußen führte.

Interessiert studierte ich die Fotos der gesuchten Personen, mehr aus kollegialer Neugier als in der Hoffnung, im Autoschieberfall eine Spur weiterzukommen.

Die zum Teil ziemlich unscharfen Porträtaufnahmen der Gangster sagten mir gar nichts. Der Text neben den Fotos, der vermutlich über die Straftaten und die ausgesetzten Belohnungen informierte, war zudem zu allem Überfluss in Spanisch geschrieben.

Dann jedoch machte ich eine Entdeckung, die mein vegetatives Nervensystem wie die Düsen eines Spaceshuttles zündete. Der sofort einsetzende rechtsdrehende Schwindel krampfte sich in meinen Magen, der sich postwendend bemühte, die bis zum jetzigen Zeitpunkt noch nicht völlig verdauten Speisereste über die viel zu enge Speiseröhre durch die Mundhöhle hinaus an die an dieser Stelle akzeptabel lindgrün gestrichene Wand zu katapultieren. Nur meiner außergewöhnlichen Reaktionsfähigkeit war es geschuldet, dass ich das Fahndungsblatt mit dem mir bekannten Gesicht darauf schneller von der Wand riss, als mein verbliebener Mageninhalt an dieser klebte.

Meine Beine knickten wie zwei siebzigjährige, kalziumlose Oberschenkelknochen ein, und ich stürzte mit dem Gesäß auf die angenehm temperierten Fliesen des seit geraumer Zeit nicht mehr gereinigten Fußbodens. Mein Rücken donnerte gegen die Tresenwand, und ich lauschte, inwieweit die aktuellen Vorkommnisse im örtlichen Polizeigebäude von Peniscola die beiden diensttuenden Kollegen zu einer Reaktion bewegen würden. Es blieb ruhig auf der anderen Seite des Tresens. Alles andere wäre für mich auch eine große Überraschung gewesen. Nur ein kaum wahrnehmbares Schniefen hinter der Bretterwand verriet mir, dass zumindest einer der beiden Polizisten noch am Leben war.

Während ich meinem vegetativen Nervensystem Zeit zur Regeneration geben musste und auf dem Boden sitzen blieb, studierte ich das Blatt Papier mit dem Fahndungsfoto. Zwar war das Foto etwas unscharf, das Papier, auf dem es abgedruckt war, vergilbt, unzweifelhaft fielen mir allerdings einige Übereinstimmungen auf, die in der Summe keinen Zweifel zuließen.

Jetzt hatte ich zu dem Chef der Autoschieberbande, zu dem Kugelbauch im Hotel einen Namen: Willi der Niffel. So wurde der Gesuchte in Gangsterkreisen genannt. Der bürgerliche Name des Bandenchefs war aus juristisch nachvollziehbaren Gründen natürlich nicht genannt.

Willi der Niffel. Mit rundem Gesicht. Fast faltenlos. Mit kleinen Knopfaugen. Hochsitzende, farblose Augenbrauen. Die weißen oder blonden Haare, den Unterschied konnte ich nicht sicher bestimmen, links gescheitelt und hinter die eine Spur abstehenden Ohren gekämmt, deren Läppchen angewachsen waren.

Die Ähnlichkeit mit dem Kugelbauch war verblüffend. Zwar schien das Gesicht des Kugelbauches nicht ganz so rund wie auf dem Fahndungsfoto, allerdings musste ich auch die Strapazen des Gangsters berücksichtigen, die die Flucht an sich für ihn bedeutete. Zumal er den aktuellen Coup auf jeden Fall noch durchzuziehen beabsichtigte.

Die Haare, die er jetzt ungescheitelt und kürzer als auf dem Foto trug, hatte er gefärbt. Auch die Augenbrauen des Gangsters saßen jetzt tiefer und waren zur Nasenwurzel hin zusammengewachsen.

Die Ohrläppchen hatte er operieren lassen. Diese kleinen verräterischen Details ließen sich heute fast im Vorbeigehen korrigieren.

Schade, dass diese Fahndungsfotos der Polizei hier in Spanien, allerdings nicht anders als in Deutschland, immer nur das Gesicht des Gesuchten zeigten. Vielleicht sollte ich in dieser Sache dem Präsidenten der Berliner Polizei einen Tipp geben. In Sachen Verbesserung der Aufklärungsquote. Sozusagen als Bonbon zur Lösung des Autoschieberfalls. Obendrauf.

Ich zog meinen 1966er Pionierkalender aus der Hosentasche und notierte unter dem Hinweis *Versorgungspoint* in Meck-Pomm auf Seite 101 das Stichwort *Fahndungsfoto.*

In der Zwischenzeit ging es mir so weit wieder gut, dass ich das Polizeigebäude auf meinen eigenen Beinen verlassen konnte. Mit dem Fahndungsfoto von Willi dem Niffel in der Tasche.

10. KAPITEL

Rekrutierung Alfonsos in das Dollinger-Team

Den Abend verbrachte ich überwiegend im Hotel, bevor ich mich auf den konditionierenden Weg zu meiner Ruhestätte auf dem Atalayas begab.

Alfonso hatte mir ein Schüsselchen Buttermich organisiert, die ich bei ihm in der Hotelküche mit ungekünstelter Freude und auch etwas gerührt über die Bemühungen meines Vertrauten in mich hineinlöffelte, während er mir zu verstehen gab, dass er im Zimmer des Kugelbauchmannes nichts Verdächtiges gefunden hatte.

„Kein Geldkoffer?", fragte ich ihn, während ich eine Scheibe Knäckebrot mit Sesam in die Milch bröckelte.

Alfonso sah mich mit weit aufgerissenen Augen an.

„Waffen, Maschinengewehre, Pistolen, verstehst du? Bum, bum!"

Alfonso schüttelte den Kopf.

„Da siehst du, wie gerissen diese Gangster vorgehen. Hast du nach den Papieren gesucht?"

Ich zeigte Alfonso zur Demonstration dessen, was ich meinte, das zusammengefaltete Fahndungsfoto der Polizei und wiederholte: „Papiere? Fahrzeugscheine? Verträge? Nichts?"

Und erneut schüttelte Alfonso den Kopf. Er rutschte auf den Hocker vor mir und verschränkte verlegen die Hände im Schoß.

„Alfonso, du musst dir keine Gedanken machen. Diese Gangster sind top organisiert und vorbereitet. Die überlassen nichts dem Zufall. Es ist nicht deine Schuld, wenn du nichts gefunden hast. Du musst dich nicht grämen."

Wenn ich ehrlich bin, hatte ich nicht mit einer Spur oder einem Hinweis auf den aktuellen Coup der Autoschieberbande in dem Hotelzimmer des Bandenchefs gerechnet. Trotzdem war es wichtig und notwendig, dass Alfonso das Zimmer des Kugelmannbauches durchsucht hatte. So wussten wir zumindest, dass das Zimmer des Bandenchefs clean war.

„Und hast du die Aktivitäten des Dicken observiert? Hast du einige Aufzeichnungen gemacht? Ort und Zeit notiert? Wann und wo?"

Die Rekrutierung Alfonsos in das Dollinger-Team kam für den sensiblen spanischen Koch am heutigen Vormittag wie aus heiterem Himmel, wie man so schön sagt. Anders formuliert, es hat ihn umgehauen. Im übertragenen Sinn. Noch beim Verlassen seiner gemütlichen, seit Jahren auf eine Kernsanierung wartende Finca am Rande des Fischerörtchens am frühen Morgen, kurz nach Sonnenaufgang, hatte er seine Frau in den Arm genommen und geherzt. Zwischen seinen Beinen tollten die dreijährigen Zwillinge, deren Schlaf, zum Missfallen ihrer Mutter, wie alltäglich mit dem frühen Aufstehen Alfonsos endete. Da schien die Welt noch in Ordnung. Wenige Stunden später sollte er mit Akribie und mit vollem Risiko, weder in Observation noch in Selbstverteidigung geschult, ohne forensische Kenntnisse und ohne moderne Kommunikationsmittel, als Agent in den Reihen der Dollinger-Detektei den Kopf der Autoschieberbande unter die Lupe nehmen.

Ich durfte Alfonso nicht vorwerfen, dass er mir keine Ergebnisse liefern konnte. Seine Schuld war das wahrlich nicht. Wenn sich einer hinterfragen musste, dann war ich das höchstpersönlich. Vermutlich muss ich in Zukunft in der Auswahl meiner Mitarbeiter noch eine Spur härter zu mir selbst sein, die gefühlsmäßige Ebene ganz raushalten. Ich entschied noch viel zu sehr mit dem Bauch.

Ich seufzte tief, während ich nach der Arbeitshand des Kochs griff. Der war sichtlich gerührt über so viel Zuwendung und Verständnis, dass er wie elektrisiert vom Hocker sprang.

Ein unsicheres Lächeln huschte über sein pockennarbiges Gesicht.

Ich räusperte mich vielsagend und deutete Alfonso an, dass er sich wieder setzen solle.

„Alfonso, du musst dir wirklich keine Gedanken machen. Wir sind an dem Kerl dran. Und gemeinsam, du", ich tippte dem Koch gegen die Brust, „und ich, Dollinger, wir bringen den Bandenchef zur Strecke. Das verspreche ich dir!"

Um die Bedeutung meiner Worte zu unterstreichen, hielt ich ihm den jetzt aufgefalteten Fahndungszettel mit dem Porträt von Willi dem Niffel vors Gesicht.

„Und, erkennst du ihn?", fragte ich neugierig.

Alfonso griff nach dem Papier mit dem Fahndungsfoto. Als hätte er plötzlich etwas mit den Augen, hielt er das Papier weniger als eine Handbreit vors Gesicht. Er drehte das Foto erst nach links, wobei er seinen kantigen Schädel in die gleiche Richtung neigte, dann, nach einigen Sekunden, drehte er das Bild nach rechts. Alfonso sprang auf, in der Hand das Papier, und eilte zu einer Pinnwand rechts neben der Tür, die zum Speisesaal führte. Mit der Eleganz einer Raubkatze heftete er das Foto an die Wand, um sich dann in gleicher Manier rückwärts von der Wand zu entfernen, immer das Foto von Willi dem Niffel im Auge und den Kopf leicht geneigt. Dabei machte er ein höchst bedeutsames Gesicht.

Ich verfolgte das Tun des Kochs aufmerksam und mit höchstem Interesse. Alfonso schien mich in diesem Moment gar nicht wahrzunehmen. Erst räusperte er sich vielsagend, dann seufzte er, nach weiteren Minuten des intensiven Studiums des Fahndungsfotos sprang er vor die Pinnwand, riss das Papier runter und schob es mir auf den Schoß. Anschließend ließ er sich auf den Hocker plumpsen und schüttelte den Kopf.

„Du meinst, du denkst, dass ...", ich suchte nach den passenden Worten, „du erkennst den Kugelbauchkopf nicht wieder? Ist es das, was du mir sagen willst?"

Alfonsa nickte und stöhnte, und es hatte den Anschein, dass er sich unbehaglich in seiner Haut fühlte.

Für einen kurzen Augenblick war ich verwirrt, lauschte in mich hinein, spürte jedoch keine Reaktion in meinen Eingeweiden. Das beruhigte mich außerordentlich und ich nickte dem Koch zu. Er hatte es verdient, für heute Feierabend zu machen. Sollte er zu seiner Familie eilen und die Frau und die Zwillinge in die Arme schließen. Seine Nacht würde kürzer sein als gewohnt. Zu viel hatte er der Frau an seiner Seite über den heutigen Tag zu berichten, über seinen ersten Tag im Dollinger-Team. Auf der Spur der Autoschieberbande. Ich hoffte nur, dass er seinen Bericht zu Hause nicht noch blumig ausschmücken würde. Südländer haben in dieser Hinsicht eine blühende Fantasie, hatte mir zumindest Kulle vor Jahren mal gesteckt.

Heute allerdings hatte ich den Familienvater mehr als gefordert. Kein Wunder, dass sein Urteilsvermögen am Abend nachließ und er den Kugelbauch auf dem Foto nicht erkannt hatte. In dieser Hinsicht galt es, nachsichtig zu sein.

Mit einem Klaps auf die Schulter verabschiedete ich Alfonso aus dem Dienst und begleitete ihn zur Tür. Zuerst wollte er gar nicht gehen, wollte an meiner Seite bleiben, auch an diesem Abend. Es bedurfte schon einer gewissen Strenge in meinen Worten, ehe er zögerlich und auch ein wenig enttäuscht die Küche verließ.

„Morgen ist ein neuer Tag", verkündete ich feierlich wie ein Versprechen zum Abschied. Da war die Küchentür bereits ins Schloss gefallen und Alfonso auf dem Weg in seinen wohlverdienten Feierabend. Das allerdings galt nicht für mich.

Als ich mich endlich auf den Weg machte, das Hotel zu verlassen, musste ich die Lobby durchqueren. Zu meiner Überraschung entdeckte ich an einem Tisch in der Eingangshalle die drei deutschen Pärchen aus Hamburg, Frankfurt und Mühlheim, denen ich hier im *Hotel del Mar* bis zur Fertigstellung ihrer Bungalows eine Unterkunft organisiert hatte.

„Hallo!", rief ich den lebhaft diskutierenden zukünftigen Immobilienbesitzern zu und näherte mich ihnen. Zuerst bemerkten sie mich gar nicht, zu interessant schien das Gesprächsthema zu sein, das sie gerade am Wickel hatten. Erst als ich mich zweimal vielsagend hinter dem Rücken von Frau Weidemann räusperte, schenkten sie mir ihre Aufmerksamkeit. Jetzt war die Überraschung natürlich auf ihrer Seite. Ohne die üblichen Begrüßungsfloskeln bombardierten sie mich mit Sachfragen, sodass es mir schwerfiel, überhaupt zu Wort zu kommen.

Herr Weidemann war dann derjenige, der die Truppe zu Ordnung rief. Er war mir bereits oben auf dem Atalayas am Vormittag positiv aufgefallen.

Ich nickte ihm wohlwollend zu, bevor ich das Wort ergriff: „Alles läuft wie am Schnürchen, die Maurer mauern, die Zimmerleute zimmern und in spätestens drei, vier Tagen ziehen Sie in Ihre Bungalows ein. Herr Raul Schmittchen wird sich, sobald er von seiner Konferenz zurückgekehrt ist, umgehend mit Ihnen in Verbindung setzen. Und wegen der letzten Rate machen Sie sich keine Sorgen, die Immobilienfirma Bartolm wird sich generös zeigen, versprochen."

Herr Weidemann knuffte seine Frau in die Seite.

„Ich werde morgen wieder oben auf dem Atalayas sein und die Arbeiten an den Bungalows beaufsichtigen und koordinieren. Das läuft perfekt. Da müssen Sie keine Befürchtungen haben. Und wenn ich den Autoschieberfall gelöst habe, dann stehe ich Ihnen rund um die Uhr zu Verfügung. Alfonso, unser Koch und mein Mitarbeiter, ist mir dabei eine große Hilfe. Bitte haben Sie in den kommenden Tagen ein wenig Nachsicht, falls die kulinarische Versorgung etwas schleppend funktioniert. Der Mann hat auch nur zwei Hände."

Die drei Pärchen sahen sich erstaunt an. Frau Weidemann schürzte die Lippen, blieb dann jedoch stumm.

Ich nutzte den kurzen Moment des Schweigens und verabschiedete mich von meinen Kunden. Unter keinen Umständen wollte ich aufdringlich erscheinen. Ich konnte mir gut vorstellen, dass Herr Weidemann in der Gruppe angeregt hatte, mit Dollinger, falls man mit ihm zusammentreffen würde, auf sein Engagement und seine Bemühungen anzustoßen. Die mehr oder weniger gefüllten Weingläser sprachen ihre eigene Sprache, dazu die Schälchen mit Oliven und dem Knabberzeug.

Eine Verführung an sich. Doch ich war mir ziemlich sicher, dass es nicht bei einem Gläschen bleiben würde. Nicht bei Frau und Herrn Kreidelahn, nicht bei Frau und Herrn Schwärmer und auch nicht bei Frau Weidemann. Herr Weidemann war sicherlich der Einzige in der Gruppe, der während einer solchen Party die Übersicht behalten würde. Neben Dollinger. Das reichte mir nicht.

Der Hotelboy am Ausgang wirkte in seinem Plüschsessel irgendwie schläfrig und ich musste ihn mehrfach auffordern, mir die Eingangstür zu öffnen. Als er sich dann endlich aufgerappelt hatte und in meine Richtung schlich, hatte ich bereits kopfschüttelnd die Tür aufgezogen, um das Hotel zu verlassen.

Ich konnte froh sein, mit Alfonso einen weniger apathischen Spanier an meiner Seite zu haben. Es hätte auch anders kommen können.

Vor meinem Anstieg zum Atalayas drehte ich mich noch einmal kurz um. Die Wellen des Mittelmeers schlürften sich müde an den Strand. Im Wasser spiegelte sich das warme Licht der Laternen, die die Strandpromenade zu beiden Seiten säumten. Ein laues Lüftchen strich mir übers Haar und ich beschloss, mir am morgigen Tag von einem Teil meines verbliebenen Geldes Shorts zu kaufen.

11. KAPITEL

Gegrillt im Kofferraum eines alten Peugeot

Ich hatte verschlafen! Die Müllmänner hatten mich im Stich gelassen. Auch so eine Unart der Spanier, dass sie anscheinend auf die Kontinuität von Arbeitsabläufen pfeifen. Zumindest hätten sie mir bei unserem Arbeitstreffen am gestrigen Tag stecken können, dass sie ab und an die Routenpläne verändern. Nach Lust und Laune, gerade wie es die Einkaufsliste ihrer Frauen verlangte. Ich hoffte, dass von den Bauarbeitern, die die Bungalows in der Atalayas-2-Anlage fertigstellen sollten, nicht die Mehrzahl verheiratet war. Wenn das allerdings der Fall sein sollte, dann hatten die Familien Weidemann, Kreidelahn und Schwärmer ein zusätzliches Problem. Wir würden es wohl kaum schaffen, ihre Bungalows in den kommenden zwei Tagen fertigzustellen. Und ich hatte nicht die Absicht, diese gut betuchten, zukünftigen Immobilienbesitzer über die mit der Rezeption des Hotels del Mare vereinbarte Zeit hinaus auf Kosten der Immobilienfirma Bartolm im Hotel wohnen zu lassen. Alles hat seine Grenzen! Sollten sie sich für die verbleibende Zeit bis zur Übergabe der Häuschen einen Schlafplatz in den Fincas der Bauarbeiter suchen. Es war nicht die Schuld der Immobilienfirma Bartolm, und erst recht nicht die des Ersten Geschäftsführers Dollinger, dass es in Spanien zum Gewohnheitsrecht gehörte, Arbeits- und Familieninteressen sanktionsfrei so eng zu verknüpfen, dass es sozusagen zum guten Ton gehörte, die vereinbarten Fertigstellungszeiten von Ferienbungalows um Tage, in manchen Fällen auch um Wochen oder Monate zu überziehen. Auch das war Spanien. Damit mussten sich die Familien Weidemann, Kreidelahn und Schwärmer unzweifelhaft abfinden.

Und außerdem dürfte es für sie eine notwendige Erfahrung werden, den neuen Kulturkreis, in dem sie sich zumindest temporär niederlassen wollten, hautnah zu erleben. Schaden würde es ihnen sicherlich nicht.

Nachdem ich die Containertür aufgestoßen hatte und mich fragte, wie oft meine Schulter diese Art von morgendlicher Belastung noch mitmachen würde, beeilte ich mich, den Anstieg zur Ferienhausanlage in einem forcierten Dauerlauf zu bewältigen.

Oben in der Anlage angekommen, rang ich nach Luft. Die gleißende Sonne stand zwei Handbreit über der mittelalterlichen Burg unten am Meer und ließ bereits in diesen Vormittagsstunden das Quecksilber im Thermometer über 30 Grad schießen. Zumindest nahm ich das an.

Während ich auf einem abgesteckten Plateau, einige Meter neben der Bauanlage, einige Entspannungsübungen durchführte und versuchte, meinen Blutdruck, der mir ein kräftiges Pulsieren in die Schläfen geschickt hatte, zu senken, zählte ich die in der Anlage tätigen Bauarbeiter. Nach dem ersten Überblick schienen es mir nicht weniger zu sein als am gestrigen Tag, an dem ich sie in ihre Arbeiten eingewiesen hatte. Die Familien Weidemann und Co. konnten also aufatmen. Sie würden ihre Immobilien spätestens übermorgen übernehmen können.

Als ich meine Runde zwischen den Häuschen machte, in denen innen die Fliesen geklebt und außen der Putz aufgetragen wurde, und dabei jedem Arbeiter kräftig auf den erdfarbenen, schwitzenden Oberkörper klopfte und sie mit einem freundlichen Hola motivierte, weiter so ranzuklotzen, hörte ich aus den vielfältigen Baugeräuschen das Tuckern eines Motors heraus, das mir bekannt vorkam. Ich schaute in die Richtung, aus der ich das Motorengeräusch vermutete. Oben, direkt auf dem Plateau, auf dem ich noch vor wenigen Minuten meine Übungen durchgezogen hatte, wurde ein brauner Peugeot abgestellt. Ich hatte mich also nicht getäuscht. Meine inneren Alarmglocken hatten angeschlagen. Behände huschte ich hinter den Bungalow Nr. 2, um Schutz vor den Blicken des Kugelbauchmannes zu suchen. Den Arbeitern im Inneren des Hauses deutete ich an, eine Pause einzulegen. Allerdings musste ich ihnen verbieten, das Haus in diesem Augenblick zu verlassen. Sie sollten sich für einige Minuten nur still verhalten. Keinen Mucks von sich geben. Das konnte doch nicht so schwer sein.

Einem der Arbeiter nahm ich den zerfledderten Strohhut vom Kopf, um ihn mir aufzusetzen und die Krempe, zumindest was von dieser noch übrig war, tief in die Stirn zu ziehen. Vorsichtig schaute ich an der frisch verputzten Hauswand vorbei nach oben. Tatsächlich hatte sich der Kopf der europäischen Autoschieberbande einen meiner Arbeiter geschnappt. Die fliederfarbenen Shorts von gestern trug er auch heute. Sein Bauch wölbte sich über dem Hosenbund und holperte bei jedem Wort, das er sprach, wie ein gut gefüllter Kartoffelsack in die Höhe. Der grob geflochtene Gürtel, der eine Extraanfertigung aus einer Spezialwerkstatt irgendwo in Asien zu sein schien, war in Höhe der Leisten des Mannes fast verschwunden.

Ich fragte mich, während Willi der Niffel sich umdrehte und hoch in Richtung der Palastimmobilie sah, was ihn hier auf den Atalayas geführt hatte. Rekrutierte er über einen Verbindungsmann unter den Bauarbeitern seine Abnehmer für die gestohlenen Wagen? Hatte er die Absicht, ins lukrative Immobiliengeschäft einzusteigen? Oder beabsichtigte er, sich hier in Spanien für den Rest seiner Tage niederzulassen? Mit einem veritabel angefüllten Konto auf der Bank ließ es sich wahrscheinlich hier am Mittelmeer recht gut leben. Und die Aktivitäten der örtlichen Polizei hielten sich, wie ich seit gestern wusste, in außerordentlich überschaubaren Grenzen.

Willi der Niffel fühlte sich sicher. Und das nicht ohne Grund. Hier in Spanien, in diesem kleinen Fischerörtchen, würde man ihn wohl zuallerletzt vermuten. Allerdings hatte er die Rechnung für seine kommenden Jahre ohne Dollinger gemacht. Aber das konnte Willi, der Autoschieberchef, zu diesem Zeitpunkt nicht wissen. Ich war sehr gespannt, ob er den braunen Peugeot dem Arbeiter, mit dem er sich angeregt zu unterhalten schien, überlassen würde. In diesem Moment bedauerte ich es sehr, dass ich nicht eine dieser hoch entwickelten, bunten Einbildkameras, die unten im Städtchen an jedem touristischen Verkaufsstand angeboten wurden, bei der Hand hatte. Mit der Hilfe einer solchen Kamera hätte ich die Übergabe des Geldes und der Autoschlüssel dokumentieren können.

Meinen spanischen Vorarbeiter, den ich zum Verputzen der Außenwände eingeteilt hatte, wies er an, einen Moment zu warten, während er zu dem Auto trabte, die Kofferraumhaube öffnete und aus einer abgewetzten Aktentasche ein Schriftstück zog. Das Papier hielt er meinem Chefarbeiter unter die Nase.

Ich war zu weit entfernt von den beiden Kriminellen, als dass ich auch nur ein Wort verstehen konnte, das sie wechselten. Zu allem Überfluss lief die Arbeit auf der Baustelle gerade in diesem Moment auf Hochtouren. Es klapperte, schepperte, pumpte, brodelte, zischte, quietschte, als hätten die spanischen Bauarbeiter nur ein Ziel, die Anlage für Dollinger so rasch als möglich hochzuziehen. Dabei bin ich kein Unmensch, kein Kapitalist im eigentlichen Sinn. Mir liegt sehr viel an den gewerkschaftlich erstrittenen Pausenzeiten und deren Einhalten auch auf dem Bau. Aber, das muss ich zu meiner Schande zugeben, ich hatte es versäumt, die fleißigen Atalayas-Arbeiter vor Arbeitsbeginn diesbezüglich zu belehren. Wie sich doch kleine Nachlässigkeiten im Management sofort im Arbeitsalltag negativ auswirken! Erstaunlich. Allerdings sah ich mir nach, dass ich in die Rolle des Bauherrn sozusagen hineingedrängt worden war. Aus Mangel an Alternativen. Andererseits konnte es auch an der in Aussicht gestellten Provision liegen, dass die spanischen Söhne und Väter in diesem Moment arbeiteten, was das Zeug hielt.

Vielleicht war es auf dem spanischen Bau nicht üblich, die Fachkräfte mit einer satten Abschlagsprämie zu motivieren. Ich jedenfalls hatte alle Register meiner insgesamt eher bescheidenen Möglichkeiten gezogen und ihnen noch oben auf der Schlossbaustelle mit Kreide auf eine Holzplanke eine kräftige Eins mit vier dickbäuchigen Nullen gemalt. 10 000 Peseten, das war mir ihr Engagement auf der Ferienhausbaustelle wert.

Ich würde diese Ausgabe von der letzten Rate der Hauskäufer subtrahieren. Raul Schmittchen konnte nicht erwarten, dass ich hier vor Ort sozusagen über Nacht die Maschinen anwarf, ohne dass einige Rubel rollten. Ich war mir sicher, dass er das verstehen würde, ein gewiefter Immobilienmakler wie er.

Die Zeit, die der Autoschieberchef benötigte, um an seine Unterlagen zu kommen, hatte ich genutzt, um mich neben den Bungalow 1 zu schleichen. Den Strohhut tief ins Gesicht gezogen, sah ich, wie Willi der Niffel auf meinen Bauarbeiter einredete. Immer wieder zeigte er zum Schlossbauplatz hoch. Der Arbeiter schüttelte ein um das andere Mal den Kopf, kratzte sich am Hinterschädel. Dann ließ er den international gesuchten Gangster einfach stehen und marschierte an seine Arbeit. An mir vorbei in den Bungalow 1. Als hätten wir uns abgesprochen, verzog er keine Miene, als sich unsere Blicke für den Bruchteil einer Sekunde trafen. Ich war mir sicher, in diesem Augenblick hatte ich einen weiteren Verbündeten im Kampf gegen das internationale Verbrechen rekrutiert. Wenn notwendig, würde ich ihn später zur Unterstützung holen. Im Moment sollte er seiner Arbeit nachgehen, so als wäre er ein einfacher spanischer Bauarbeiter. Früh genug würden seine Kollegen und seine Familie erfahren, welche herausragende Rolle er in dem grenzübergreifenden Kriminalfall gespielt hat. Jetzt aber durfte seine Tarnung nicht auffliegen.

Willi der Niffel schien zu überlegen, ob es Sinn machen würde, mit einem anderen Bauarbeiter über die Ausfuhr spanischer Limousinen nach Osteuropa zu verhandeln. Er hatte sich einige Meter entfernt von seinem Wagen unter eine Krüppelpinie gesetzt. Mit dem fleischigen Rücken zur Baustelle gewandt. Den Kopf zwischen die Hände gelegt, starrte er in den Staub auf dem trockenen Zufahrtsweg. Diesen Moment der Unaufmerksamkeit des Niffels nutzte ich, ohne lange nachzudenken, und pirschte mich bis an das Heck des Peugeots. Die Kofferraumhaube war noch immer geöffnet. Sollte ich diese Chance nutzen? Sollte ich aufs Ganze gehen? Wen würde Willi der Niffel, unter Gangsterkollegen auch Willi der Unbarmherzige genannt, als Nächsten aufsuchen? Konnte ich dem Niffel so nah auf den Leib rücken? Gefährlich war es allemal. Um die eigene Haut hatte ich weniger Sorge. Schon mehr um die von Alfonso. Aber was würde geschehen, wenn mich der Niffel tatsächlich entdeckte?

Wäre ich stark genug, seinen Foltermethoden zu widerstehen? Nahezu legendär im Kriminellenmilieu war die Tropfmethode, die den Gefolterten, über Stunden angewandt, unweigerlich in den Wahnsinn trieb. Würde ich diesem Martyrium standhalten, ohne den Namen von Alfonso preiszugeben? Wenn ein Tropfen Olivenöl nach dem anderen auf mein linkes Augenlid klatschen würde. Zu Beginn der Tortur streichelweich, würde der Tropfen mit verstreichender Zeit zur Zentnerlast werden und höllische Qualen verursachen. Ich war mir in diesem Moment nicht sicher, ob ich tatsächlich der erste Mensch sein würde, der dieser Folter widersteht.

Während ich mich nicht entschließen konnte, in den Kofferraum des Gangsters zu steigen, hatte dieser sehr wohl eine Entscheidung getroffen. Jedenfalls schlurfte er zurück zu seinem Wagen, und mir blieb nichts anderes übrig, als tatsächlich in den Kofferraum zu hüpfen und die Haube über mir zuzuziehen. Stockdunkel war es um mich herum, als sich der Peugeot in Bewegung setzte. Er rumpelte den Atalayas hinunter. Ich wurde durchgeschüttelt und schlug mit der Stirn mehrfach gegen die viel zu spärlich ausgepolsterte Karosserie. Schwierig wurde es immer in den zahllosen Kurven. Nach der dritten oder vierten Kurve, die der Niffel fast ungebremst nahm, wusste ich nicht mehr, in welche Richtung wir uns tatsächlich bewegten. Noch immer ging es bergab. Aber wohin sollte die Reise gehen? Würde Willi der Niffel mich direkt zu einem seiner Mittelsmänner führen? Unter Umständen sogar in das Hauptlager der Schieberbande? In das Versteck der Bande? Wie sollte ich dann Kontakt mit Alfonso oder mit dem spanischen Bauarbeiter oder der Polizei aufnehmen? Oder hatte er bereits bemerkt, dass in seinem Kofferraum eine heiße Fracht deponiert war, und eilte jetzt ohne Umwege an einen sicheren Ort, um sich seines eifrigsten Jägers zu entledigen? Natürlich nicht, ohne diesen vorher nach allen Gangsterregeln zu foltern.

Die Fahrt dauerte nur wenige Minuten. Dann stoppte der Niffel sein Fahrzeug und stieg aus. Ich hielt den Atem an. Von draußen drangen Stimmen in den Kofferraum. Es wurde spanisch gesprochen. Ich lebte noch nicht lange genug in diesem Land, als dass ich verstanden hätte, was dort in der Freiheit miteinander geredet wurde. Ging es um das Geschäft? Wurde um den Preis gefeilscht?

Oder ging es schlicht und einfach darum, wer von den Bandenmitgliedern bestimmt wurde, Dollinger, den deutschspanischen Ermittler, der ihnen auf die Schliche gekommen war, zu liquidieren? Plötzlich herrschte beunruhigende Stille. Wenngleich es im Kofferraum des französischen Markenwagens brütend heiß war, bekam ich von den Zehen bis zum Haaransatz eine Gänsehaut. Ich wagte es immer noch nicht zu atmen. Wieder war ich an einem Punkt in meinem Leben angekommen, an dem ich mich entscheiden musste. Meine letzte Chance, den Bandenmitgliedern und damit dem sicheren Foltertod zu entkommen, war das Überraschungsmoment. Dieser klare Gedanke war sicherlich meiner Hypoxie im Gehirn, das seit mindestens zehn Minuten nicht mehr mit Sauerstoff versorgt wurde, geschuldet. Mit den Füßen stemmte ich mich, auf dem geschundenen Rücken liegend, gegen die Kofferraumklappe. Ich zählte bis drei und drückte mit aller Kraft, die ein Verzweifelter in einer solchen Situation in der Lage ist aufzubringen, gegen das von Menschenhand geformte Metall. Ich musste an den Grafen von Monte Christo denken, der sich stundenlang steif wie ein Toter stellen musste, bevor man ihn eingebunden in einen Sack in das tosende Meer warf. Ich machte mich steif wie vor Zeiten der Graf von Monte Christo und hebelte mit einem Ruck die Klappe aus den zerberstenden Scharnieren. Das hätte ich nicht gedacht, dass mir das so beeindruckend gelingen würde. Beim ersten Versuch. Allerdings gehe ich davon aus, dass der Peugeot älteren Baujahrs war und Willi der Niffel herzlich wenig in die Wartung des Wagens investiert hatte. So können sich Sparmaßnahmen an der falschen Stelle nachteilig für den Besitzer auswirken. Anderseits waren die französischen PKWs auch nicht mehr das, was sie noch vor Jahren waren. Gespart wurde überall.

Die Heckklappe des Gangsterfahrzeugs wurde mit einer solchen Dynamik, die mich an einen der besten Würfe des deutschen Diskuswerfers Jürgen Schuld erinnerte, in die Höhe und dann gegen eine weiß getünchte Wand geschleudert, dass sie dort für den Moment einer Ewigkeit wie angetuckert hängen blieb.

Als sie, den Zwängen der Erdanziehungskraft folgend, auf das abgelaufene, wie poliert scheinende Pflaster des Bürgersteigs rutschte, riss sie von der Hauswand ein ockerfarbenes Hinweisschildchen mit sich. Um den Hinweis auf dem Schildchen lesen zu können, musste ich den Kofferraum des Peugeots verlassen. Mühsam zog ich mich aus dem Auto. Alle Knochen schmerzten, und ich hatte den vagen Verdacht, dass ein nicht unwesentlicher Teil meiner Muskulatur noch nicht bereit war, die Knochenlast zu tragen. Auf meinen Beinen jedenfalls konnte ich mich nach diesem Höllenritt nicht halten. Im Staub des rissigen Asphalts zog ich mich allein mit der Kraft meiner Arme bis auf den Bürgersteig. Anscheinend hatte der Niffel-Gangster mich in seinem Kofferraum bemerkt und Panik bekommen. Wie anders war es zu erklären, dass er seinen Wagen auf einer belebten Küstenstraße abstellte und mich nicht bis zu seinem Versteck ins spanische Hinterland gebracht hatte? Das war die einzig mögliche Erklärung. Willi der Niffel war auf dem Rückzug. Zu nah, zu heiß spürte er den Atem seines Jägers im Nacken.

Einige neugierige Spanier, die ihren Einkaufstrip unterbrochen hatten beziehungsweise auf dem Weg zu irgendeiner spanischen Behörde waren, hatten sich links und rechts meines noch zu bewältigenden Weges postiert und feuerten mich in ihrer Muttersprache an. Zwei oder drei Meter waren es noch bis zu diesem verdammten Schild. Wenn mich die Kraft nicht verließ, würde ich in wenigen Sekunden wissen, wohin mich Willi der Niffel verschleppt hatte.

Noch ein knapper Meter. Ich setzte mich kurz auf, den Blick jedoch weiter auf das Schild gerichtet. Noch einmal durchpusten. Ein letztes Mal. Dann sollte es geschafft sein. Die begeisterten Zuschauer hielten einen Moment inne. Als sie bemerkten, dass sich der erste Muskel in meinem Oberarm spannte, johlten sie los. An dieser Stelle war mir klar, dass die erwartungsvollen und begeisterungsfähigen Spanier in mir nicht nur den kämpfenden deutsch-spanischen Ermittler Dollinger sahen, nein, sie hatten mich, ihren Neumitbürger aus Berlin, den Matador der Straße, in ihre Herzen geschlossen. Dollinger sollte, so hofften es viele der Anwesenden, den Hauptkampf in der Stierkampfarena in Benicarlo bestreiten. Bereits in zwei Wochen. Das war ihr Wunsch. Ganze Straßenzüge waren mit dem Hinweis auf den stattfindenden Stierkampf in 14 Tagen plakatiert. Allein der Name des Stierkämpfers, der den wichtigsten Kampf des Abends bestreiten würde, fehlte. Ab heute Abend würden sich jedoch unzählige Helfer auf den Weg machen, um auf jedes bereits geklebte Plakat den Namen von Dollinger zu setzen. Der Showdown konnte beginnen.

Eine angedeutete Verbeugung in die Richtung der zu meiner Rechten trampelnden Zuschauer ließ die Menge verstummen.

„Hola", röchelte ich in ihre Richtung. „Ich bin gerührt über so viel Zuneigung." Die einzelnen Worte holperten zwischen meine trockenen, aufgesprungenen Lippen und purzelten vor die Füße des Publikums.

„Und es bedeutet mir sehr viel, dass Sie an mich glauben."

Einer der Zuschauer, ein hagerer Mann, wahrscheinlich vorzeitig pensioniert, mit einer strähnigen, graugelblich gefärbten Haarlocke auf der faltenfreien Stirn, schob sich in die erste Reihe und schien die Rolle des Dolmetschers zu übernehmen.

„Allerdings", fuhr ich fort, „ bevor ich für Sie in die Arena trete, bevor ich für Sie mit dem Ochsen kämpfen werde, muss ich den Autoschieberfall abgeschlossen haben. Ich bin nahe dran, ganz nah. Und wenn ich", mein Rachen fühlte sich bei jedem Ton, der sich über die geschundenen Stimmbänder quälte, an wie ein Reibeisen, „wenn ich die ersten Ferienbungalows an die Familien Weidemann, Kreidelahn und Schwärmer übergeben habe, dann werde ich neben meiner Maklertätigkeit das Training für den Kampf in der Arena aufnehmen. Und ich verspreche Ihnen, dieser Kampf wird in die Analen des Stierkampfs hier in Spanien, in meinem zweiten Mutterland, eingehen."

Im Publikum wurde es wieder unruhig, nachdem der pensionierte Beamte meine letzten Worte übersetzt hatte.

Nicht wenige der spanischen Stierkampffans schossen mit ihren Kameras ein Foto von dem zukünftigen Stierkämpfer Dollinger, und ich vermute mal, das eine oder andere Foto fand einen Weg, für eine Menge Kohle, wie Kulle es wohl formulieren würde, nach Deutschland in die eine oder andere Zeitungszentrale. „Dollinger – deutsch-spanischer Stierkämpfer", „wiederauferstanden – Dollinger, erfolgreich auf Spaniens Immobilienmarkt und bald auch in der Arena." So oder ähnlich würden die Schlagzeilen der kommenden Tage in Deutschland lauten und die Auflage der Marktführer weiter steigern. Mein ehemaliger gesetzlicher Betreuer Rüdiger, der sich meine Erfolge im Polizeidienst, in der Kunstszene, auf dem spanischen Immobilienmarkt und jetzt auch noch in der Arena sehr gern ans Revers heftete, um Karriere zu machen, hastete von einem Interview zum nächsten. Schlussendlich wussten sie es alle, die Psycho-Wünsche, die Ex-Bodybuilder Hubert Nüsschen und Heribert Fallbeil und selbst der verarmte Geschäftsmann und Betrüger John Krocket, dass eine labile vegetative Schwäche den sozialen Aufstieg Dollingers nicht stoppen konnte. Keiner der Genannten hatte je daran gezweifelt.

Bei diesem Gedanken zeichnete sich ein feinsinniges Lächeln in mein Gesicht.

Mit beiden Armen holte ich Schwung und warf mich mit letzter Kraft auf das Schildchen. Ein Raunen ging durch die begeisterte Menge. In diesem Augenblick fiel eine knarzende Tür ins Schloss, und innerhalb von wenigen Sekunden wurde es menschenleer um mich herum. Ich zog das Schildchen unter meinem Körper hervor, lehnte mich mit dem schmerzenden Rücken an die Hauswand und las die Aufschrift: „La policia".

Irgendwie bekannt kam mir die Gegend von Anfang an vor.

Zwei schwitzende Körper beugten sich über mich. Die Hände des Uniformierten griffen nach dem Schild der örtlichen Polizeibehörde, während die wulstigen Finger, die unzweifelhaft zu dem Kugelbauchmann gehörten, mich an den Schultern packten und hoch auf Augenhöhe zogen.

Hat der Gauner sich mit der örtlichen Polizei zusammengetan!, schoss es mir durch den Kopf. Jetzt war es auch nachvollziehbar, weshalb sich die Polizisten so überaus desinteressiert an den Fahndungsfotos, die in ihrem Büro hingen, zeigten. Sie steckten unter einer Decke mit dem Chef der Autoschieberbande. Sie machten gemeinsame Sache. Und ich war in die Falle getappt. Da hätte ich ja Jahre auf ein Fax aus Berlin warten können. Das würde nie an den Adressaten weitergegeben, das würde einfach unterschlagen. Wie konnte es nur sein, dass ich diesem Gangster so auf den Leim gegangen war!

Ich konnte nur hoffen, dass Alfonso aus meinem Nichterscheinen die richtigen Schlüsse zog und sich und seine Familie in Sicherheit brachte. Zumindest für die nächsten zwei bis drei Jahre. Dann musste das Hotel eben mal eine Zeit lang ohne Koch auskommen. Tot würde er der Geschäftsleitung auch nichts nützen!

Willi der Niffel zwängte seine rechte Schulter unter meinen Arm und führte mich an einen der zahlreichen Tische, die entlang der Straße, unter den sich im Wind wiegenden Palmen, aufgereiht standen.

Die spanische Staatsmacht postierte sich hinter meinem Rücken, als der Niffel mir einen der ungepolsterten, zweckentfremdeten Thekenstühle unter den Hintern schob. Ein unfreundlich dreinschauender, schlecht gelaunter Kellner stellte zwei Aqua Mineral auf die blütenreine, mit Tulpenmustern verzierte Tischdecke. Nach der zweiten Aufforderung des Niffels nippte ich an dem Getränk. Ich hatte den Gangsterboss unterschätzt, ihn zu früh abgeschrieben, viel zu früh.

„Und, was hatten Sie in meinem Wagen zu suchen?" Das falsche Grinsen in dem ansonsten angespannten Gesicht des Kugelbauchmannes sprach Bände. So würde er mich nicht zum Reden bringen können. So nicht.

„Der Wagen hat zwar so einige Jahre bereits auf dem Buckel, allerdings so ganz ohne Heckklappe ist das Schmuckstück kaum ohne Aufsehen zurück nach Deutschland zu bringen."

Jetzt wurde er unvorsichtig. In der scheinbar uneinnehmbaren Position des Siegers machte er den ersten Fehler.

„Aber Schwamm drüber, der Ausflug nach Spanien sollte sowieso die letzte Fahrt mit dem alten Franzosen sein. Zu Hause erwartet mich eins dieser verbrauchsfreundlichen Stadtautos, die es einem ermöglichen, in der Stadt noch flexibler zu sein. Aber ich vermute mal, dass Sie das weniger interessiert."

In diesem Punkt hatte der Niffel Recht. Diese Art der Spielerei konnte er sich schenken. Zu professionell hatte die Psycho-Wünsche in der Klinik mich und vielleicht auch den einen oder anderen Bewohner in die Tiefen der Gesprächspsychologie eintauchen lassen. Da hatte ich über Jahre ein psychologisches Rüstzeug erhalten, das bisher noch jeden Versuch, mich auszufragen, scheitern ließ. Da würde der Niffel keine Ausnahme sein.

„Wir sind uns doch bereits im Zug nach Narbonne begegnet. Sie waren so begeistert, dass der Zug pünktlich den Bahnhof in Richtung Frankreich verließ. Ich erinnere mich."

Der Autoschieber Willi der Niffel prostete mir mit seinem Glas zu. Ich lehnte mich zurück, rutschte auf dem unbequemen Sitzmöbel einige Zentimeter nach hinten und starrte ihm in die verräterischen Knopfäuglein. Das Glas vor mir auf dem Tischchen rührte ich nicht noch einmal an.

In diesem Moment zog der spanische Polizist, der anscheinend gemeinsame Sache mit der international operierenden Schieberbande machte, den dritten Stuhl vom Tisch. Er setzte sich an meine rechte Seite, sodass ich jetzt wie ein Sandwich zwischen den beiden Kriminellen hockte. Eine Flucht war so gut wie ausgeschlossen. Nicht dran zu denken.

„Das hier ist", der Polizistenverräter fummelte ein akkurat zusammengefaltetes Blatt Papier aus einer seiner Uniformtaschen, strich es mit der von Grafit verschmutzten Handkante glatt und schob es unter den fleckigen Kneipendeckel, auf dem mein Aqua-Mineral-Glas stand, „das ist der Kerl, hinter dem wir her sind."

Belastet vom starren Blick auf den Niffel-Gangster begann sich meine Nackenmuskulatur zu verkrampfen. Es konnte also nichts schaden, der angestrengten Muskulatur und damit auch dem bereits tüchtig ins Schwitzen geratenen Niffel eine kurze Pause zu gönnen, um dem Wunsch des recht bemühten spanischen Polizisten zu entsprechen. Der spanische Polizist sprach so akzentfrei Deutsch, dass ich vermutete, dass er wahrscheinlich seine Ausbildung in einem dieser Eliteausbildungslager im Märkischen Land, vor den Toren Berlins gelegen, absolviert hatte. Ich konnte auch nicht ausschließen, dass der Berliner Bahnhofspräsident, schneller als sonst üblich, nach dem Erhalt meines Faxes mit der hochbrisanten Information, gehandelt hatte.

Der an meiner Seite sitzende, für vorbeischlendernde Touristen und einheimische Spanier unauffällig dreinschauende Polizist wurde dann wenige Stunden später auf der für normale Verhältnisse viel zu kurzen Startbahn im Märkischen, natürlich mit den entsprechenden Informationen und einem zielgerichteten Auftrag versehen, in einen der für absolute Ausnahmefälle bereitstehenden Jet Richtung Spanien gesetzt. Knappe fünfzig Minuten später meldete er sich in der örtlichen Polizeistation zum Dienst.

Und jetzt benötigte er mich als Hauptzeugen.

Für die Mehrzahl der in einen Kriminalfall verwickelten Bundesbürger wäre die augenblickliche Situation spätestens zu diesem Zeitpunkt unübersichtlich geworden, zumal die wenigsten von ihnen mit der Psychologie des Verbrechens an sich vertraut sind. Das gilt nicht für mich! Eine meiner bemerkenswertesten Fähigkeiten ist es ja gerade, mich im Bruchteil einer Sekunde auf die nicht erwartete, völlig neue Situation einzustellen. Blitzschnell. Dieser Anteil von fallspezifischen Situations- und Umstellungssynapsen in meinem Gehirn funktionierte automatisiert und pfeilschnell und betraf in keiner Weise die Entscheidungsfähigkeit, die im normalen Alltag benötigt wurde.

Willi der Niffel hatte sich, nachdem er in die Falle des Aufklärers getappt war und einsehen musste, dass es besser für ihn war, zu kooperieren, zuerst als Kronzeuge angeboten. Das war wohl auch mit der Grund, weshalb der Gangsterchef in seinem Auftreten so bemüht und larmoyant erschien. Willi der Niffel sah allerdings im Auftauchen von Dollinger auch eine Gefahr für sich und seine Felle den Wasserfall hinabstürzen. Allein an Dollinger lag es, wohin seine Fahrt ging: Schärfste Sicherungshaft in der Niederlausitz oder Neuanfang an einer der vorbildlichen und mehrfach ausgezeichneten Volkshochschulen, die er nach Beendigung seiner Tagesarbeit an den Gleisen der Murmanskstrecke an sechs Abenden in der Woche besuchen durfte.

Während ich langsam und mit Fingerspitzengefühl das auseinandergefaltete Blatt Papier unter dem bereits fast völlig durchnässten Thekendeckel hervorzupfte, behielt ich den Niffel im Auge. Wie würde seine Reaktion ausfallen, wenn ich dem spanischen Elitepolizisten bestätigte, dass wir den Kopf der Autoschieberbande gefasst hatten und Willi der Niffel nicht mehr als Kronzeuge benötigt werden würde? Würde dieser zusammenbrechen, sich winden, auf seine Verantwortung für die zahlreichen Bandenmitglieder verweisen, denen er das tägliche Überleben sicherte? Oder würde er kaltschnäuzig auf seinen Status als Kronzeuge beharren? Ohne sein Hintergrundwissen, so viel war klar, würde kein Bandenmitglied auf der Anklagebank sitzen. Nicht hier in Spanien und auch nicht in Deutschland.

Willi der Niffel transpirierte. Die ohnehin tief sitzenden Augenbrauen hatten sich zu einem krautigen Büschel über der Nasenwurzel zusammengezogen.

Sein leicht schielender Blick fixierte einen imaginären Punkt auf der holländischen Tischdecke.

Es überraschte mich nicht sonderlich, als ich auf dem internationalen Fahndungsblatt das Konterfei des Goldkettenmannes entdeckte. Das Foto war neueren Datums und der Goldkettenmann, der sich mir als Raul Schmittchen vorgestellt hatte, hieß mit bürgerlichem Namen Frank Schwörer. Frankie, wie er in Ganovenkreisen genannt wurde, wurde per internationalem Haftbefehl gesucht. Bis vor einigen Tagen vermutete man ihn hier in Peniscola an der spanischen Küste. Frankies Masche bestand darin, das Geld deutscher, britischer und auch holländischer Immobilienkäufer auf eins seiner Konten auf verschiedenen Inseln in der Südsee zu transferieren. An das Geld der russischen Klientel traute er sich nicht mehr ran, in schmerzhafter Erinnerung an die russischen Vergeltungsmethoden nach einem Deal in Avignon vor zwei Jahren.

„Frankie, ein gewitztes Kerlchen, dem sie immer wieder auf den Leim gehen."

Willi der Niffel versuchte ein Ablenkungsmanöver. Aussichtslos. Gleichwohl ich das Fahndungsfoto interessiert betrachtete, hatte ich ihn weiter im Fokus.

Es kam also, wie es kommen musste. Der überschaubare Autoschieberfall entwickelte sich zu einem globalen Kriminalfall, in den auch die Immobilienbranche verstrickt war. Ich hätte es wissen müssen. Raul Schmittchen, oder eigentlich Frank Schwörer, und Willi der Niffel hatten sich zu einem Syndikat zusammengetan. Beton und Autos – was für eine unheimliche Liaison!

„Frankie hat zuletzt Ferienhauskäufer auf dem Atalayas abgezogen. Jetzt ist er verschwunden, und Sie", der Niffel zupfte sich am Ohrläppchen und drehte sich mit seinem Kugelbauch in meine Richtung, „Sie sollen die Suppe auslöffeln. Wie heißen Sie eigentlich?"

„Dollinger, ich bin der Erste Geschäftsführer der Immobilienfirma Bartolm."

Willi der Niffel und der Superpolizist sahen sich für einen Augenblick an, dann prusteten beide wie auf Ansage los.

„Geschäftsführer, was Sie nicht sagen. Erster Geschäftsführer auch noch. Herzlichen Glückwunsch, mein Lieber."

Willi der Niffel beugte sich über den Tisch und zeigte mit seinen Wurstfingern auf das Fahndungsblatt.

„Der hier, Frankie, der hat nie wirklich ernsthaft im Immobiliengeschäft gearbeitet. Die Anlage, die zurzeit auf dem Atalayas dank Ihrer Anleitung fertiggestellt wird, wurde vor einem viertel Jahr geschlossen. Baustillstand auf unbestimmte Zeit. Die verantwortliche Baufirma ist pleite. Trotzdem hat Frankie sich die Abschlagszahlungen überweisen lassen."

Die schweißnasse Hand von Willi dem Niffel klatschte auf den Tisch.

„Frankie hat Sie reingelegt."

Der spanische Polizist mit der imponierenden Grundausbildung in Deutschland in seiner Vita grinste bei den Worten des Niffels. Er nickte in Richtung des Kugelbauchs.

„Das hier ist mein alter Freund Peter Haase, Detektiv aus Berlin. Spezialisiert auf Ermittlungen in der Immobilienbranche. Ich habe ihn informiert, dass Frankie vor Ort ist, vor Ort war, muss ich wohl richtigerweise sagen."

Ich hätte schwören können, dass auf dem, zugegebenermaßen schlecht gedruckten, Fahndungsfoto aus dem Büro der örtlichen Polizei, das ich beschlagnahmt hatte, das Gesicht des Berliner Detektivs Peter Haase alias Willi der Niffel abgedruckt war. Vielleicht eine folgenschwere Verwechslung bei der Auswahl der Fotos durch den verantwortlichen Leiter der Ermittlungsbehörde. Vielleicht aber auch nur eine dieser kleinen Schlamperei in der Druckerei der Polizeibehörde, die die alltägliche Arbeit der Ermittler erschwert. Ich würde das in der jetzigen Situation mit den Kollegen aus Berlin und Spanien nicht zu Ende diskutieren können. Viel wichtiger war es, in einer konzertierten, gemeinsamen Aktion den Kopf der internationalen Immobilienbande, Frankie aus Darmstadt, zu fassen. Allerdings verstand ich die Lethargie der spanischen Polizisten, zumindest was deren Interesse, oder besser gesagt Desinteresse, an den Fahndungsfotos betraf, jetzt etwas besser. Es ist wahrlich kein Vergnügen, scheinbare Doppelgänger national als auch international gesuchter Gangster zu verhaften, um wenig später festzustellen, dass die Festgesetzten zwar eine gewisse Ähnlichkeit mit dem Täter auf dem Foto haben, ansonsten jedoch unbescholtene Bürger sind. Ganz zu schweigen von der Prozesslawine, die eine jede Verhaftung nach sich zog. Unter dem Aspekt der Entschädigungszahlungen konnten sich die spanischen Polizisten hier in Peniscola, mit Hinweis auf die doch noch relativ gute Bausubstanz ihres Büros, allerdings nicht beschweren. Sie hatten trotz ihrer vermutlich zahlreichen Fehlgriffe in der Vergangenheit noch immer ein Dach über dem Kopf.

„Irgendwie habe ich es in den Fingerspitzen gespürt, dass Sie einer von uns sind." Ich puffte dem strammen Detektiv aus der Hauptstadt in die Seite. „Da haben Sie ja Glück, dass Sie mir über den Weg gelaufen sind."

Der dickbäuchige, schwitzende Peter Haase, der sich um eine kontrollierte Atmung bemühte, versuchte erfolglos ein Bein über das andere zu schlagen. Irgendwie wurde sein Kartoffelbauch zu einem unüberwindbaren Hindernis für dieses Vorhaben.

„Eigentlich haben wir Frankie alias Raul Schmittchen so gut wie an der Angel. Ach, was sage ich, so gut wie in der Pfanne. Ich hatte ihn von Anfang an in Verdacht. Stutzig wurde ich bereits, als wir am Abend meiner Ankunft den Atalayas hoch zu Fuß sind. Ein Immobilienmakler aus Deutschland, noch dazu aus Darmstadt, seit Jahren im Geschäft und ohne Wagen. Da läuten die Alarmglocken."

Der spanische Elitepolizist entschuldigte sich. Ein weiterer wichtiger Fall. Er würde sich bei Peter Haase melden. Ich ließ ihn, mit einem angedeuteten Nicken, in Richtung der Burg ziehen. Der Fall Frankie war so gut wie abgeschlossen. In diesem Fall und zu diesem Zeitpunkt der Ermittlungen konnten wir gut auf ihn verzichten. Vielleicht war es sowieso etwas übertrieben und wirtschaftlich etwas schwer zu begründen, dass der Berliner Polizeipräsident einen der höchstqualifizierten Agenten an die spanische Küste schicken musste, obwohl er wusste, dass Dollinger vor Ort war. Mich würde es nicht wundern, wenn diese recht schnelle, um nicht zu sagen etwas voreilige Entscheidung eine kleine Anfrage im Senat, wenn nicht sogar im Bundestag, nach sich ziehen würde. Außerdem war diese Entscheidung nicht gerade der allergrößte Vertrauensbeweis mir gegenüber. Nach meiner Rückkehr nach Berlin würde ich zumindest um eine Entschuldigung bitten. Da würde der Polizeipräsident nicht drum herum kommen.

Nachdem der dritte Mann uns verlassen hatte, rückte ich an die Stirnseite des Tisches, um meinen Führungsanspruch im Team zu unterstreichen. Ich setzte mich also dem Kollegen Haase genau gegenüber.

„Noch heute treffe ich mich mit meinem Mitarbeiter Alfonso. Abwechselnd werden wir die Baustelle auf dem Atalayas observieren. Irgendwann wird Frankie auftauchen, dann schnappen wir zu."

Der dickbäuchige Kollege schnaufte und trommelte mit den Fingern seiner linken Hand ein mitleidiges Stakkato auf die Sperrholztischplatte. Natürlich fragte er sich in diesem Augenblick, weshalb er überhaupt die weite und anstrengende Reise hierher an die spanische Küste unternommen hatte. Und billig war sie auch nicht gerade.

Dollinger hatte alles im Griff und den Immobilienfall so gut wie in der Tasche. Der Fall wurde ohne das Zutun von Peter Haase abgeschlossen. Die in Aussicht gestellte Provision konnte er vergessen.

„Dollinger." Peter Haase beugte sich über den Tisch, sodass dieser sich in seine Richtung neigte. Geistesgegenwärtig fasste ich nach dem Wasserglas. „Frankie wird nicht einfach so hier auftauchen. Das können wir vergessen. Wir müssen ihm einen plausiblen Grund für die Notwendigkeit seiner Rückkehr bieten. Sonst kommt der nicht. Der hat eine Nase wie ein Spürhund."

„Das mag richtig sein. Dann müssen wir eben nachhelfen."

Der Detektiv Haase aus Berlin stierte fragend in meine Richtung.

„Morgen, 17 Uhr, oben auf dem Atalayas. Zur Übergabe der ersten drei Bungalows wird gefeiert. Und Frankie wird es sich nicht nehmen lassen, uns die Ehre zu geben. Mein Wort drauf."

Ich ließ den verdutzt dreinschauenden Kollegen einfach sitzen und machte mich auf den Weg zum *Hotel del Mar*.

Im Gegensatz zu dem behäbigen Detektiv lag noch einige Arbeit vor mir, damit die Falle zuschnappen konnte. Wenn mir in der nahen Zukunft die Maklertätigkeit etwas Zeit ließ, ich die Exbodybuilder Hubert Nüsschen und Heribert Fallbeil vor Ort eingearbeitet hatte, würde ich bei einem Abstecher nach Berlin nicht nur den Polizeipräsidenten, Rüdiger und einige Zeitungsverlage wegen der nachgefragten Fototermine aufsuchen müssen, ich würde auch in dem Büro des Kollegen vorbeischauen. Ich hatte den vagen Verdacht, dass dort einiges auf Vordermann gebracht werden musste. Mich würde es nicht überraschen, wenn seine Lizenz zum Ermitteln seit geraumer Zeit abgelaufen war. Ganz zu schweigen von den Mietschulden. Wann der Mann mit dem Kuckuck vor seiner Bürotür stehen würde, war nur eine Frage der Zeit. Überhaupt nicht abwegig erschien mir der Gedanke, dass Detektiv Haase sein Büro zum Übernachten nutzte. Aus der Mietwohnung in Mitte hatte man ihn wahrscheinlich bereits vor Monaten geworfen. Und die letzte Mitarbeiterin, die die Jahre treu und redlich an seiner Seite versucht hatte, den Überblick im Arbeitschaos ihres Chefs zu behalten, lag geschwächt und nach einem Nervenzusammenbruch in der Bucher Psychiatrie. Wenn sie Glück hatte, traf sie dort auf die Psycho-Wünsche. Aber nur, wenn sie ausgesprochenes Glück hatte.

Es war schon ein Drama, dass der selbstverschuldete Niedergang eines Einzelnen, welche Gründe es auch immer dafür gab, in der Regel immer auch Unbeteiligte mit in den sozialen und gesundheitlichen Abgrund riss. Der Ex-Detektiv Peter Haase machte da keine Ausnahme.

In der Zwischenzeit hatte ich das Hotel an der Strandpromenade erreicht. Die Shorts, die ich bei einem der zahlreichen dunkelhäutigen Afrikaner, die die Urlauber alltäglich mit feinsten Waren der top-angesagtesten Firmen dieser Welt versorgten, sozusagen im Vorbeigehen gekauft hatte, erschien mir etwas zu grell in den Farben. Allerdings, so meinte der afrikanische Händler, das Neonpink würde mir absolut stehen. Beim Preis waren wir uns sofort einig. Ich gab ihm alles Geld, was ich bei mir hatte.

12. KAPITEL

Showdown auf dem Atalayas

Am frühen Abend informierte ich die Familien Weidemann, Kreidelahn und Schwärmer über den Zeitpunkt der feierlichen Übergabe ihrer Bungalows. Die Freude unter den Fastferienhausbesitzern war groß. Und richtig weit wurden ihre Augen dann, als ich auf die formidablen Fähigkeiten des zukünftigen Sternekochs Alfonso verwies und ein reichhaltiges kulinarisches Büfett für die Übergabe vor Ort in Aussicht stellte. Frau Weidemann verzog zwar ein wenig das Gesicht und merkte an, dass man bis jetzt von diesen Fähigkeiten nichts bemerkt habe, allerdings wäre sie nicht abgeneigt, sich überraschen zu lassen.

Den jungen Hotelangestellten hinter dem Tresen wies ich an, die Rechnungen für die Übernachtungen der Familien Weidemann, Kreidelahn und Schwärmer an den Dienststellenleiter der hiesigen Polizeibehörde zu schicken. Alle drei Familien würden morgen auschecken.

Es dauerte einige Sekunden, bis er diese Information verdaut hatte. Dann meinte er etwas keck, dass er sowieso die Absicht hatte, die Polizei einzuschalten. Ich nickte ihm wohlwollend zu und machte ihn darauf aufmerksam, dass ich ihm als Gast noch einige Tage erhalten bleiben würde. Bis ich eine passable Unterkunft für mich am Atalayas und eine Büroimmobilie auf der Promenade gefunden hätte. Ich würde ihm jedoch auch nach meinem Auszug aus dem Hotel den einen oder anderen Gast vermitteln. Die Ex-Bodybuilder aus Berlin, Hubert Nüsschen und Heribert Fallbeil, wären wohl die Ersten, die dann vor dem Tresen in der Eingangslobby des Hotels stehen würden. Vom Namen her waren ihm die Ex-Hochleistungssportler kein Begriff.

Alfonso schickte ich zum Einkauf in die nahe gelegene Kaufhalle und wies ihn an, bei der Auswahl der lukullischen Köstlichkeiten nicht auf den Preis, sondern auf Qualität zu schauen. Die Rechnung würden wir Frankie, und wenn der nicht mehr liquide war, den stolzen Bungalowbesitzern, nach der feierlichen Schlüsselübergabe vorlegen. Mit Freude würden sie den Preis für das Essen und dazu ein sattes Trinkgeld zahlen. Im Verhältnis zu den bisher überwiesenen Abschlagszahlungen, einschließlich der Schlussrate bei Objektübergabe, würde sich die Rechnung für das Büfett wie ein Fliegenschiss auf einem Bundeswehrpanzer ausnehmen. Außerdem sollte er bedenken, dass seine Zeit zur Vorbereitung des Büfetts begrenzt war. Ab 20 Uhr müsste er oben auf dem Atalayas den Bauplatz im Auge behalten. Ich käme früh, gegen 9 Uhr, und würde ihn ablösen. Es wäre auch nicht verkehrt, wenn er bereits heute Abend das Frühstück für den kommenden Morgen vorbereiten würde. Die Zeit am nächsten Tag könnte für ihn doch etwas knapp werden.

Alfonso war ohne Klagen bereit, seinen Part in dem Finale zu übernehmen. Auch wenn er mit hängenden Schultern und dem bekannten O, là, là! die Küche verließ, war ich mir ziemlich sicher, dass ich mich auf ihn verlassen konnte.

Ein Kribbeln im Bauch erinnerte mich daran, dass ich Raul Schmittchen, der als Frankie von den Eliteeinheiten der internationalen Polizeibehörden gesucht wurde, noch den entscheidenden Tipp geben musste. Außerdem hatte ich seit gefühlten zwölf Stunden keine Nahrung mehr zu mir genommen.

Wie ich so in der Küche des spanischen Vorzeigehotels saß und aus dem akkurat gespülten Becher, den mir Alfonso neben den Messerblock gestellt hatte, die Buttermich in kontrollierten Schlucken zu mir nahm, fiel mir auf, dass mein vegetatives Nervensystem, einschließlich des mir nur zu gut bekannten Schwindels, seit ich hier an der Orangenblütenküste die Dinge in Ordnung brachte, nicht besonders intensiv und einnehmend aufmuckte. Allerdings wussten selbst die Väter der medizinischen Naturwissenschaft, dass Sonne und südliche Lebensweise Balsam für labile Seelen sind. Immer häufiger wurden dank dieser Erkenntnis verhaltens- und persönlichkeitsgestörte Jugendliche und junge Erwachsene, die im sozialen Berliner Milieu Chaos und auf den psychiatrischen Stationen Hilflosigkeit hinterließen, in Begleitung von Sozialarbeitern und Therapeuten unter der heilenden Sonne des Südens behandelt.

Ich konnte mir auch gut vorstellen, dass es mein ehemaliger gesetzlicher Betreuer Rüdiger nach meiner Abreise nicht mehr länger in Berlin gehalten hat, er den nächsten Flieger nahm und in diesem Moment einige Hundert Kilometer weiter unten an der Costa del Sol unter einer der zahlreichen, schattenspendenden Fächerpalmen saß und zwei seiner Berliner Schützlinge beobachtete, wie diese, sozial angepasst, auf dem Rücken einer dieser überdimensionalen Kunststoffbananen saßen, die von einem Motorboot in rasanter Fahrt durchs Wasser gezogen wurden. Selbst als alle Bananenfahrgäste in der Kurve, die der Bootspilot in schöner Regelmäßigkeit und zur Gaudi der Beobachter am Strand übermäßig scharf nahm, ins Meer purzelten, kam keine Massenschlägerei auf. Rüdigers Berichte via Berlin lasen sich so positiv, dass die sozialdemokratische Berliner Gesundheitssenatorin persönlich eine Verlängerung der praxisnahen Verhaltenstherapie um vier Wochen anwies. Außerdem gab sie ein Gutachten in Auftrag, das die Möglichkeit der Verlegung aller jugendpsychiatrischen Stationen Berlins und des Randgebiets an die spanische Küste untersuchen sollte. Sollte dieses Gutachten, wie in der sozialdemokratischen Fraktion erwartet, positiv ausfallen, sollte die Möglichkeit einer Verlegung nach Spanien auch für die Erwachsenenpsychiatrie geprüft werden.

Um die Zukunft der Psychiatrie in Deutschland, im Speziellen um die der Jugendpsychiatrie, brauchte ich mir also keine Sorgen zu machen. Auch wenn ich selbst nicht mehr von den modernen, spielerisch und spaßorientierten Behandlungsmethoden der heutigen Zeit profitieren konnte, freute es mich für die jungen Patienten.

Auf ausdrückliche Bitte von Frau Dr. Wünsche wäre ich sogar bereit, über meine persönlichen Erfahrungen in meiner zweiten Heimat auf dem einen oder anderen Seminar zu referieren. Sozusagen als Vorbild, als einer von ihnen, der es geschafft hatte. Ich konnte natürlich nicht alle meine Geheimnisse, die mich zu einem erfolgreichen Immobilienhändler, anerkannten Detektiv und psychiatrischen Spezialtherapeuten gemacht hatten, verraten. Das wäre auch zu viel verlangt. Den einen oder anderen praktischen Tipp wollte ich den jungen, wissbegierigen Patienten jedoch nicht vorenthalten. An ihnen, ganz allein an ihnen, lag es dann, daraus etwas für sich zu machen.

Wahrscheinlich musste dann einer der Bodybuilder die Koordination der Termine übernehmen. Zu groß war das Interesse nicht nur der Psychiater und Psychologen, auch mäßig erfolgreiche Immobilienmakler aus Island, Malta und dem Kongo stritten sich um Seminarplätze an den wenigen freien Wochenenden, die mir meine Maklertätigkeit hier vor Ort ließ, um zu referieren. Ganz abgesehen von dem Interesse der internationalen Polizeibehörden, die um bevorzugte Terminvergabe baten und das eine oder andere Mal ziemlich nachdrücklich auf ihr Anwesenheitsrecht pochten. Immer verbunden mit der unausgesprochenen Drohung, die Kriminalität würde sonst europaweit explodieren.

Vielleicht war in dieser angespannten und zum Teil überhitzten Situation einer der Bodybuilder, ganz gleich ob Hubert Nüsschen oder Heribert Fallbeil, nicht ganz die richtige Besetzung in einem meiner Vorzimmer. Unter Umständen musste ich mich an den gescheiterten Berliner Geschäftsmann John Krocket wenden und ihn bitten, vor Ort zu kommen, um die Terminkoordination in den kommenden Monaten und Jahren zu übernehmen. In seiner betulichen und gleichzeitig vordergründig seriösen Art wäre er den Bodybuildern sicherlich vorzuziehen. Und John Krocket hätte in seinem bisher verpfuschten Leben – so deutlich muss das auch einmal gesagt werden – wieder eine Aufgabe. Rüdiger allerdings, der blieb außen vor.

Nachdem ich den zweiten Becher geleert hatte, machte ich mich auf den Weg zum Atalayas. Wenn Frankie morgen Nachmittag zur Übergabe der ersten Bungalows an die Besitzer pünktlich erscheinen und in die Falle tappen sollte, so musste ich ihn jetzt auf die Fährte locken und in die Spur schicken.

Oben angekommen, musste ich nicht lange nach der hinterlegten Telefonnummer suchen. Das verstaubte Telefon, das ich vom Tisch geräumt hatte, tutete geschmeidig, nachdem ich die von Frankie notierte Nummer gewählt hatte.

„Ja!?"

Raul Schmittchen muss neben seinem Telefonapparat gesessen und auf meinen Anruf gewartet haben.

„Dollinger, Erster Geschäftsführer der Firma Bartolm. Spreche ich mit Raul Schmittchen?"

„Was gibt es, Dollinger?"

Raul Schmittchen alias Frank Schwörer kam sofort auf den Punkt. Keine unnötigen Vorreden. Kein schmalziges Gelaber. Umso besser.

„Wir haben hier ein Problem. Eigentlich ist es gar kein Problem. Ich will mich nur als Erster Geschäftsführer absichern. Das verstehen Sie doch. Nicht, dass es später in der Zentrale heißt, Dollinger wäre zu weit gegangen. Wo ist noch mal unsere Zentrale ansässig?"

Keine Antwort. Schweigen. Kalt wie Hundeschnauze, dieser Frankie, das muss man ihm lassen.

„Morgen um 17 Uhr werde ich die ersten drei Bungalows an die Besitzer übergeben. In einem gebührlichen Rahmen, versteht sich, kleine Naschereien. Wie es so jeder mag, zu einem solchen Anlass."

Ich presste den Hörer an mein Ohr und hielt für einen Moment den Atem an. Nichts. Keine Reaktion. Geheucheltes Desinteresse.

„Ich weiß bloß nicht, wohin mit dem Geld."

„Mit welchem Geld? Wie viel? Wer hat bezahlt? Von welcher Summe reden wir?"

Frankie prustete ins Telefon. Alle Dämme seiner professionellen Zurückhaltung schienen gebrochen.

„Die Familien Kreidelahn, Weidemann und …"

Am anderen Ende der Leitung kreischte ein außer Rand und Band geratener Frank Schwörer in die Leitung: „Mensch, Dollinger, wie hast du es geschafft, diese Bauruinen an den Mann zu bringen? Ach, ist ja auch egal, Hauptsache, die Kohle kommt rüber. Wie viel hast du kassiert? Die Nebensächlichkeiten interessieren mich nicht. Am besten, du machst dich umgehend auf den Weg nach Deutschland. Ich werde an der Grenze in Mulhouse auf dich warten. Dort kannst du mir das Geld übergeben und ich werde es für dich in die Zentrale bringen. Mensch, Dollinger, absolut gute Arbeit. Wie viel ist es denn?"

Der Ganove Frankie witterte ein nicht mehr erwartetes Geschäft. Den Atalayas-Coup hatte er eigentlich bereits abgeschrieben. Zu dicht auf den Fersen waren ihm der übergewichtige, ständig schwitzende Berliner Detektiv und dieser karrieregeile spanische Polizist. Da kam ihm Dollinger in seiner akkuraten, überschaubaren Art gerade recht.

„Dreißigtausend DM!"

„Sag das noch einmal!"

„Dreißigtausend DM."

„Dollinger, nichts wie los! Mach dich auf die Socken. Ich werde die Zentrale benachrichtigen. Da ist ein hübscher Karrieresprung sicher. Das kann ich dir sagen. Unsere Chefs werden sich nicht lumpen lassen. Mensch, Dollinger, ich wusste sofort, dass du der Richtige bist."

Frankie musste erst einmal durchatmen. Diese Pause nutzte ich, um einige Dinge geradezurücken.

„Auch wenn ich wollte, ich kann nicht zu Ihnen kommen. Das Geld bekommen wir erst morgen zur Übergabe am Atalayas ausgehändigt, verbunden mit dem eindeutigen Wunsch der drei Käufer, gemeinsam mit Ihnen das Ereignis gebührend zu feiern. Sollten Sie nicht erscheinen, wäre das für die Familien Kreidelahn, Weidemann und Schwärmer ein echter Dämpfer. Sie könnten sich nicht richtig freuen, und außerdem haben sie Bedenken geäußert, mir in Vertretung das Geld auszuhändigen. Irgendwie haben diese Leute Sie in ihr Herz geschlossen und vertrauen Ihnen. Warum auch immer. Also, Sie sollten hier vor Ort erscheinen. Tun Sie es nicht, müssten wir der letzten Rate nachjagen. Im wörtlichsten Sinne. Und ich bin mir ziemlich sicher, in der Zentrale hätte man für unser Vorgehen kaum Verständnis. Niente. Wo ist unsere Zentrale eigentlich ansässig?"

„Was hast du bloß immer mit dieser Zentrale? Vergiss doch mal die Zentrale! Die ist mir so etwas von egal! Was wir brauchen sind die dreißigtausend Mäuse, eh, ich meine natürlich die dreißigtausend DM."

Ich hatte den Fisch so gut wie an der Angel. Frankie musste nur noch zuschnappen.

„Vielleicht kann ich die Familien Kreidelahn, Weidemann und Schwärmer morgen doch noch überreden, mir das Geld auszuhändigen. Dann würde ich es im Container aufbewahren und es später in die Zentrale schaffen. Was meinen Sie zu diesem Vorschlag, Frankie? Hört sich doch gut an. Ich glaube, so sollten wir es machen. Dann müssen Sie auch nicht die beschwerliche Fahrt hier runter zu uns auf sich nehmen. Ich schaffe das schon."

Für einen kurzen Moment beschlich mich das ungute Gefühl, Frankie könnte dem Vorschlag zustimmen. Es vergingen mindestens drei Sekunden, bis er sich die entscheidende Antwort abrang.

„Hm, na gut", brummte er in die Muschel, „ich komme runter. Das müsste ich zeitlich schaffen. Dollinger, du hältst dich zurück. Wer kommt außer den Käufern zur Übergabe? Ich hoffe, du machst aus der Schlüsselübergabe kein regionales Event."

„Alfonso wird für die Häppchen sorgen. Mag sein, dass der eine oder andere Nachbar vom Atalayas vorbeikommt. Nichts Großes. Ich werde eine kleine Rede halten, dem Anlass entsprechend. Und zum Ende meiner kurzen Ausführungen sollten Sie auf der Bildfläche erscheinen. Die Freude in den Augen der Käufer bei Ihrem Erscheinen vor Ort, die wird riesig sein. Unglaublich. Und dann können wir, vor dem gemütlichen Teil der Veranstaltung, die finanzielle Transaktion abwickeln. Dieser

Ablauf wäre perfekt. Jeder würde das bekommen, was er verdient. Wollen wir es so machen?"

Frankie brubbelte etwas Unverständliches in den Hörer und legte auf. Ohne sich zu verabschieden. Kein Wort des Dankes an Dollinger, diesen Strategen der kurzfristig organisierten Events. Wenn die Immobilienbranche mal am Stock gehen sollte, die Blase platzen sollte, um das schlimmstmögliche Szenario im übertragenen Sinne zu benennen, dann könnte ich mir durchaus eine Tätigkeit, wenn auch nur vorübergehend, im Eventmanagement vorstellen.

Das jedoch war Zukunftsmusik. Morgen würde ich Frank Schwörer das kriminelle Handwerk legen. Quasi auf dem Silbertablett würde ich ihn den Gesetzeshütern servieren. Dass der Berliner Detektiv Peter Haase dabei eine schlechte Figur abgeben würde, nahm ich in Kauf. Detektiv Haase konnte erst wieder aufatmen, wenn ich Zeit für ihn haben würde, um in seinem Berliner Büro vorbeizuschauen. Bis dahin musste er sich gedulden. Vielleicht konnte er die Wochen beziehungsweise Monate bis dahin nutzen, um sich körperlich zu trainieren. Der Besuch einiger dieser Wochenendseminare, die sich an die kriminalistisch interessierten Bürger wandten, um deren in der Regel gering bis gar nicht vorhandenen detektivischen Fähigkeiten und Fertigkeiten zu verbessern, würde ihm auch nicht schaden. Peter Haase war ein Fall für sich.

Am Nachmittag des Übergabetages bemühte sich Alfonso, das Büfett, das er auf zwei breiten, gründlich polierten Zimmermannsbrettern vorbereitet hatte, mit Hilfe eines ausgeblichenen Lakens vor dem gleißenden Sonnenlicht zu schützen. In spätestens einer Stunde würde der Atalayas allerdings so viel Schatten spenden, dass Alfonso sich entspannt zu den zahlreich erschienenen Gästen setzen konnte. Neben den Ehepaaren Weidemann, Kreidelahn und Schwärmer hatte der spanische Polizist, der als Jahrgangsbester in einem Eliteausbildungslager im Märkischen, nahe der Hauptstadt Berlin, in den Polizeidienst entlassen worden war, noch ein Dutzend als Urlauber verkleidete Polizisten rund um die Bungalows verteilt. Er selbst setzte sich mir gegenüber. Den Blick auf das ruhende

Meer gerichtet. Ich hatte den Eingang, den Frankie passieren musste, wollte er an das nicht vorhandene Geld kommen, im Blick. Im Bungalow zwei hockte Peter Haase. Ich hatte es nicht über das Herz gebracht, den gescheiterten Detektiv allein im Hotel zurückzulassen. Der spanische Polizist dachte ähnlich wie ich und wies den Detektiv an, sich in dieser kniffligen, länderübergreifenden Polizeiaktion zurückzuhalten. Vorsichtshalber schloss ich den Bungalow von außen zu. Sicher ist sicher.

Als ich mich gerade erheben wollte, um einige Worte an die erwartungsvollen Fastferienhausbesitzer zu richten, die natürlich von keinem meiner Kollegen und selbstverständlich auch nicht durch mich von der bevorstehenden Festnahme Frank Schwörers unterrichtet worden waren, huschte eine zweifellos männliche Gestalt durch den Eingang und hinter den Bungalow zwei. Ich hatte meinen Blick für den Bruchteil einer Sekunde von der Tür fort und auf die Anwesenden gerichtet.

Diesen fast nicht greifbaren Moment nutzte Frankie, um keinen anderen konnte es sich nach meiner Überzeugung handeln, um in unser Übergabelager einzudringen.

Welchen Plan der Ganove auch hatte, um an das nicht vorhandene Geld zu kommen, ich würde diesen Plan durchkreuzen.

In Windeseile hatte ich den spanischen Polizisten an der Schulter gepackt.

„Frankie ist da. Wir müssen handeln."

Der Polizist sah in die Runde und lächelte einfältig. Die anderen in der Runde verstummten.

„Wo?", war alles, was dieser Elitekämpfer über die von einem Herpesvirus gezeichneten Lippen brachte.

„Sie sollten es mit Zahnpasta probieren. Das hilft auf jeden Fall."

Verständnislos starrte mich der Mann an.

Ich zeigte auf seine gefurchten und teilweise aufgeplatzten Lippen, um ihm auf die Sprünge zu helfen.

„Das hier ist kein Kuschelcamp, keine durchgeplante Übung. Das hier ist der nackte, alltägliche Wahnsinn, Mann!"

Der Polizist nickte abwesend und bemühte sich beim Aufstehen, nicht in die Knie zu gehen.

„Es wäre besser gewesen, Sie hätten mit Ihren Leuten unten die Dienststelle bewacht. Aber", ich lächelte dem scheinbar überforderten Mann aufmunternd ins Gesicht, „ hinterher sind wir alle klüger, selbst ich."

„Wo ist der Mann? Wo ist Frankie hin?"

Der Polizist schüttelte in einem Moment der Selbstfindung meine Hand von seiner Schulter. Dann drückte er mich zurück auf die gesplitterte Holzbank und tippte mit dem Zeigefinger der rechten Hand gegen meine Brust. Der Nagel an seinem rechten Zeigefinger war mittig eingerissen. Verschmutzte Kleberückstände eines Pflasters zierten das hintere Drittel des teilweise blutunterlaufenen Nagels.

„Wo?"

Der spanische Polizist, von dem fälschlicherweise berichtet wurde, dass er seine Ausbildung in einem Eliteausbildungslager im Märkischen Land absolviert haben soll, hatte mich gepackt und zog mich mit ziemlicher Entschiedenheit in die Nähe zu sich.

„Wo ist er?", zischte er verzweifelt.

Eigentlich hätte ich es mir von Anfang an denken können, dass dieser Gesetzeshüter eine Mogelpackung war. Aus welchem Grund hätte man auch einen topqualifizierten Agenten an die spanische Costa schicken sollen, wo doch dem Berliner Polizeipräsidenten bekannt war, dass Dollinger vor Ort war? Diese Verschwendung von kriminalistischen Ressourcen könnte selbst der Chef der Berliner Polizei nicht ausreichend begründen.

Ich nickte in die Richtung des zweiten Bungalows, in dem ich den Berliner Ex-Detektiv Peter Haase festgesetzt hatte.

„Sie sollten besser auf Ihr Immunsystem achten. Herpes ist immer auch ein Ausdruck von Überforderung. Diese Sache hier ist zu groß für Sie. Ziehen Sie sich mit Ihren Leuten zurück. Ich werde Sie natürlich in meinem Bericht an die deutschen Behörden lobend erwähnen. Da machen Sie sich mal keine Sorgen."

Anstatt den Dingen unter der Führung von Dollinger ihren Lauf zu lassen, stieß mich der Möchtegernagent jedoch unsanft zurück auf die unbequeme Bank. In seinen wässrigen Augen verschwand der letzte Glanz.

Mit einer angedeuteten Handbewegung schickte er seine Männer in die Richtung, die ich ihm vorgegeben hatte.

Natürlich wollte er retten, was in meinen Augen nicht mehr zu retten war. Vielleicht konnte die Festnahme von Frankie verhindern, dass er wegen der bewussten Behinderung der länderübergreifenden Mission, mit Dollinger an der operativen Spitze, ins Hinterland von Murcia versetzt wird. Sicher war ich mir in diesem Punkt allerdings nicht. Jemand, der gezielt und wahrscheinlich ganz bewusst vorgibt, ein anderer zu sein, dabei in die Rolle eines Topagenten schlüpft, um dann selbstverliebt und unkollegial die Früchte der Bemühungen der Kollegen zu ernten, den nahmen selbst die leidgeprüften Kollegen in Murcia nur ungern in ihren Reihen auf.

Es dauerte nur wenige Minuten, dann taumelte der sonnengebräunte, im Gesicht allerdings aschfahle Frank Schwörer alias Frankie, mit der mopsigen Knollennase, allerdings ohne Schnauzer, in unsere Mitte. Irgendjemand hatte die lokale Presse benachrichtigt, die immer und immer wieder Frankie fotografierte und ihm unsinnige Fragen stellte.

Der Detektiv Peter Haase übernahm den Part, für den Festgenommenen zu antworten. Mehr als einmal verwies er in seinen Ausführungen werbend auf sein Berliner Detektivbüro und die absolut loyale und sowieso wunderbare Zusammenarbeit mit der spanischen Polizei. Der falsche Eliteagent hielt sich fast ausnahmslos an der Seite von Peter Haase, ein Verhalten, das den Vorteil mit sich brachte, dass er auf jedem der Fotos, die am nächsten Tag die Titelseiten der lokalen Journaille zierten, abgelichtet war.

Für die Familien Kreidelahn, Weidemann und Schwärmer hatte die Festnahme von Frankie jedoch ein nicht erwartetes Nachspiel.

Als mich Alfonso am nächsten Tag in meinem Container besuchte, in den ich mich kurz nach der Festnahme von Frankie zurückgezogen hatte, in der Absicht, dem Berliner Polizeipräsidenten einen ausführlichen Bericht über die Vorbereitungen zur Festnahme Frank Schwörers zu schreiben, beginnend mit den chaotischen Zuständen im französischen Amt in Narbonne, erfuhr ich, dass die Übergabe der Bungalows auf unbestimmte Zeit verschoben worden sei. Ein spanischer Ökonom aus Valencia hatte Anzeige erstattet, da in den vergangenen Tagen immer wieder Baumaterial und Arbeitskräfte von seiner etwas höher gelegenen Baustelle entwendet beziehungsweise abgezogen wurden, um einige Bungalows, für die ein behördlicher Baustillstand verfügt worden war, in kürzester Zeit fertigzustellen. Bis zum Abschluss der örtlichen und polizeilichen Prüfungen konnten die Bungalows nicht bezogen werden. Unter Umständen, abhängig vom Ausgang der Prüfungen, müssten die Bungalows rückgebaut, also in den Altzustand versetzt werden. Das Verfahren könnte sich über Jahre hinziehen.

Nachdem mir Alfonso diese Nachricht überbracht hatte, legte ich den Stift aus der Hand, schob das Blatt Papier unter den Verkaufsprospekt und teilte ihm ohne längere Überlegungen mit, dass ich für einige Tage oder Wochen, so konkret konnte ich das Zeitfenster in diesem Moment noch nicht bestimmen, zu ihm und seiner Familie aufs Land ziehen würde.

Das Leben auf dem Land, speziell das in einer spanischen Familie, habe mich schon immer interessiert, begründete ich meinen ungewöhnlich spontanen Entschluss.

Da sollte ich doch diese Chance, die mir sozusagen auf dem Silbertablett serviert wurde, nutzen. Jede andere Entscheidung wäre fahrlässig gewesen. Und die Familien Weidemann, Kreidelahn und Schwärmer konnten von Dollinger nicht auch noch die Begleitung in den anstehenden juristischen Auseinandersetzungen mit der spanischen Baubehörde erwarten. Irgendwann muss Schluss sein. Getan hatte ich wohl das Menschenmöglichste! In ihrem Interesse. Punkt! Ich musste mir ab jetzt und heute eine schöpferische Pause von der so nicht erwarteten kräftezehrenden Maklertätigkeit gönnen. Ich bin da ganz ehrlich. Windbeutel hin oder her.

Die Freude über meine Entscheidung ließ die mimische Muskulatur des Kochs sekundenlang beben.

Ich musste ja jetzt auch nicht zwingend ausführlich und zeitnah den Berliner Polizeipräsidenten über jedes Detail der „Operation Frankie" ins Bild setzen. So eng waren wir ja nun auch nicht.

Allerdings würde ich nicht umhinkommen, in den kommenden Tagen oder Wochen die beiden Ex-Bodybuilder darüber zu informieren, sich mit ihrem Reiseantritt Richtung Süden noch eine Zeit lang zu gedulden.

Mich interessierte doch zu sehr, wie der Alltag in einer spanischen Familie wie der von Alfonso so ablief. Das Ergebnis dieser soziologischen Studie könnte der Schlüssel zu einem sozialpsychiatrischen Projekt, das wahrscheinlich in der Schublade des verantwortlichen Berliner Senats für Gesundheit und Soziales seit geraumer Zeit schmorte, werden.

„Komm, machen wir uns auf den Weg, je früher, umso besser." Ich griff nach meinem Koffer, fasste Alfonso an die hängende Schulter und schob ihn aus dem Container.

Einige Tage später hielt Rüdiger die Samstagsausgabe der Berliner Zeitung in den Händen. Zu einem Bericht auf der zweiten Seite, der über die kriminellen Machenschaften auf dem spanischen Immobilienmarkt informierte und die Festnahme eines der Köpfe der Immobilienmafia als erfolgreiche, länderübergreifende Aktion der Polizei feierte, waren zwei Fotos gedruckt. Auf dem kleineren der Schwarzweißbilder glaubte er seinen ehemaligen Schützling Dollinger entdeckt zu haben. Rechts im Hintergrund, neben einer verstaubten Hauswand hockend, hinter gestikulierenden Menschen, in der rechten Hand ein Glas, halb geleert, mit einer weißen Flüssigkeit.

Doch weder der Ex-Bodybuilder Heribert Fallbeil noch sein Freund, der Ex-Bodybuilder Hubert Nüsschen, denen Rüdiger das Foto unter die Nase hielt, wollten dessen Vermutung bestätigen. Seit dem anabolen Entzug habe ihre Sehkraft gelitten, entschuldigten sie sich und ließen den Berufsbetreuer einfach stehen. Und der war sich dann auch nicht mehr so sicher.

ENDE

Stephan Tobolt, Neurologe und Psychiater, Lüneburger Heide.

Von 2004 bis 2011 Herausgeber des Almanachs deutschsprachiger Schriftsteller-Ärzte.

Teilnahme an diversen literarischen Veranstaltungen, Lesungen und Buchmessen, so z. B. Lesungen auf der Leipziger Buchmesse.

Erschienene Buchtitel: z. B. „Der Rotterich oder Annas erster Fall", „Der Rotterich oder ein neuer Fall für Anna", „Die besetzte Burg", „Der Rotterich oder die Höhle des Schreckens", „Weihnachten in Gefahr", „Nett verrückt – Dollinger" (Verlag Linus Wittich, Scheunen-Verlag, Holzheimer-Verlag, Novum-Verlag).